박희진 근영

표지화 : 이서규 화백   제자 : 청청스님

다섯 살 때의 박희진

보성중학교(고2) 시절의 박희진(맨 앞)

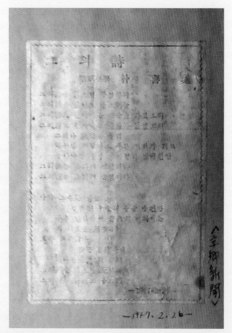

경향신문 1947년 2월 26일자에 실린 만 15세
소년 박희진의 '그의 시' 모습

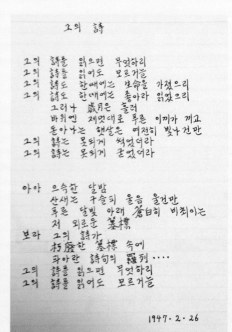

2010년대에 다시 써 놓은 그의 시 육필

우이동 호일당 (왼쪽부터 김동명, 김경식, 박희진, 연규석)

1978년 어느 날 시인 김구용의 돈암동 자택
가운데는 박희진에게 추사 김정희 연구에 관한
조언을 듣기 위해 찾아온 독일인 학자

50대초 어느 날 '공간시낭독회'에서
시낭독을 하는 박희진

왼쪽부터 홍성암, 정종명, 이길원, 김후란, 산림청장, 박희진, 김청광

1963년 60년대 사화집 동인들과 함께
뒷줄 맨 왼쪽이 박희진임
앞줄 왼쪽부터 이종헌, 이경남, 성찬경, 김종원

1967년의 모습

1976년 제11회 월탄 문학상을 받고. 앞줄 왼쪽부터 월탄 박종화, 소천 이헌구, 성찬경
뒷줄 가운데 박희진

왼쪽부터 김진희, 임솔래, 임보, 김경식, 조병무

성찬경 작 박희진 초상(1970년)

철원 노동당사앞

이태준 문학비에서

아이오와대학교 '국제 창작계획' 창설자인
미국 시인 폴 엥글과 함께.

박희진 두상.(1976년 무렵)
원승덕 작

인도여행 중 우연히 만난 시인 김양식, 현지인과 함께

마흔 살 무렵의 박희진

연천 김상용 시인 생가터의 시비

박희진 초상 54세 때 모습. 이호준 작

우이동 호일당에서

1988년 현대시학 작품상 시상식. 왼쪽부터 정진규, 홍성유, 박희진, 범대순, 윤강로

1991년 한국시인협회상 수상 후 왼쪽부터 이형기, 박희진, 박재삼

재미 무용가 아이리스 박과 함께 한 호암갤러리 공연 후 객석의 환호에 답례하는 모습

장시 「빛과 어둠의 사이」를 발표한 직후
조병화가 그린 캐리커처

50대 중반 안암동 자택 거실에서

제4시집 낼 무렵 박희진

유럽 순방 중 샬 보들레르의 무덤에서

1991년 7월 성찬경과 함께 처음 백두산 오르다

2006년 7월 두 번째 백두산 오르다

연천 문학강연을 마치고 박희진 시비 앞에서

1993년 8월 소나무 학술토론회에서

1991년 11월 30일 제13시집 사행시 '삼백수', 수필집 '서울의 로빈슨 크루소' 시화집 '소나무에 관하여', 재간행 첫 시집 '실내악', 시 선집 '한 방울의 만남' 출판 및 회갑 기념회

回 尙火詩人賞 施賞式 및 文學講演

2000年 5月 22日(月)　竹筍文學會

2000년 5월 상화 시인상 수상 후 허만하(앞줄 오른쪽에서 셋째) 등 영남 문인들과 함께

박희진 시비가 있는 유택에서

박희진 시인의 문학강연을 마치고

연천 북녘 횡강댐을 뒤로하고
왼쪽부터 박희진, 김경식, 이생진

범대순과 함께.
두 노시인의 말년 모습.

이인영, 이준, 김종길, 김수용, 최일남과 함께   황금찬, 이생진과 함께

2012년 제1회 녹색문학상 수상식에서

왼쪽 위부터 이경남, 이종헌, 성찬경, 박희진, 강위석
왼쪽 아래부터 이희철, 이창대, 김종원

연천 한탄강 38선 박희진 시비 뒤에서

2014년 생애 마지막 개인 시낭독회

삼척 삼화사에서 지혜스님과

1990년 '공간시 낭독회' 오른쪽부터 중광, 구상, 정진규, 성찬경과 담소를 나누는 모습

왼쪽부터 조정래, 김소엽, 김재홍, 김초혜, 성찬경, 박희진, 이근배, 옥천군수, 장사익

1990년대 후반 대학로에서 왼쪽부터 조운제, 성찬경, 피천득, 박희진

왼쪽부터 김보태, 박선경, 김경식, 연규석, 김한수(연천부군수), 김송배, 김진희, 김문경,
이강흥, 김정환 가운데 강명숙(본회 사무실)

박희진 시비가 있는 묘역에서
왼쪽 위로부터 적경, 이주원, 향광, 연규석, 왼쪽 아래로부터 김경식, 박병무

첫 시집 실내악

제2시집 청동시대

제3시집 미소하는 침묵

이담문학 제31집
박희진 추모 특집호

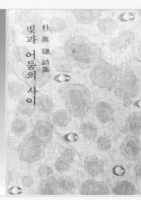

빛과 어둠의 사이

편집을 마치고

僧自白雲來還向白雲去
莫問去明日何處
舞影堂山房竹田智慧

박희진 詩人 추모에부쳐
구름따라 왔던스님 구름보며 돌아가네
정처없는 길이 구름이 내일은 어느곳에 있나요

박희진 시인 추모시 시화(죽전 지혜)

박희진 시·수필선집

失鄕 – 통일로 가는 길인데

2018

연천향토문학발굴위원회

예술의 꽃은 영원히

연 규 석
(본회 위원장)

금년은 본회 창립 10주년이 되는 뜻 깊은 해다.

그 동안의 사업을 돌이켜 보면, 나름대로 지역의 취지에 맞는 잊혀진 작가들을 발굴하여 연차적으로 새로운 작품집을 발간해 왔다. 올해가 여섯 번째가 된다. 물론 원고를 찾아 모으는 어려움도 있었지만 유족과 지인으로부터 작품집을 발간해 주셔서 고맙다는 격려와 인사말을 들었을 때는 보람을 느낀다.

나는 한국문인협회 연천지회장으로 있을 때 처음으로 김경식 시인과 같이 호일당을 방문했다. 그때 현관의 대형초상화와 선생의 인상에 깊은 감명을 받았다. 그리고 인사를 나눈 후, 많은 이야기를 듣고 다음에 만날 것을 약속하고 헤어졌다.

두 번째 방문은 연천향토문학발굴위원회를 창립하고 명예위원장으로 모시고자 함이었다. 뜻을 말씀드리니 고향을 떠난 지도, 가 본지도 오래되었는데 그 무슨 의미가 있겠느냐며 사양하시더니 이내 수락을 해 주셨다.

그 후 작품집을 발간할 때 몇 차례 방문하여 자문을 구했는데, 그때

마다 표지에서 본문 편집까지 챙기시는 자상함을 보여주셨다. 나는 그 모습에서 포근함을 느낄 수 있었다.

그리고 제법 시간이 지난 어느 날, 찾아갔더니 그날따라 이삿짐을 정리하시다 말고 "연 선생, 나도 죽으면 시선집을 만들어 주는 거냐"고 물으시기에 "예, 당연히 해 드려야지요. 자료는 선생님이 정리해 주세요." 하니 대답은 없으시고 미소만 보였을 뿐이었다.

내가 마지막으로 호일당을 찾은 것은 한참 후였다. 인사를 드렸더니 매우 반가워하시며 근처 자그마한 공원 벤치에 앉아 소나무 시와 일행 시에 대한 설명을 해 주셨다. 그리고 본 회에 대한 관심과 애정을 피력하시다 말고 몸이 피곤하다며 집으로 들어가셨다. 그때 나는 건강이 좋지 않다는 것을 예감했었다.

그리고 약 두 달여가 지났을까? 김 시인을 통해 영면하셨다는 소식을 전해 듣고, 회원들과 애도를 위해 이담문학회에 모여 조촐한 추모식을 가졌다.

"선생님!

약속한 그 뜻을 모아 「박희진 시·수필선집」을 상재함에 앞서 시비가 있는 유택을 찾아 명복을 빕니다.

끝으로 경기문화재단의 관계자 여러분과 편집위원, 그리고 사진을 제공해 준 기념사업회에 지면을 통해 고마움을 전한다.

감사합니다.

2018년 7월 17일, 제헌절
연천 군자산 자락에서.

시를 누가 악마의 술이라 했던가

김 진 희
(본회 고문. 소설가)

먼저 창립 10주년과 아울러 여섯 번째 작품집 발간을 축하합니다.

박희진 시인님은 제1회 녹색문학상을 받았던 분으로도 널리 알려져 있다. 산, 폭포, 정자, 소나무 시집으로….

특히「지상의 소나무는……」"이라는 제목의 시를 읽고 나면 인생의 삶과 만물에 대한 만감이 교차된다.

지상의 소나무는 하늘로 뻗어 가고/ 하늘의 소나무는 지상으로 뻗어 와서
서로 얼싸 안고 하나를 이루는 곳/ 그윽한 향기 인다 신묘한 소리 난다

지상의 물은 하늘로 흘러가고/ 하늘의 물은 지상으로 흘러와서
서로 얼싸안고 하나를 이루는 곳/ 무지개 선다 영생(永生)의 무지개가

지상의 바람은 하늘로 불어 가고/ 하늘의 바람은 지상으로 불어 와서
서로 얼싸안고 하나를 이루는 곳/ 해가 씻기운다 이글이글 타오른다

박희진 시인님은 연천에서 출생하여 서울 보성중학을 거쳐 고려대학 문리대 영문과를 졸업한 후 고등학교 교사를 역임했다.

1955년 시「무제(無題)」로《문학예술》을 통해 등단한 후,《현대

문학》 등 많은 문예지에 시를 발표하면서 전후문학인협회, 60년대 시화집 등 실질 대표로 활약했을 뿐만 아니라, 성찬경과 2인 시 낭송회, 박희진 자작시 낭송회의 밤, 박희진 신미전 등 많은 활약을 했다.

초창기에는 심미적 파악으로 시를 주로 형상화하여 문단에서 상당히 주목을 끌었으나 장시 「혼돈」을 《사상계》에 발표한 전후부터 초기의 응축성이 풀어져 산문조를 보이기도 했다.

그러다가 후일 「무상」 등을 발표하면서 불교적인 경지를 보였다.

예술원 회원으로 타계할 때까지 시를 쓰면서 시인은 독신으로 지내면서 그의 시 구절 외쳤던, "무슨 흙으로 빚었기에 어느 여인의 살결이 이처럼 고울 수 있으랴"라는 선문답을 깨달았는가를 알 수 없다.

아무튼 박희진 시인의 시를 손에 들고 읽노라면 절절히 감탄하고 감탄한다. 처음은 깜깜한 절벽이다가 다시 탐독하노라면 빛이 환하게 밝아져 전신에 전율이 느껴진다.

아름답고 인상적이라 그 어휘 하나하나를 깊이깊이 살갗 안에 간직하고 싶은 탐욕이 인다.

시를 누가 악마의 술이라 했던가!

아무튼 박희진 시인의 시는 우리들 영혼 속에서 함께 생존하는 깃발이다.

이렇게 위대한 시인의 작품과 생애를 재발굴 정리하여 「박희진 시·수필선집」을 발간한 위원장 연규석과 편집위원들에게 경의를 표하면서 축사를 갈음한다.

2018년 7월
홍제동 우거에서

목 차

◇ 추모시◇ 연천이 낳은 시인, 수연 박희진

제2부 統一을 기다리는 文香

제3부 評說

제 1 부

失鄕에 묻힌 詩香들

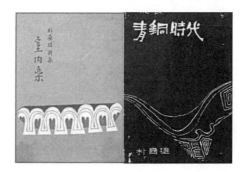

그의 시

그의 시를 읽으면 무엇하리
그의 시를 읽어도 모르거늘
그의 시도 한때에는 생명을 가졌으리
그의 시도 한때에는 좋아라 읽었으리
    그러나 세월은 흘러
    바위엔 제멋대로 푸른 이끼가 끼고
    돋아나는 햇살은 여전히 빛나건만
그의 시는 못되게 썩었더라
그의 시는 못되게 굳었더라

아아 으슥한 달밤
    산새는 구슬피 울음 울건만
    푸른 달빛 아래 창백히 비최이는
    저 외로운 묘표(墓標)
보라 그의 시가
    후폐(朽廢)한 묘표 속에
    파아란 시구(詩句)의 나열‥‥
그의 시를 읽으면 무엇하리
그의 시를 읽어도 모르거늘

(1947년 2월 26일자 경향신문)

내 고향 연천

집 앞엔 졸졸 실개천이 흘렀고
돌다리 건너 미나리 밭을 돌아
설다뿡에 이르면 우물이 있었다오.
'앞니 빠진 갈강새 우물 앞에 가지마라
붕어새끼 놀란다' 그 우물가에서
불렀던 노래, 지금은 어디를 떠돌고 있을까.
수레울에 있는 국민학교 일학년 때,
나는 그만 출생지, 읍내리를 떠났다오
그래도 방학이면 고향에 내려가서
오디도 따 먹고, 가재도 구워 먹고,
북녘 야산의 효자문도 잘 있는지
문안을 드렸건만, 해방과 육·이오,
거듭되는 난리통에 고향은 타버렸소.
옥토는 쑥밭으로, 집은 잿더미로.

그러나 지금은 다행히 수복되어
붉은 이리떼의 이빨에 씹히우는
아픔은 면했으니, 되살아날 수밖에.
쑥밭은 옥토로, 잿더미는 새 마을로.
보라, 저 황금빛 물결치는 벼이삭을,
또 그처럼 무르익어 겸허하고

순박한 인심을. 산 좋고 물 좋은 데
연천뿐이랴만, 스스로의 불탄 잿더미에서
소생한 연천, 불사조처럼 날개친 연천,
내 고향 연천은 특별히 어여뻐라.
내 고향 연천은 눈물나게 어여뻐라.

(연천문학 창간호, 2003)

빈 집에 홀로

빈 집에 홀로 피어 있을 난초꽃, 청초한 소심(素心)이여.
시인은 안타까워 부랴부랴 귀가하나, 한낱 기우였다.
우선 북한산 삼형제가 놀랍게도 서창에 다가와서
안을 유심히 들여다보고 있지 아니한가.

난초꽃 둘레의 공기는 황홀해서 넋을 잃고 있고,
바람도 없는데 천정의 풍경은 들릴 듯 말 듯
그윽한 소리를 내고 있다. 저만치 있는
철제 불두(佛頭)의 미소도 어딘가 여느 때완 다르다.

백자 접시 위에 천도(天桃) 서너 개
그 딱딱했던 과육(果肉)도 연하게 풀어져 있고,
하지만 그중 놀라웠던 것은,

'악마의 시달림을 받는 사나이'란 부제(副題)를 지닌
시인의 초상화, 그 고뇌에 차있던 얼굴이
한 가닥 미소를 머금고 있는 표정으로 바뀐 일.

(연천문학 창간호, 2003)

마치 새로운 신화(神話)의 시작인 양…

초겨울 아침, 쾌청의 해운대(海雲臺) 바다 맛이 좋아라.
저만치 태양까지, 해상엔 백금의 융단이 깔렸구나.
어떤 이는 열심히 젖은 모래로 누워 있는 나신(裸身)의
여신(女神)을 만들고, 옆엔 소녀가 웅크리고 앉았구나.

바다의 혓바닥이 새로 핥은 모래 위에
발자국 내면서, 연인들이 손잡고 걷고 있다.
한 손엔 풍선인 양, 연분홍 솜사탕을 들고 있다.
그때, 느닷없이 갈고리 손을 내미는 문둥이,

백 원짜리 동전 하나 달라고 떼 쓴다.
하지만 이내 아주 희한한 광경(光景)을 만나다.
화려하고도 거대한 나비 날개(?)에 의지하여,

미끄러지듯 홀로 해상(海上)을 떠가는 사나이,
마치 새로운 신화(神話)의 시작인 양…
이 조용한 아침의 나라, 아침의 바다에서.

(연천문학 창간호, 2003)

좋은 시

해돋이가 수없이 되풀이돼 왔다고
진부해지겠는가

억겁의 세월도
연꽃을 물속으로 가라앉게 할 순 없다

좋은 시는 변함없이 좋은 시라네
즈믄 해 전이나 즈믄 해 뒤에도

시인들은 죽어도 시는 남나니
하늘은 푸르고 구름은 희다

다이아몬드는 신이 만든 보석이고
시는 시인이 만든 보석.

(연천문학 제2집, 2004)

눈(眼)

1
한 육십 년쯤은
시들지 않는 꽃을 아는가.

그 신비한 광망을 잃을까 봐
낮에도 피곤하면 닫히는 꽃.
흰 꽃잎 한가운데
검고 둥근 화심(花心)이 있는
거기 어쩌다가 홀연 이슬이
솟는 때가
제일로 아름답다.

2
사랑의 이슬
그 이슬이 어떻게 솟았을까.
뿌리도 없는
공중(空中)의 꽃에 -

3
멀리 희랍에서 트로이까지
일천의 배를 불러들이었던
헬렌의 얼굴,

더구나 그 보석(寶石) 같던 눈도
티끌로 돌아갔다
그 수많은 영웅과 함께.

     4
본시
흙으로 빚어진 눈이지만

별을
보아
씻
기
운
것일까.

지금
어디서나
아직은 어린
눈은 자라난다
수정(水晶)과 같이
빛과 어둠을 번갈아 마시면서.

     5
또 어떤 시인(詩人)은
너를 두 개의 못물이라 했다.

공중에서

화석인 양
오래 한 점에 머물러 있다가도
수시로 이동하는 두 개의 못물.
밤알만 한
그 못물이 지니는 가지가지
빛깔과 깊이를
헤아릴 수는 없다.

산과 바다,
이 우주(宇宙)도 그 안에 빠지면
한낱 티끌일 뿐.

  6
나란히 있는
두 개의 못물이
또 하나 다른 두 개의 못물과
하나가 될 때

깜깜한 공중에서
오래 헤매던
사랑의 별과 별이 부딪치듯
시공(時空)은 허물어져
하나로 쏟아지는 한 줄기 폭포.
영원(永遠)이 설레는
바다가 된다.

(연천문학 제2집, 2004)

겨울 광릉(光陵)에서

가스와 소음의 도시를 박차고
불쑥— 나, 오늘은 광릉(光陵)에 왔다

춥다, 외롭다, 심심하다, 쓸쓸하다
하던 것도 이젠 다 거짓말인 양

나무, 나무, 나무, 나무, 겨울의 나무
가지, 가지, 잎 떨린 가지의 그물마다

걸려서 새어서 시나브로 떨어지는
겨울의 하늘 고요, 샛맑은 푸르름

그걸 가슴 한아름 마시어 보니
아아 후련히 속이 뚫리누나

하마 겨울 해는 서산에 기울어
겨우 눈앞에 왕후릉(王后陵)만이

크나큰 빛보자기 안에
알뜰히 들어 있다 살뜰히 들어 있다

그 빛보자기, 둘레의 나무들…
시간을 여읜 고요에 눈물 나데…

그렇다, 이 고요! 빛 뿜는 니르바나!
그 속에서 영혼이 씻기우지 않고서는

숨구멍이 막혀 이 몸은 죽으리
혈압이 올라 핏줄이 터져서

가스와 소음의 도시를 박차고
어떤가- 그대도 빛과 고요 찾아

더러는 불쑥 교외로 나가 보게
소음 속에 고요 찾기 운동도 좋겠지만

(연천문학 제3집, 2005)

디오게네스의 노래

오늘은 왜 이리 기분이 좋은가
이 햇빛과
바람에 설레이는 푸른 그늘과
나무통만 있으면
나는 행복한 디오게네스
어제는 대낮에 등불을 켜들고
내가 거리를 헤매었더니
놈들은 내가 미친 줄로 알았것다
바보 같은 것들이
내가 인간에 주린 줄은 모르고
정말 이렇게 푸른 하늘 아래
사는 무리들이
왜 모두 그렇게 욕심이 많을까
서로 시기하고 욕하고 속이고
그런 거 생각험 구역이 나더라
언젠가 한번은 알렉산더를
곯려준 일이 있지
그래도 그는 좀 다른 데가 있었어
오늘은 왜 이리 기분이 좋은가
절로 스르르 눈이 감기네
이 햇빛과

바람에 설레이는 푸른 그늘과
나무통만 있으면
나는 행복한 디오게네스

제1부 실향에 묻힌 시향들 43

항아리

무슨 흙으로 빚었기에
어느 여인의 살결이 이처럼 고울 수 있으랴
얇은 하늘빛 어린 바탕에
그려진 것은 이슬 머금은 달개비인가
만지면 스러질 듯 아련히 묻어오는
차단한 기운이여

놓이는 자리는 아무 데고
끝인 동시에 시작이 되는
너는 그런 하나의 중심이라
모든 것이 잠잠할 때에도
끊임없이 숨 쉬며 있는

오 항아리
너 그지없이 둥근 것이여
소리 없는 가락의 동결이여
물 위에 뜬
연꽃보다도 가벼우면서
바위보다 무겁게 가라앉는 것

네 살결 밖을 감돌다 사라지는
세월은 한갓 보이지 않는 물무늬인가
항아리 만든 손은 티끌로 돌아가도
불멸의 윤곽을 지닌 너 항시 우러른
그 안은 아무도 헤아릴 길이 없다.

(연천문학 제5집, 2007)

지금은 잃어버린 시인의 초상

배경엔 늘
고대(古代)의 인도풍(印度風) 구름이 뭉게뭉게
일고 있었다. 주황빛인가 하면
초록빛 구름들이. 팔짱을 낀 채
미동도 않고, 검은 셔츠의
시인은 미소를 머금고 있었다.
그런데 그에겐 하체가 없었다.
그의 가슴 바로 아랜
늘 출렁이는 검푸른 바다,
때로는 휘황한 영감의 바다,
빛과 어둠, 황홀과 오뇌의
양극을 가득히 천변만화하는
바다가 있을 따름. 문득 반인(半人)
반신(半神)을 생각했다. 더구나 내가
마지막 그 초상을 보았을 땐.
그의 가슴 아래 바다가 온통
불길로 화했었다. 세상의 온갖
피와 눈물과 한숨과 기름땀이
범벅이 되어 타면 그렇게 될 것인가.
무섭게 타오르는 불길의 사이
시인은 태연히 이맛살 하나

찌푸리지 아니하고 그 불길을
누르고 있었다. 화안한 미소로.
천상 천하에 번지는 미소로,
불길이 스러지자
허나 거기 시인의 모습은 없었다.

(연천문학 제5집, 2007)

노인과 기타

죽음에 기대어
노인이 마지막
기타 줄을 뜯자
아으 소슬한
가을바람 일어서
백발을 적시네

오른쪽 어깨는
이미 저승으로
기울어 안 보이나
이제 그에게
남은 건 단 하나
낡은 기타

노인과 마음을
더불어 해 온
평생의 반려이기
지금은 오히려
줄이 먼저 알아
손가락을 튕기나 봐

그가 숨지어
소리는 자더라도
죽음을 넘어선
심장의 고동처럼
줄은 울 것일세
다시 더 한 번

(연천문학 제5집, 2007)

금관(金冠)

금관은 살아있다 ― 죽음의 바다, 피와
눈물로도 물들지 않은 휘황한 위엄이여.
태양의 중심으로 이룩된 조각이여. 땅 속 깊숙이
파묻혔어도, 홀로 오롯한 천년의 꿈이었기
너는 되살아 그 처음의 모습을 보이는가.
으리으리해라. 너를 보노라면 우리의 눈동자도
실은 진흙의 그것임을 깨닫는다. 어느 고독한
제왕의 머리 위에 너는 의젓이 씌워졌더뇨.
아, 비상하라, 금관 꼭대기의 세 마리 봉황이여.
지금은 사라진 제왕을 위해, 날 수가 없거든
울어나 보렴. 순금의 목청으로 울어나 보렴.

(연천문학 제5집, 2007)

지상의 소나무는

지상의 소나무는 하늘로 뻗어가고
하늘의 소나무는 지상으로 뻗어와서
서로 얼싸안고 하나를 이루는 곳
그윽한 향기 인다 신묘한 소리 난다

지상의 물은 하늘로 흘러가고
하늘의 물은 지상으로 흘러와서
서로 얼싸안고 하나를 이루는 곳
무지개 선다 영생의 무지개가

지상의 바람은 하늘로 불어가고
하늘의 바람은 지상으로 불어와서
서로 얼싸안고 하나를 이루는 곳
해가 씻기운다 이글이글 타오른다

(연천문학 제5집, 2007)

냇가로 가자

아이야 우리 냇가로 가자
맨발로 맨발로 냇가로 가자
맑고 시원한 생명의 물에
아이야 네가 먼저 손발을 담그어라

네 새끼 손가락은 송사리 될 것이고
엄지발톱은 진주로 빛나리라
물 위에 비친 네 두 눈은
물매미 되어 빙글빙글 돌 것이고

네가 웃으면 앞니 빠진
네 얼굴이 귀여워서 나는 입맞추리
하늘의 복숭아 냄새 나는 볼에

이윽고 나는 풀밭에 늘어지리
물에 발 담근 채 하늘에 눈 주다가
꿈도 없는 단잠에 떨어지리

(연천문학 제5집, 2007)

새봄의 기도

이 봄엔 풀리게
내 뼛속에 얼었던 어둠까지
풀리게 하옵소서.
온 겨우내 검은 침묵으로
추위를 견디었던 나무엔 가지마다
초록의 눈을, 그리고 땅속의
벌레들마저 눈뜨게 하옵소서.
이제사 풀리는 하늘의 아지랑이,
골짜기마다 트이는 목청,
내 혈관을 꿰뚫고 흐르는
새 소리, 물 소리에
귀는 열리게 나팔꽃인 양,
그리고 죽음의 못물이던
이 눈엔 생기를, 가슴엔 사랑을
불붙게 하옵소서.

(연천문학 제5집, 2007)

심장을 위하여

전장(戰場)에서 무수한 총알에 꿰뚫리기도
핏걸레처럼, 눈먼 포복처럼 진득진득했다가도
감쪽같이 아물곤 하던 심장을 위하여, 허나 이젠
붉은 장밋빛이 아니라 자줏빛으로 변한
심장을 위하여, 오, 증언하라 그리고 노래하라.

한때는 무구했던 심장을 위하여, 푸른
하늘 보면 떠도는 구름 되고, 있는 듯 만 듯한
바람결에도 흐느끼던 갈피리, 새털처럼,
장자(莊子)의 나비처럼 꿈속에서까지 무심히 헤엄치던
심장을 위하여, 오, 울어라 그리고 노래하라.

이렇듯 아직도 뛰고 있는 심장을 위하여,
잠자는 동안에도, 아니 까맣게 의식을 잃어도
쉴 줄 모르는 심장을 위하여, 스스로의 불탄
잿더미에서 나래치는 불사조(不死鳥), 태양의 불을 지닌
심장을 위하여, 오, 기뻐하라 그리고 노래하라.

우리의 시대처럼 어두운 벽, 흉벽(胸壁)에
갇히어서 종신(終身)의 선고를 받았어도
끊일 듯 이어진 심장을 위하여, 우리의 역사처럼,

헛되지 않은 우리의 사랑처럼 길이 이어질
심장을 위하여, 오, 기리어라 그리고 노래하라.

(연천문학 제5집, 2007)

관세음상(觀世音像)에게

1

석련(石蓮)이라
시들 수도 없는 꽃잎을 밟으시고
환희 이승의 시간을 초월하신 당신이옵기
아 이렇게 가까우면서
아슬히 먼 자리에 계심이여

어느 바다 물결이
다만 당신의 발 밑에라도 찰락이겠나이까
또 어느 바람결이
그 가비연 당신의 옷자락을 스치이겠나이까

자브름하게 감으신 눈을
이젠 뜨실 수도 벙으러질 듯
오므린 입가의 가는 웃음결도
이젠 영 사라질 수 없으리니
그것이 그대로 한 영원(永遠)인 까닭이로라

해의 마음과
꽃의 훈향을 지니셨고녀
항시 틔어 오는 영혼의 거울 속에

뭇 성신의 운행을 들으시며 그윽한 당신
아 꿈처럼 흐르는 구슬줄을
사붓이 드옵신 손가락 하나 움직이지 않으시고…

　　2
당신 앞에선 말을 잃습니다
미(美)란 사람을 절망케 하는 것
이제 마음 놓고 죽어가는 사람처럼
절로 쉬어지는 한숨이 있을 따름입니다

관세음보살(觀世音菩薩)
당신의 모습을 저만치 보노라면
어느 명공의 솜씨인고 하는 건 통
떠오르지 않습니다

다만 어리석게 허나 간절히 바라게 되는 것은
저도 그처럼 당신을 기리는 단 한 편의
완미(完美)한 시(詩)를 쓰고 싶은 것입니다 구구절절이
당신의 지극히 높으신 덕과 고요와 평화와
미(美)가 어리어서 한 궁필의 무게를 지니도록
그리하여 저의 하찮은 이름 석 자를 붙이기엔
너무도 아득하게 영묘한 시(詩)를

(연천문학 제5집, 2007)

동심송(童心頌)

그대 까닭없이
허전하고 쓸쓸하고 따분해지거든,
중광(重光) 스님의 동심상을 보게나.
고목의 공동(空洞) 같던 마음의 공허가
어느덧 메워진다.

굳었던 살이 노글노글 풀어진다.
더러워진 피에선
독(毒)이 걸러져서,
온몸이 맑고 훈훈해진다.
생명의 고향에
돌아온 게 틀림없다.

어떠한 어른도
과거에 동심을 겪지 않은 사람은 없기에,
어떠한 악한, 강도, 살인자도
처음부터 무쇠처럼 굳었던 건 아니기에
희망은 있나니.
동심이란
인간 누구나의 마음의 본바탕,
(그래, 그걸 부처님 씨앗이라 해도 좋다)

인간을 참으로 인간이게 하는
고요, 부드러움, 무구(無垢)함이건만,
더없이 보배로운 가능성이건만,
아지못게라,
어른이 되는 동안
대개는 그걸 다 망치고 마느니!
그래서 이렇게
허전하고 쓸쓸하고 따분해질 땐
중광의 동심상을 보는 게 약이 된다.
그러면 이내
'어린이가 어른의 아버지'라는
말뜻도 알게 되고,
'모든 영아(嬰兒)는 신이 아직 인간에게
절망해 있지는 않다는 메시지를
가지고 태어난다' ―이런 말이 얼마나
멋있는 말인가도 알게 되지.
정말 사람답게, 잘 살아야 되겠다는
새로운 각오도 일게 되고.

(홍선문학 창간호, 1999)

도봉산 망월사

도봉산 북부 중턱, 이름난 고찰이자
참선도량인 망월사(望月寺)에 오르다. 근자에 당우가
크게 중창되어 면목을 일신하다.
'望月寺' 현판만은 원세개(袁世凱)의 글씨 그대로건만.

월조문(月釣門) 지나 드높은 곳의 영산전(靈山殿) 가보아라.
저만치 수락산(水落山)과 불암산(佛巖山)이 보이는데
그 너머론 멀리 아득한 서라벌
월성(月城)까지 보일 듯. 미상불 달 밝을 때

이곳에서의 전망은 끝내주리. 마치 거울을
들여다보듯, 시방삼세(十方三世)가 환히 드러나리.
인연 따라 생멸(生滅)하는 온갖 희비극이.

하지만 보라, 의구한 것은 도봉산 산세.
병풍처럼 둘러쳐진 기암괴석의
암봉(巖峰)들과 소나무들, 늘 푸른 소나무들.

(홍선문학 창간호, 1999)

도봉산 회룡사(回龍寺)

도봉산 막내동생 사패산(賜牌山)이 굽어보는
그윽한 터에 회룡사는 아담하다.
유물이라고는 대웅전 앞에 대파된 고탑(古塔)을
말끔히 손질, 5층 석탑으로 거듭나게 한 것뿐.

그 옛날 이곳에 이태조와 무학(無學) 대사
남겼던 흔적들이 오랜 풍우상설에 씻겨
큰 바위 계곡의 옥수(玉水)보다 투명하다.
하늘을 떠다니는 구름보다 무심하다.

노천(露天)에 조성된 관세음보살 입상을 우러르며
나는 생각한다 머잖아 이곳은
새로운 관음기도 도량이 될 것임을.

요사채 옆의 홍장미와 목백일홍
곱게 피어있는 뜰을 살피는데
비구니 한 분 해맑은 가을을 밟고 지나간다.

(홍선문학 창간호, 1999)

유년시대(幼年時代)

1
아기의 입술이자 어머니 젖꼭지
아기의 손끝이자 나비의 날개 가루

2
공기(空氣)의 혓바닥이
아무리 아기의 알몸을 핥은들
그 살랑대는 나뭇잎 사이로
햇님이 아무리 금(金)가루를 흩뿌린들
냇가에서 물과 희롱하는
아기 눈알 수면(水面)에
도는 물매미야
그저 온종일
빙글빙글
돌 수밖에

3
아기의 키만 한
꽃과 꽃 사이를
오가는 아기
코에도 꽃가루

귀에도 꽃가루
꽃 속에선
사람의 소리가 난다더니
정말 그런가 봐
옥밤화에선 하이얀 목소리가
개나리에선 샛노란 목소리가

        4
아기의 집에서도 가장 드높은 곳
외딴 큰방(房)에 계시는 할아버지
왜 할아버지는 혼자서 주무실까
하늘 천(天) 따 지(地) 가물 현(玄) 누루 황(黃)
그 다음은 집 우(宇) 집 주(宙)지요
천정까지 닿은 서고엔 책이
그러나 할아버지 문갑 서랍 속의
노랗고 빨간 색종이가 아긴 좋아
그 종이 안의 이상한 무늬들이
물론 더 좋은 건 엿이나 약과지만
그걸 할아버진 잘도 주시지

        5
어디를 가나
먹을 것 투성이
신비의 다락문을
드르륵 열고 보면

언제나 거기
있는 것 말고도
들엔 멍석 딸기
산에는 칡뿌리
오디 따 먹으러
뽕나무엘 오를까나
포도를 따 먹으러
덩굴엘 오를까나

      6
서울서 온 아주머니
맛있는 과자도 좋지만요
그 선녀(仙女)의 옷자락같이
향기롭고도 보들보들한 손수건일랑
나에게 주세요
그러면 병이 곧 나을 거예요

      7
파아란 하늘엔
으리으리하게 머리 푼 대추나무
빛과 그늘이 얼룩진 마당에서
햇병아리들이 모이를 쪼고 있다
나는 한참을 혼자서 놀다가
칠칠한 싸리나무 울타리 가에 가서
오줌을 누고는

문득 싸리나무 가지를 꺾어
그 끝에다 고추를 대어 본다
사뭇 숨 죽이며
무심히 그런 짓을

       8
밝지도 않고
어둡지도 않은 듯
도깨비 웅성대는
굴 속인 듯
침침한 곳에
낯모를 어른들이
입에는 긴
담뱃대를 물고
뭐라고 뭐라고
지껄이기만…
아아 무서워라
왜 여기엔
어머니가 안 계실까
삼촌(三寸) 따라서
서울로 가는 길
처음 타보는
그것이 밤의
기차 안이란 것을
나는 까맣게

까맣게 잊고…

　9
어둠과
어둠 사이
멈춰 있듯 흐르는
늘 반짝반짝 눈부신 것이여
백금(白金)의 물빛이여
송사리 한 마리
그 속엔 없으리

그 비정(非情)의 물낯바닥엔
감히 드리울 엄두도 못 내고
흰 자갈 기슭 이만치에선
검푸른 풀잎들이
흐느껴 울고 있다
부드러운 부드러운
바람에 달래면서

(홍선문학 제5집, 2015)

다신송(茶神頌)

사흘 밤 사흘 낮의 강설로 덮인
심산유곡의 적막을 아시는가.
적설의 무게로, 어쩌다가 우지끈
가지 부러지는 소리나 들릴 뿐.

물소리, 바람소리, 새소리도 끊어졌다.
달력도 없는 하이얀 산방(山房),
노승은 이런 때 아직도 멀쩡한
수족이 고맙고, 화로가 고맙다.

솔잎의 백설을 가득 담은 주전자를
화로에 올려놓고 끓기를 기다린다.
정성껏 달여 홀로 마시는 차…

찻물이 노승의 창자를 적실 쯤엔
그의 마른 온몸에서 선향(禪香)이 풍기고
그는 어김없이 다신(茶神)이 되어 있다.

(이담문학 제3집, 2000)

두 개의 손이

서로 의지하며 울고 있다.
그 이외엔 아무 것도 없는
어둠에 싸여, 뿌리도 없이 자라난 식물같은
열 개의 손가락이 어떻게 이렇듯이 만나게 되었을까.
이제 다시는 떨어질 수도 없이 어울린 모양이
바로 사람 인자(人字) 같기도 하고, 세계의 얼굴인 양
너무도 엄숙하다. 그저 있다는 죄로 말미암아
순수모순 속에 살아야 하는
그것은 기도, 눈물의 사탑(斜塔)이다.

(이담문학 제3집, 2000)

빈 술잔의 노래

혼자 사는 여자가
혼자 사는 남자에게
술잔을 보냈다
순박한 백자(白磁)의

남자가 손을 씻고
정좌(靜坐)하여
그 부드러운
살결을 만지니

빈 잔 가득히
어렸던 공기(空氣)
저절로 녹아
투명한 미주(美酒) 되다

남자는 그때사
깨닫고 끄덕인다
여자는 결코 빈 술잔을
보낸 게 아니란 걸

(이담문학 제3집, 2000)

등잔불은

등잔불은
하나의 죄그만 나라지요
밤이면 켜지는
등잔불은 가난한 가슴의 나라지요
사랑하는 사람에의
사연을 쓰다 못해 한숨 짓는
등잔불은 오롯한 사랑의 나라지요
한밤내 고요히 불타야 하는
등잔불은 어둠을 지키는 나라지요
그 온전한 처음의 모습대로
스스로 아늑한
등잔불은 하나의 죄그만 나라지요
밤이면 다시 환히 밝는
죄그만 나라지요

(이담문학 제4집, 2000)

고독(孤獨)

이승에 있으면서
나는 곧잘 저승을 넘나든다.
얼굴은 굳어 바위가 되고
검은 죽음의 이끼가 돋는다.
나와 비슷한 벗들과 정답게
얘기를 하다가도
나는 어느덧 눈뜬 소경이다.
그러면 사람들은
저 자식 또 시인인 체 하는구나
할지는 모르지만
웃지 말아라, 비웃지 말아라,
시는 시 이외에 아무것도
아님을 낸들 모르랴.
그래서 나도 술을 들이키면
흥이 나는 체, 음탕한 체하나
나는 춤구나, 계집을 껴안아도
뼛속의 어둠은 혼자서
지껄인다, 나는 아프다고.

(이담문학 제5집, 2000)

하얀 새

보라, 홀연히 새까만 지붕 위에
하얗게 퍼덕이는 저것은 무엇인가?
길 잃은 한 마리 크나큰 나비인가,
천사가 떨구고 간 손수건인가?

하얀 새 한 마리, — 좀 상한 듯한
날갯짓으로 이내 할딱이는 숨을 이어가며
하늘의 푸른 베일을 헤치면서
단풍 든 가을 나무 가지에 옮겨 앉다.

여린 목청으로 구슬프지도 않은
소리 몇 소절 싱겁게 뽑어 보다
다시 잠잠해진 하얀 새 한 마리…

하나 너는 어디로 꺼졌단 말이냐?
거짓말처럼, 아차! 하는 사이,
빈 가지만이 바르르 떠는구나.

(이담문학 제5집, 2000)

고뇌와 황홀

갑자기 내 안을 채우는 독. 눈먼 탁주처럼
세포 알알이 음습해지면 이 몸엔 온통
검은 저승의 비늘이 돋친다. 저로 놓이는
갈 지자(之字) 걸음. 그 발자국은 짐승의 것이다.

어둠은 내 안에서, 내 오욕(汚辱)의 밑뿌리에서
치밀어 올라 동공을 뚫고 사방에 흩어진다.
콧구멍이나 손가락 끝에서도 그것은 함부로
쏟아져 내려 나는 마침내 시꺼먼 탁류.

나는 어제의 기억을 잃는다. 탁류가 빠진 곳,
밝고 순수한 빛의 충만 속에 샘솟는 희열이여.
이승과 저승을 더불어 버린 듯 탈락한 심신.

천상의 못에 솟은 나는 연꽃인가.
석불의 미소인가, 영겁을 두고 꺼지지 않을.
시작도 끝도 없는 한줄기 흐름. 거울.

(이담문학 제6집, 2001)

미래의 시인에게

어디서인지 자라고 있을
너의 고운 수정의 눈동자를 난 믿는다
또 아직은 별빛조차 어리기를 꺼리는
청수한 이마의 맑은 슬기를

너를 실제로 본 일은 없지만
어쩌면 꿈속에서 보았을지도 몰라
얼음 밑을 흐르는 은은한 물처럼
꿈꾸는 혈액이 절로 돌아갈 때

오 피어다오 미래의 시인이여
이 눈먼 어둠을 뚫고 때가 이르거든
남몰래 길렀던 장미의 체온을

활활 타오르는 불길로 보여 다오
진정 새로운 빛과 소리와 향기를 지닌
영혼은 길이 꺼지지 않을 불길이 되리니

(이담문학 제6집, 2001)

허(虛)

밤이 되어 찬란한 보석(寶石)들이 어둔 하늘을 수놓을 때엔 배가 고
파도 견딜 수 있어라 실상 이렇게 유리와 같은 가슴의 벽(壁)을 넘나
드는 투명한 슬픔은 내 아무런 생(生)에의 집착을 지니지 않음이니
아 이대로 돌사람처럼 꽃다운 하늘 아래 단좌하여 허(虛)할 수 있음
이여 나는 아노니 이윽고 내 야기(夜氣)에 젖어 차디찬 입가엔 그
은밀한 얇은 파문(波紋)이 새겨질 것을

(이담문학 제7집, 2001)

무(舞)

별빛조차 새지 않는 캄캄한 밤 가시밭 속에서 옷을 벗는다 이는 진정
실오리 하나 감기지 않은 알몸인지라 눈도 뜨지 않은 초목 배암을
한 마리 잡아 목에다 늘이고 얼시구 좋아라 춤을 추나니 가시에 찔려
참다 못해 풀섶에 쓰러지면 찬이슬이 가슴에 스밀시고 굳이 감기었
던 두 눈에선 오 후두두 뜨거운 것이 별이 떨어지네 갑자기 눈앞이
환해진 듯 보니 이 어인 눈부신 꽃불이뇨 가시밭 방울방울 피어린
자욱엔 타는 철쭉이 만발했더니라

(이담문학 제7집, 2001)

예감(豫感)

오늘
하늘은 찢어진 기폭처럼
바람에 펄럭이고,
난 오래 잊었던
위안과 같은 한 아슬한 불안에 잠겨,
플라타너스 가로수 아래 얼룩진 햇살 속을
홀로 거닐다가 문득 하늘을 우러러보니
가을은 차단한 이슬이 되어 내 눈알을 뚫고 떨어졌다.

(이담문학 제7집, 2001)

슬픈 연가(戀歌)

겨울에 핀
수선화 같다.
네가 아니고선 차지할 수가 없는
순수공간 속에 너는 선연히 미소할밖에…
그 향기로운 맑은 파동이 순간 나를
황홀케 하면 너는 더욱 눈부신 윤곽을 지닌다.
싱싱해진다. 갑자기 주위가 조용해지고
또 환히 열리는 것이다. 우리 두 사람의
영혼의 창이 서로의 모습을 비추어 보는
바로 지금이 이승의 마지막 순간일지라도
오, 우리는 미동도 않으리라. 그리고 믿으리라.
세상은 참 너무도 아름답고 이 살아 있는
기쁨에 우리가 떨고 있는 한
죽음은 차라리 감미로울 것이라고.

                ※

언제인가 나는 단 한 번
네 입술에 입술을 대었던 기억이 있다.
어둠이 밀물처럼 우리를 휩싸고 우리의 안에서도
또한 갈증이 어둠을 타고 밀물져 나갔다.
살은 살을 불렀고, 살 속의 뼈가 서걱일세라
손은 손끼리 더듬다 못해 피가 입술로

망울져 오자 두 개의 입술은 타는 철쭉으로
맞붙은 것이었다. 비록 아무도 볼 수는 없지만
안으로 터지는 진홍의 기쁨. 그때사 순간은
영원이 되고 영원은 순간으로 몸서리치는 것.
허나 우리는 헤져야 했단다. 바람에 지는
덧없는 꽃잎다이. 네 가녀린 새침한 입술이
지금은 잊었을 이는 내 은밀한 꿈속의 기억일까.
혹은 내 아득한 전생의 기억일까.

　　　　　※
나는 눈멀었다. 못 견딜 아쉬움이
날 너의 집 문 앞에까지 이르게 하다가도
짐짓 돌아서는 나는 무엇일까. 맥이 빠진다.
다리가 휘청인다. 너의 그 연약한 손을
쥐기만 하더라도 나는 온통 풀릴 것 같은데.
우리의 육신은 자취도 없어지고 너의 손바닥과
나의 그것만이 하나의 화석으로 남은들 어떠리오.
거기 따스한 우리의 체온이 서릴 수만 있다면.
그런데 이렇게 잡힐 듯 안 잡히는
너는 아지랑이. 아, 흔들리는 꿈속의 꽃일레라.
왜 나는 항시 이만치 서서 돌이 돼야 하나.
오라, 좀더 꿈이 아니라면 가까이 와서. 나의 가슴은
스스로 익어 터지는 석류알. 그 알알이 발하는
빛을, 그것을 믿어 다오. 그것은 네 것이다.

(이담문학 제8집, 2002)

하늘의 그물

앙상하게 잎 떨린 겨울 나무
섬세한, 검은, 무수한 가지들은
하늘에 던져진 희한한 그물.

까마귀라도 한 마리 걸리겠지,
아니면 파아란 살얼음 속에
반쯤 넋 나간 낮달이라도.

바람의 칼날이 아무리 매서운들
하늘의 그물이 끊어질 리는 없다.
눈이라도 나리면 더욱 의젓해지리.

밤이면 한 아름 별들을 낚는 재미,
지상의 따스한 품이 그리워
꽃잎이 지듯 소리 없이 몰려오는.

(이담문학 제9집, 2002)

품(品)

해골이 가슴에 장미를 꽂는다.
샴페인 터뜨리며 해골이 웃는다.
해골이 거울 속의 자기에 반한다.
그러나 눈먼 해골도 있다.
남루의 내장을 달았기에
갈고리 손을 내미는 해골.
술이 거나하면 언제나 우는 해골.
칙간에서 수음을 하는 해골.
뼈에 금이 가는 산고 끝에
어떤 해골은 해골을 낳는다.
해골이 별을 점치고 있다.
가위눌린 해골이 벌떡 일어선다.
해골이 연거푸 하품을 한다.
해골이 난로를 쬐고 있다.

(이담문학 제9집, 2002)

늘 끊임없는

늘 끊임없는 기구로 말미암아
어두운 금(金)의 우수에 찬 당신의 얼굴.
당신의 백설보다 흰 옷자락에선
고산식물의 냄새가 풍겨 온다.

신(神)을 사랑한다는 것이 얼마나 아득하고
어려운 일인가도 이제는 잊어, 당신의 하찮은
일거일동이 그대로 산 규범이 되었을 때
시간은 헌 매미 껍질처럼 탈락해 버렸다.

당신은 깨닫는다 전혀 새로운 공간이
또한 있다는 것을, ― 거기선 조금도
쉴 수는 없다 저 뜨는 해 지는 해처럼

오직 새벽에서 새벽으로 트이는
하나의 길을 걸어갈 뿐이라
영원한 지금에 사는 당신.

(이담문학 제10집, 2003)

강가에서

신을 벗었더니, 오히려 가벼운 꽃신을 신은 듯 사뿐히 밟히는 모래알입니다.

그리고 이렇게 벌거숭이로 옷을 벗었더니, 참으로 알맞은 무봉의 천의(天衣)를 두른 듯합니다.

배암의 유혹이 없는 이곳에선 그 처음의 무화과 잎사귀도 필요가 없습니다.

아지랑이처럼 영원(永遠)이 설레이는 짙푸른 강물엔 배 하나 안 뜨고, 이 쏟아지는 장미의 빛살 속에 가리울 아무것도 없다는 것은 차라리 눈부신 사치인 것입니다.

(이담문학 제10집, 2003)

또 한 해를 넘기기 전에

믿어지지 않는구려
한때엔 우리도 사랑했다는 것이
시간 가는 줄도 몰랐다는 것이

우리는 이제 서로가 지옥이오
'여보 사랑해'
어떻게 그런 말을 입에 담았었는지

봄 · 여름 · 가을 · 겨울…
일년의 순환이 참으로 참혹하게
어둡고, 지겹고, 괴로울 따름

이젠 다른 도리가 없겠소
헤어지는 수밖에는
서로 증오하며 살 수야 없지 않소

만나서 사랑하는 자유가 있었듯이
인연이 다하면
헤어지는 자유도 있는 법이라오

아아, 헤어지는 자유의 고마움
홀가분해집시다
또 한 해를 넘기기 전에

(이담문학 제11집, 2003)

마치 꿈처럼…

옛날 어떤 사람 말 타고 깊은 산중에 당도했다.
길도 끊어진, 저만치 동굴 앞, 소나무 아래에선
흰 도포 입은 노인 두 사람이 바둑을 두고 있다.
차 달이는 동자라도 있을 법한데, 보이지 않았다.

간신히 다가가서 인기척을 내었건만
소나무 위의 학이 한 마리 날아갔을 뿐
노인들은 거들떠보지도 않는구나. 지팡이 삼아
말채찍에 의지한 채 지켜보는 한 판이 백년일 줄야.

어느 겨를엔지 말채찍은, 보니, 썩어서 떨어졌고
놀라워라, 놀라워라. 타고 온 말은
해골로 화해 있다. 안장은 삭아 한 줌 적토(赤土) 되고

산길을 정신없이 걸어서, 걸어서 돌아와 보니
집은 옛집이로되 아는 사람은 아무도 없었다.
그는 삽시간에 피골만 남더니 숨이 끊어졌다.

(이담문학 제11집, 2003)

여우의 사랑

오백년 묵은 여우 한 마리가 미녀(美女)로 둔갑하다.
이리저리 전전(轉轉)하다 내 품에 안기더니
귓속에 마약을 불어 넣는구나, 더운 입김 함께.
'사랑해요, 사랑해요… 제발 저를 놓지 마세요.'

그 달콤함에 나는 뼈까지 흐물흐물 녹았다네.
뜯길 대로 뜯기웠지만 아프지도 않았지.
간(肝)이라도 빼내어 먹으라고 허락할 판이었지.
하지만 가끔 속이 메슥메슥 구토를 느꼈다네.

어느 날 그녀는 쏜살처럼 오더니 나를 차버렸다.
담담한 표정으로 오히려 자기가
구역질이 난다면서. 그 동안 용케 참았다면서.

그녀가 사라지자 불현 듯 여우 냄새가 났다.
아니나 다를까, 낡은 지도처럼 구겨진 시트 위엔
짙은 황갈색 여우털이 한 움큼.

(이담문학 제11집, 2003)

음악(音樂)

순수하게 깨어 있기 위해서 난 오히려 눈감는 것일까. 영원히 더 저물 지는 못하는 황혼의 공간 속에 옛 사막의 은자처럼 태연히 앉아…

귀와 머리와 가슴만 남더니. 다시 그것들은 하나로 되어 비인 그릇을 이루나 보다. 쉴 새 없는 새로운 충만에 꼼짝도 않는. 거기 절대의 각성과 같은 투명한 휴식이 나를 잊게 한다.

아무도 보고 있지 아니할 때의 난 이미 나이기보다 나 아닌 것의 나가 되는가.

박명의 그늘 속을 찬 바람이 스치어 간다. 그것은 배암. 갑자기 잊었 던 자신의 윤곽이 되살아온다. 얼굴을 만져 본다. 그리하여 굳이 감았 던
눈을 떠보는 것인데. 바야흐로 야기의 무게를 헤치면서 반쯤 벌어진 꽃잎도 같이.

(이담문학 제11집, 2003)

조용한 사나이

배경은 없었다. 빛도 아니요 어둠도 아닌
박명의 그늘 속에 그는 우두커니 앉아 있었다.
처음 난 그를 눈뜬 소경이 아닌가 했었는데
먹빛 눈동자는 분명 움직이고 있는 것이었다.

재조가 속으로 엉켜있는 사나이, 거미가 은실을
뽑아내듯이 그는 핏속에 깃들어 있던 말을 캐내어
황홀한 얘기를 짜내는 것이다. 거의 그것들을
단숨에 써낸다. 그런 때 그는 신들린 사람이다.

그는 대체로 말이 적었다. 술에 취해도
몇 마디 아니면 그저 씽긋 웃는 게 버릇이다. 변화란
그의 엿보지 못할 내부에서만 일어난다는 듯이.

우리는 서로 이방인일까. 하지만 단 한 번
뜻밖에 그가 내게로 꺾이듯 쓰러져 왔던
사실을 기억한다. 그가 과음으로 정신을 잃었을 때.

(이담문학 제12집, 2004)

묘지(墓地)

1

끓는 대낮엔 미친 초록의 희열만 남는다. 바다처럼 퍼진다. 뭇 주검에 취하다 못해 드디어 흙은 자줏빛 불길 되어 치솟고 있다. 그 초록의 바다를 뚫고, 태양의 둘레를 감도는 기운. 죽음은 없었다. 마치 태초의 카오스인 양 하나로 들끓는 하늘과 흙에 틈이 벌어지면 태양은 쓰러지고 밤이 몰려온다. 식은 초록 속에 별이 눈뜬다. 이슬이 피어난다. 묘비(墓碑)에 아롱지는 그 눈물. 그 눈물 속에 새벽이 밝아 온다. 장밋빛 시간이 초록을 적신다.

2

초록은 누우렇게 바랜 채로. 이제는 먼 파아란 하늘 속엔 흰 물고기 떼, 연이 꼬리친다. 아희들이 뛰논다. 즐거운 추석이면 사뭇 혼가(婚家)의 냄새도 나고, 해골을 빨아 피어난 화문(花紋)들이 바람에 설렌다. 가신 이들의 눈물이 스며 핏빛 노을이 서천(西天)을 물들이면 우는 벌레들. 골수로 만든 비오롱 소리인가. 저 달처럼 밤이 깊을수록 가열해지는 시름의 곡조(曲調). 잠들지 못한 영혼이 있어, 파아란 하늘 속엔 흰 물고기 떼, 구름이 헤엄친다.

3

눈이 내린다. 잿더미 위에 덮이는 꽃송이들. 가장 부드러운 입맞춤인 양 아주 소리없이 쌓이는 찬가(讚歌). 육체를 빠져나간 영혼의 귀향

(歸鄕)이다. 눈먼 하늘이 언 잿더미를 보듬은 그 사이에 영혼은 모여 흰 꽃이불을 이루며 잔다. 깊은 망각 속에 눈뜨는 부재(不在). 뭇 보석처럼 아롱지는 청홍(淸紅)의 별이 켜지더니. 하늘은 어느 결에 찬 오파알. 바람이 인다. 서슬이 푸른 그런 칼날들이 저미다 못해 바위보다 무거운 눈은 얼음 되고. 그 얼음 위에 눈이 쌓인다.

4

얼음이 녹아 잿더밀 뚫고 초록이 소생한다. 돌아온 태양에선 아직 주검의 냄새가 나고. 가시지 않은 검은 상흔은 축축한 비로. 오래 잠자던 흙 속의 해골들은 기지갤 켠다. 순간 새로운 균열이 지면 스미는 흙물. 불이 켜진 듯 뼛속에 서걱이는 오뇌(懊惱)는 아지랑이. 지열(地熱) 더불어 눈뜨는 초록의 자양이 된다. 이젠 조촐히 씻기운 저 눈부신 황금(黃金) 열매를 향해 자라는 시간이라. 얼음이 녹아 잿더밀 뚫고 초록이 소생한다. 새들이 지저귄다.

(이담문학 제13집, 2004)

연인(戀人)들과 꽃다발

샤갈의 보랏빛 연인들이 포옹하자
키는 순식간에 자라고 자라나서
짙은 군청색 하늘에 닿았네
그러자 지붕들과 교회의 첨탑 위로
이름도 모를 희고 붉은 빛의
거대한 꽃다발이 하늘에 솟아
마을을 덮었네 향기로 채웠네
고요와 평화와 안식에 잠긴 그곳
길가에 잠자던 나귀는 놀라운 듯
큰 눈을 뜨고 두 귀를 세웠건만
저절로 지붕 위의 바이올린은 울렸건만
아무도 몰랐다네 그때 하늘에는
꽃다발 곁의 연인들을 축복하는
흰 천사가 날고 있었음을

(이담문학 제13집, 2004)

초원의 낙일(落日)

초원에서 장엄한 낙일을 만나다.
젊은 사진가, 영갑은 말하기를
낙일이 북 같다고. 두드리면 소리 날 듯
팽팽하게 긴장된 북 같다고.

아냐, 저것은 도솔천에서도
가장 아름다운 빛 뿜는 홍련(紅蓮)인데
이곳 탐라섬 서방정토 찾아
살짝 내려온 것, 하고 내가 말하다.

둘은 한동안 군침도 안 삼키고
묵묵히 바라보다. 넋 잃고 바라보다.
이윽고 영갑이 펄썩 맨땅에 주저앉는다.

나도 따라 앉는다. 그러자 영갑은
누워서 바라보는 낙일은 기막혀요,
하며 길게 맨땅에 눕는다. 나도 따를밖에.

(이담문학 제14집, 2005)

비애(悲哀)

이 맨 밑바닥의 비애(悲哀)를 아십니까.
주름잡힌 뱃가죽 위에
축 늘어진 유방(乳房)의 무게를.
미쳐서 죽은 화가(畵家),
고호와도 한동안 동서했던 여인(女人).
알몸의 비애(悲哀)밖에 남은 게 없을 때엔
사람은 얼굴을 가리게 마련이죠.
어떠한 옷으로도 이제 이 여인(女人)을
감쌀 수는 없습니다. 당신의
눈물처럼 투명(透明)한 사랑의 옷이 아니고는.

(이담문학 제15집, 2005)

촛불

1
너처럼 순수한 삶은 없다
시시각각으로 소멸해 가면서도
시시각각으로 되살아나는

2
삶의 원형식(原形式)
죽음 속의 삶이여

이 명백(明白)한 신비(神秘)를 보라

3
세상의 모든 소음이란 소음은
네 안에 흡수되어 고요가 되나니
세상의 모든 찌꺼기란 찌꺼기는
네 안에 모아져서 기름이 되나니

4
이 아름다운 목숨의 불꽃
이 기적(奇蹟)의 변용(變容)을 보고
누가 사랑을 기리지 않으리오

5

사랑은 온유한 것
사랑은 말없는 것
사랑은 모든 것을 무한히 받아들여 정화(淨化)하는 것
사랑은 불타는 것

6

하나의 고요를 만나기 위해
하나의 따스함을 누리기 위해

세상에서 녹초가 되어
방(房) 안에 돌아온 사람은 찾는다

초 한 자루와
성냥 한 개비면 충분한 의식(儀式)

7

네가 켜지면
방(房) 안은 그대로 사원(寺院)이 된다

침묵(沈默)의 사원(寺院)
시인(詩人)도 부끄러워 말을 잃게 되는

너는 바로 기도(祈禱)
언어와 침묵이 하나가 되는

완벽한 소신공양(燒身供養)
일체의 모순과 갈등이 해소되는

    8
너를 보니 아직도
이 마음 가난한 걸 알 수 있네

(이담문학 제15집, 2005)

김삿갓을 구원한 것은…

김삿갓을 구원한 것은 나그네 길이었다.
  한 발 가면 산이 섰고
  두 발 가면 물이 쏼쏼
  흐르는 자연, 꽃 피고 새 우는 길.
  꿀보다 단 이 땅의 대기였다.
  해돋이와 해넘이의 찬란한 눈부심.
  그 장엄 속 숨 쉬는 고요였다.
  생멸이 자재로운
  하이얀 구름에 눈 맞추는 일이었다.
  송사리들 헤엄치는
  찬 냇물에 발 담그는 일이었다.
  보이지 않게 공중을 떠 흐르는
  매향의 강물 소리를 듣고
  다시 발길을 재촉하는 일이었다.
  닳고 닳아 수없이 버려진
  짚신들은 알지 몰라
  그가 얼마나 홀로 걷는 길.
  나그네 길을 사랑했는가를.

김삿갓을 구원한 것은 한 잔의 술이었다.
  쌓인 피로와 울적을 일시에

가시게 하는 막걸리 맛이었다.
친절한 주모의 따뜻한 눈짓.
솔솔 불어오는 일모의 바람.
찌든 오장은 생기를 되찾고
얼굴의 주름살들 어느덧 지워지는
막걸리 두 사발엔
시흥이 일곤 했다.

김삿갓을 구원한 것은 시 쓰는 일이었다.
도사가 귀신들을 마음껏 부리듯
또는 장군이 졸들을 길들이듯
그는 말들을 철저히 조련했다.
하여 시를 통해 자유를 누렸다.
희대의 재능과 문장을 지녔지만
신분상승의 기회를 박탈당한,
오직 숨어서 평생을 살아야 할
운명의 기구함이 시로 승화했다.
해학과 풍자가 일세를 풍미했다.
하지만 때로는 어쩔 수 없이
가슴 짓누르는 무거운 비애,
숙명의 그림자,
아무리 팔도강산을 누빈대도
빠져나갈 길이 없는 지평선처럼
가슴 조여 오는 한에 사무쳐서
신세타령에 빠지기도 하였거니.

김삿갓을 구원한 것은 자연과의 친화였다.
　　　　오직 자연만이
　　　　무차별 무분별의 절대평등으로
　　　　뭇 인간들을 대해 주는 것이었다.
　　　　아니 인간들이
　　　　얼마만큼 아집과 탐욕을 버리느냐
　　　　얼마만큼 애증의 굴레를 벗어나서
　　　　맑은 거울처럼 마음을 비우느냐
　　　　거기에 따라서
　　　　자연은 시시각각 경이로 다가왔다.
　　　　기적이 아닌 현상이 없었다.
　　　　자연의 품속에서 그는 어쩌면
　　　　자신도 모르게 투명해지고 있는 것이었다.
　　　　나무를 보면 나무가 되고
　　　　바위를 보면 바위가 되었다.
　　　　방랑중인 그를 용케 찾아내어
　　　　귀가를 간청하는 아들의 눈에조차
　　　　그가 다음 순간 안 보이는 것이었다.
　　　　청천백일하에 보이는 것이라곤
　　　　나무와 바위와 흐르는 물과
　　　　무성한 풀의 적막뿐이었다.

(이담문학 제16집, 2006)

숲 속의 단풍나무

태풍과 폭우에도 꺾이지 않고
더욱 충천하는 기승을 부리던
무성한 잎들이 녹색의 독(毒)을 뿜던
여름 숲의 왕성한 정력은 어디로?

썰렁한 가을 숲의 숙연한 자태여.
혈기는 줄어도 군살이 빠져서
제정신 차린 고사(高士)의 모습 같다.
골짜기 물도 잦아 숨을 죽였구나.

다만 오히려 제철을 만난 것은 단풍나무로세.
곱게 물든 홍옥빛 반투명의 단풍잎 파라솔,
하늘의 푸르름과 햇살이 시나브로 새고 있는.

그 아래 나는 고개를 쳐든 채 못박힐밖에
지금 이 순간의, 휘황찬란한 미(美)를 누리려고
오늘은 불현듯 가을 찾아 나섰던 모양.

(이담문학 제17집, 2006)

진달래 정토(淨土) 길

이곳에서 서쪽으로 십만억 국토 지나야 극락이죠.
하지만 대뜸 갈 수 있는 지름길을 알았어요.
당신도 가려거든 먼저 심신을 탈락시키세요.
진달래 보면 진달래 되는 방법을 익히세요.

그 진달래 정토 길엔 진달래가 무진무진
피어 있습니다. 꽃송이가 십만억 개는 됩니다.
꽃송이마다 하나씩 찬란한 국토가 들어 있죠.
송이송이 빛 뿜는 분홍빛 국토의 이름은 황홀,

또는 고요, 자비, 평화, 청정, 부드러움…
어디선가 오색이 선연한 수꿩이 한 마리
날아오기도 하고, 옴마니반메훔 진언이 들리는데,

오, 저만치 연꽃자리 위엔 꿈처럼 앉아 계신
아미타불이 미소를 흘리시죠. 진달랫빛 방광(放光)으로
삼천대천세계를 밝히시죠. 환히 구석구석.

(이담문학 제17집, 2006)

동두천 왕방산의 거암과 묘송(妙松)

바위가 좋아
그것도 깎아지른 칠 미터 키를 지닌
거암 꼭대기에
소나무가 뿌리를 내리기 시작한 지
몇 백 년이 흘렀을까.
그런 건 굳이 알 필요 없으렷다.

다만 그들의 찰떡 궁합 볼 일이다.
아무리 지독한 폭우, 폭풍, 폭설에도
꺾이지 않고, 아니, 더욱 치열히
바위와 소나무의 은밀한 살섞음,
묘합(妙合)은 끊임없이 이어져 왔거니.

겉으로 확인되는 뿌리만 해도
열 개가 넘는 것이
얽히고설킨 구렁이 떼처럼
거암 꼭대기에 잔뜩 서려 있다.
확고부동이다. 바위에나 뿌리에나
푸르스름 일색의 이끼가 끼어 있어
어디가 바위이고 어디가 뿌리인지
구분이 안 된다.

보이지 않는 바위 속 어디쯤
또는 흙 속 어디쯤인지는 알 수 없지만
뿌리의 뿌리들은 지금도 여전히
굴착 작업을 이어가고 있으리라.

조금 내려가 측면에서 보니
완연히 한 폭 걸작 그림이다.
높이 칠 미터 깎아지른 거암 위에
비스듬하게 묘송이 무동 선
형국이 한눈에 들어오기 때문이다.
그 아슬아슬하면서도
균형과 조화 이룬 희한한 묘기(妙技)라니.

때는 늦가을. 정상 가까운
왕방산 비탈에서, 일대는 온통
잎 떨린 암회색 나목(裸木)의 바다인데
독야청청 과시하는 묘송은 멋지구나.

묘송을 기른 거암은 흐뭇하다.
거암을 낳은 대지는 흐뭇하다.
자신의 우줄우줄 춤사위 따라
해와 달, 별들도 춤추게 하는
하늘과 땅 사이의 묘송은 흐뭇하다.

(이담문학 제19집, 2007)

홀로 마시는…

홀로 마시는 차맛을 터득해야
과음 과식을 안 하게 된다

홀로 마시는 차맛을 터득해야
미풍과 이슬과 햇빛의 맛도 알게 된다

홀로 마시는 차맛을 터득해야
가을물 같은 티 없는 문장을 쓸 수 있게 된다

홀로 마시는 차맛을 터득해야
함부로 하는 말을 안 하게 된다

홀로 마시는 차맛을 터득해야
선(禪)과 시와 차가 다르지 않음을 알게 된다

홀로 마시는 차맛을 터득해야
노자오천언(老子五千言)을 음미할 수 있게 된다

홀로 마시는 차맛을 터득해야
본래청정심을 여의지 않게 된다

(이담문학 제19집, 2007)

불상(佛像)

그의 둘레엔 항시 원시의 바닷내가 풍긴다.
그의 음성은 바위를 뚫고 솟는 물소리 같다.
그의 눈짓엔 즈믄해의 고요가 서리어 있다.
그의 가슴은 만상이 비쳐 오는 맑은 거울이다.
그의 침묵엔 뭇 소음도 그 안에 녹아 든다.
그의 피부는 순금의 빛과 달내를 갖고 있다.
그의 혈액은 깊은 못물 위에 연꽃을 솟게 한다.
그의 한 손은 허공을 가리킨 채 미동도 않는다.
그의 미소는 새로운 탄생을 알리는 별빛이다.
그의 둘레엔 항시 미지의 바닷내가 풍긴다.

(연천문학 제5집, 2007)

소요산 자재암

일주문 지나자 이내 원효대와 원효 폭포를 만나다.
자재암 앞엔 옥류(玉流) 폭포가 깊숙한 골짜기로
그림처럼 떨어지고, 그 옆에 이어진
집채만 한 기암(奇巖) 아래 굴이 나한전(羅漢殿).

밖으로 뽑아낸 굴 속 석간수, 원효 샘물 마시니
심신이 삽시간에 쇄락해지다. 도시 이 나라
명산고찰(名山古刹)에 원효의 흔적 없는 곳이 있던가.
원효는 살아 있다. 우리 안에 살아 있다.

녹음으로 물들은 대방(大房) 안에서의
상추쌈 점심공양을 마치고
일행은 선녀탕을 찾기로 하다.

골짜기의 험준한 암벽을 타고 돌아
겨우 찾아낸 선녀탕은 과연 비경(秘景)임에 틀림없고,
소요산 전체가 그곳을 감싸고 있음을 알겠구나.

(이담문학 제20집, 2008)

녹차송(綠茶松)

녹차를 마시면
피가 맑아지고 군살이 빠지고
눈빛이 흰 연꽃처럼
서느러워지느니…

먼 곳에서 벗이 찾아 오거든
목욕물 데워 피로를 풀게 하고
우선 한 잔의 녹차를 권하여라
그러면 그것이 더없는 대접이리

벗의 얼굴이 보름달인 양
환히 빛날 쯤엔
거문고 한 가락 안 탈 수 없으리

좋은 차와 벗과 거문고와…
그밖에 더 무엇을 바라리오
그저 안온하고 흡족할 따름이리

(이담문학 제20집, 2008)

무심차(無心茶)

도 닦는 마음으로 집안을 청소하고
도 닦는 마음으로 온몸을 씻고
도 닦는 마음으로 단좌하여
도 닦는 마음으로 창 열고 산을 본다

무심차 한 잔에 무심이 된다
무심차 두 잔에 산과 나는 하나
무심차 석 잔에 나는 오들오들
양지에서도 떨고 서 있는 산수유나무

아직 잎이라곤 하나도 피지 않은
알몸의 가지에 꽃만을 달고 있는
좁쌀알만 한 꽃들이 모여 노랗게 흐느끼는

그 둘레의 공기는 녹아 투명도를 더해 주네
그 둘레의 공기는 녹아 따스함이 돌고 있네
그 둘레의 공기는 녹아 새봄을 알려 주네

(이담문학 제20집, 2008)

원효봉(元曉峯)에서

원효봉 꼭대기 원효 바위에서
원효는 새벽에 전정(禪定)에 들었다.
동쪽의 백운대, 인수봉에서 영취봉 거쳐
햇덩이 같은 북한산 정기가 가슴으로 다가왔다.

그 정기가 가슴을 뚫고 나간
그 자리에는 선명한 만자(卍字) 무늬가 새겨졌고,
추위도, 배고픔도, 신라도, 당나라도, 그런 것들은
티끌 속 티끌로 잦아들고 없었거니.

문득 제 정신이 들었을 때엔
아아, 저만치 서해에 홍련(紅蓮) 같은
해가 지고 있었다. 활활 타오르며.

낙조를 받고 맞은편 의상봉도
취한 듯 홍조를 띠고 있었다. 마치 의상봉은
하늘로 솟구치는 붉은 용(龍) 같았다.

(이담문학 제21집, 2008)

의상봉(義湘峯) 용바위

오늘은 의상봉의 백의관음(白衣觀音) 수호하는 용바위와 놀았음.
몸길이 백오십 미터, 그 한가운데 진사(辰砂)빛 등뼈 타고
용머리까지 올라 만세 불렀음. 용의 벌린
입 속으로 들어가 샘물 마시고, 앞 발톱에 손대었음.

(이담문학 제21집, 2008)

여의주(如意珠) 이야기

은(銀)보살이 머리칼 휘날리며
호일당(好日堂) 문을 열고 들어오자, 온 방 안이
금싸라기 햇살과 싱그러운 바닷내…
마치 동해(東海)의 햇덩어리라도 굴러 들어온 듯.

나의 고혈압과 기침은 어디론가
무산해 버렸다네.
낙산사(洛山寺)에서 은보살에게
무슨 영험(靈驗)이라도 있었던 것 아냐?

예, 바로 오늘, 새벽의 동해에서
저는 너무너무 좋은 걸 보았어요.
이젠 죽어도 한(恨)이 없을 만큼.

무얼 보았길래?
저는 진짜 여의주를 보았어요.
저는 그 순간, 기절할 뻔했는 걸요.

(이담문학 제25집, 2010)

다 · 다 · 다 · 다

노승(老僧)의 몸에 군살이라곤 한 점도 안 남았다.
어·묵·동·정이 가을물처럼 맑고 잔잔했다.
어느 날 그는, 앉은 채로 곱게 이승을 하직했다.
노승의 굳은 온몸에선 마냥 그윽한 향내가 났다.

(이담문학 제26집, 2011)

폭포

폭포는 거기 언제나 있다. 실존의 핵이다.
생명의 더없는 충족이 자아내는 굉음이자 고요이다.
순수지속이다. 협잡의 티끌은 추호도 개입될
여지가 없는 폭포 앞에 서서, 그대로 폭포 되라.

(이담문학 제26집, 2011)

진심으로…

찬미할 줄 아는 시인(詩人)의 혓바닥은 썩지 않는다.
언제까지나, 불 속의 연꽃처럼, 신선하다.
찬탄할 줄 아는 시인의 목소리는 도처에 스민다.
언제까지나, 진흙소 울음처럼, 천상천하(天上天下)에.

(이담문학 제26집, 2011)

이 마음이 가난해지면

이 마음이 가난해지면 오랜 정성으로 알알이 빛나는 차단한 염주.
이 마음이 서러워지면 가장 멀리 두고 온 고향의 이끼 낀 바위.

이 마음이 가벼워지면 오색이 영롱한 가락을 타고 떠도는 깃털.
이 마음이 뜨거워지면 살 속의 뼈마저 저절로 녹는 치열한 불길.

이 마음이 황홀해지면 파아란 하늘나라 호수에 비친 산호빛 노을.
이 마음이 무한해지면 도도히 흘러 그칠 줄 모르는 요요한 강물.

(이담문학 제27집, 2011)

회색(灰色)의 염주초(念珠抄)

강아지 눈알은 흑진주(黑眞珠)였다.
바늘구멍만 한 유리알 안에서도 잠자는 불타(佛陀).
쓰레기통 속에서 피어난 장미(薔薇).
심해(深海)의 물고기는 스스로 빛을 발하며 산다.
심장은 수인(囚人) 종신징역의 선고를 받은.
귀뚜라미 울음은 온 우주(宇宙)를 진동케 한다.
그 무엇으로도 항아리 안을 채울 수는 없다.
추악한 거미가 은(銀)실을 뽑아낸다.
동양의 꿈은 바위를 깨뜨고 튀어난 손오공(孫悟空).
눈물 한 방울이 별들을 적신다.
십자가(十字架)에선 아직도 붉은 선혈이 떨어지고.
징그러운 배추 버러지가 흰나비 될 줄이야.
꽃은 다름 아닌 식물의 생식기(生殖器).
한번 쏘아진 화살은 다시는 돌아오지 않는다.
흐르는 물은 일찍이 공자(孔子)가 흘렸던 눈물.
쓰레기통 속에서 피어난 장미(薔薇).
바늘구멍만 한 유리알 안에서도 잠자는 불타(佛陀).
강아지 눈알은 흑진주(黑眞珠)였다.

(이담문학 제27집, 2011)

옴마니반메훔

공중에 떠도는 짙은 연꽃 향기, 문득 나의 콧속으로 들어와서,
핏속으로 살 속으로, 온몸을 돌고 돌아 항문에 이르매,
마침내 향기로운 방기로 방출되다. 순간 이 몸은 쇄락하기
그지없어 온몸이 방광하다. 입에서는 저절로 옴마니반메훔,
옴메니반메훔, 진언이 나오다. 옴마니반메훔, 연꽃 속의
마니주여. 연꽃 속의 불보살. 연꽃 속의 지혜광명.
연꽃 속의 자비광명. 연꽃속의 시방세계. 연꽃 속의 장엄법계.
옴마니반메훔, 연꽃 속의 이 몸이여.

(이담문학 제28집, 2012)

이런 시구(詩句)

심심한 사람은
심심하게 사세

심심산천의 심심새처럼

(이담문학 제29집, 2013)

유심히 나를

유심히 나를
바라보던 네 눈에
우울한 시름이 고이었는데

이윽고 나에게 가까이 와서는
나직한 소리로 이르는 말이
내 눈에 오히려 말할 수 없는
깊은 수심이 어리었다고

(이담문학 제29집, 2013)

눈이 왔네

눈이 왔네
이렇게 희고 고운 눈이 쌓이는 동안
나는 한밤내 무슨 생각을 하였음인가
아직 새벽은 밝지도 않았는데
은은한 미열이 서린 이마를
실신한 사람처럼
나는 차디찬 눈에다 대었다

(이담문학 제29집, 2013)

천보산(天寶山) 회암사지(檜巖寺址)

천보산 남쪽 기슭, 회암사지에 당도하자
절로 한숨 쉬다. 이미 수백 년 전
폐허가 된 곳이나, 주춧돌은 남아있어
그 방대한 규모가 놀랍다.

일찍이 회암사는 고려말 불교계의
총본산이었던 곳, 대가람의 면목을 갖추어서
나라 안팎에 이름을 드날렸다.
그것이 이렇듯 일장춘몽으로 그쳐도 되는 걸까.

안 되지, 안 되지, 그럴 수야 없고말고
회암사지 북쪽의 구릉에 올라서니
거기 지공·나옹·무학의 묘탑과

탑비와 석등이 한 줄로 정연하게
고색창연을 과시하고 있음이여.
회암사와의 줄기찬 인연을 증거하고 있음이여.

(이담문학 제30집, 2014)

두타산(頭陀山) 삼화사(三和寺)

지혜(智慧) 스님이 삼화사 주지로 부임한 뒤
도량은 달라졌소. 무럭무럭 달라졌소.
앉아있는 불교에서 부지런히 활동하는,
늘 끊임없이 일깨우는 불교로.

그 동안 스님은 세 번이나 쓰러졌다고 하오.
이제 다시는 그런 일이 없겠지요?
대웅전 옆에 새로 조성된 자비의 화신(化身),
지장보살께서 미소를 거두어 버린다면 몰라도.

일주문 아래 무릉계곡 초입에는
천 명쯤 거든히 수용할 만한 암반이 있거니,
법석(法席)을 차리기엔 안성맞춤인 곳.

사부대중이 구름처럼 모여들면
찬불가(讚佛歌)·찬불무(讚佛舞)로, 그곳은 홀연,
꽃비 내리는 불국토 될 것이오.

(이담문학 제30집, 2014)

애향가

산비둘기는 산이 좋아 산에서
물오리는 물이 좋아 물에서 사노라네
나는 인간이라 집에서 살지만
산도 물도 좋아 이 강산 못 떠나네

한 발 가면 산이 섰고
두 발 가면 물이 촬촬…
이 나라 삼천리 금수강산 말고
지구상 어디에 이런 곳 있으랴

금성인도 이곳에서 살고 싶어하고
토성인도 이곳에서 살고 싶어하네
동포여 이 땅에 태어난 기쁨
우리 햇살처럼 펴면서 살아가세

* 위 시는 고향 한탄강 다리 전 38선 돌비 뒷면에 음각되어 있다.

(이담문학 제31집, 2015)

무제(無題)

봄
죄인처럼
무릎을 꿇고 않아 있겠어요
눈을 꼬옥 감아야 되겠지요
삼가 어지러운 마음을 모아
잊었던 당신의 모습만을 그리어 보겠어요
시들은 나무에 봄물이 오르듯이
제 야윈 가슴에 그리움이 고이면
이 눈이 얼굴이
다시 활활 타오를지요
저는 그러나 울지 못해요
저에겐 세상이 너무 밝더군요
그래서 이렇게 어지러운 모양예요
저는 매일
추악해지는 얼굴을 보고
간신히 살아 있는
자기의 목숨을 숨쉬고 있지요
허나 이젠 이렇게
두꺼비처럼 있기도 싫어요
차라리 영영 멸하여 버렸으면 좋겠어요
진정 곱고 아쉬운 그리움에

스스로의 목숨이 타는 줄도 모르고
밤을 지키다 사라져버리는
촛불과 같이
저에게 다시 그리움을 주세요
이 눈이 얼굴이
활활 타오르는 그리움을 주세요

당신은 이제

당신은 이제
더욱 말이 없으시겠습니다

한 팔은 다치시어 쓰지 못하고
다른 한 팔로 펜을 드시고 종군하신다는
기구한 당신의 운명의 모습이
저에겐 그러나 하나의 필연처럼 생각됩니다

낮이나 밤이나
이제 당신은 한결같은 표정을 지니실 겝니다
마지막 인간이 지니게 되는
그 잔잔하고도 무거운 표정을

생각하는 기능마저 마비된 듯이
당신은 그렇게 생각하실 겝니다
멸할 수 없는 당신의 이데아를

쉴 사이 없이 포탄이 터지고
사뭇 총알이 퍼붓는 속에서도
당신은 정말 태연하실 겝니다

때로 당신에겐
이 환한 너무도 맑은 가을의 푸르름이
오히려 온전한 어두움처럼
느끼어지실지…

때로 당신은 저를 생각해 보실지 모릅니다
지새는 달처럼
허나 그것은 비인 하늘로 사라질 겝니다.

수락산(水落山) 학림사(鶴林寺)

수락산 남록 중턱에 있는 절,
학이 알을 품은 형국이라 하여
학림사란다. 대웅전 앞에 서면
바로 건너편이 오롯한 불암산.

그런데 나는 뜰 아래 나한전
그 지붕 위로 그늘을 드리운 노송이 너무 좋다.
땅에서 일 미터쯤 솟아난 둥치에서
엄청 굵은 가지들이

다섯 개나 이리저리 옆으로 뻗다가
위로 솟아, 상록의 칠칠한 솔잎들을 달았구나.
분명 한 오백 년 살았을 노송…

그 아래 무심한 바위에 좌정하여
나는 생각한다. 천년 뒤 이 자리엔
또 어떤 시인이 찾아와서 노송을 찬미할지.

(이담문학 제31집, 2015)

백치(白痴)의 노래

저희는 이제 감동할 줄 모릅니다
이 한없는 어지러움 속에서
사람마다 엄청난 비극이라 하지만
저희는 그러나 아무것도 모릅니다
어떻게 하는 것이 웃는 것인지
어떻게 하는 것이 우는 것인지
저희는 조금도 놀랄 필요가 없는 듯합니다
누가 미치든지 서러워하든지
아니 저희 가슴에 총알을 맞아도
저희는 그러나 아무렇지 않은 듯 쓰러질 겝니다
용서하십시오
용서하십시오
여기는 사막도 아닙니다
여기는 지옥도 아닙니다
삼가 비나니
자비로우신 하느님이시여
이렇게 백주에 무릎을 꿇고
마지막 힘을 모아 기도를 올립니다
저희들을 한 번만 울리어 주십시오
저희들을 한 번만 웃기어 주십시오

노을

타는 저녁노을에
하늘은 불바다 빨갛습네요
산도 붉은 산
바위도 붉은 바위
그 속에 나두야 빨갛습네요

아 어디서
소녀의 노래가 들려 오네요
솔 솔 바람에 실려 오네요
고운 그 소리…
맑은 그 노래…
그러나 아무리 뒤돌아보아야
소리의 임자는 보이지 않고
소리의 임자는 보이지 않고

내 가슴 속에도 노을이 타네요
내 가슴 속에도 노을이 타네요

먼 풍경(風景)

1
달밤이면 아낙네들 물길러 가오

졸졸 흐르는 시냇물 위
외나무다리 건너 가오

미나리 논가 둔덕 길을 밟고 가오

2
달밤이면 아낙네들 물긴고 가오

동동 바가지는 물동이 속
찰람거리는 물 위에 띄우고

풀잎 이슬을 밟고 가오

이마를 스쳐 구슬 같은 물방울은
보이얀 아낙네 젖가슴을 휘적시죠

물은 달빛을 녹이고요
바람은 솔솔 불어대는

달밤이면 아낙네들 물긴고 가오

길

숲사이 길이다
그러나 거기에도 흰 장미가 깔리지는 않았다

어디서 비롯되어
어디서 그 길이 다하게 될는지 알 수는 없다
언젠가 나는 다만 오래 헤맨 것 같다

이따금 거기엔
실바람이 향기를 날라와
나의 발길을 멈추게 하고
길가의 외로운 노오란 꽃잎에
벌이 윙윙거리기나 할까

나는 시방 무척 곤하다
그러나 홀로 쉬지 않고 그 길을 걷고 있다

울창한 수풀에 가리워서 아무도 나를 알 수는 없다

이따금 내가 가슴이 설레어
휘파람을 불면 멀리 화답하는 꾀꼬리가 있지만
그저 대개는 벙어리 같이

무뚝뚝한 얼굴을 하고 걸어 갈 뿐이다

길 그윽한 숲 사이 길이다
그러나 그 길을 홀로 가는 길 아슬한 길이다

가을 단장(斷章)

나는 코스모스를 닮았는지라
후리후리 가냘픈 몸매라네

있는 듯 만 듯한 바람이 불어도
나는 다리가 흔들리었네

푸른 푸른
하늘에 하이얀 구름이 떠가면
벙어리같이
나는 슬픈 몸짓을 하였네

그런데 여기
가을빛 맑은 푸르름 속에
나는 아직도 꽃피지 않았네
나는 아직도 꽃피지 않았네

아아 실로
어느 때에사

코스모스야 네 흰 얼굴에
또 차디찬 이슬이 맺히면

나는 또 씨거운 눈물을 흘리마
내 흰 얼굴에 시들은 얼굴에

찬 하늘

하늘엔
푸른
살얼음이 얼었네

살얼음 속에는
흰 달만이
엷게 남았네

바위와 나비

크나큰 바위가 있었다

쪽빛 하늘과…
눈부신 구름과…
나무 나무와…
흐르는 물과…

그리고 소리없이
번갈아 뜨고 지는
해와 달만이 있었을 뿐이었다

어느 날
그러나 그것은 왔다
먼 하늘나라에서 내려진 사연처럼
꽃무늬처럼
흰 나비가 바위에 안겼을 때
순간
나비는 옴찍도 안 했고
바위는 살아 숨쉬는 듯…
즈믄해의 잠에서 깨어난 것이었다

허나
이윽고 나비는 사라졌다

그리곤 다시
모든 것은 마치 아무 일도 없었던 듯이

쪽빛 하늘과…
눈부신 구름과…
나무 나무와…
흐르는 물과…

마는 그때부터
바위엔 이끼가 끼기 시작했고
다시는 영 잠들 수 없었다

우음(偶吟)

어둠은 하늘에서
무덤들 잔디 위에
나리어 오고
하늘엔 다시
청홍(靑紅)의 꽃초롱
아련히 켜지면
무덤들 잔디 위에
하늘은 고운
꽃이불 되어
어둠을 덮도다

서곡(序曲)

때로 새벽이면 허(虛)한 마음에서
당신을 향해 무릎을 꿇는 시간(時間)을 갖습니다
그것은 당신을 위해서인지 혹은 저 자신(自身)을
위해서인지 아직 알 수는 없습니다

마는 이렇게 무릎을 꿇을 만한 자리가 있고
한 열매가 그 껍질 안에 들어 있듯이
제가 그 안에 들어가 있을 공간(空間)이 있음이여
저는 여기서 기다려야겠습니다

저의 생명(生命)이 익어서 찰 때까지
저의 피는 아직도 맑지 않습니다
아 황홀(恍惚)히 맑은 그리움에

스스로 고여 오는 저 새벽의 우물물처럼은
제가 온전히 저 자신(自身)을 실현(實現)할 때에만
또한 제게도 푸른 숨결이 돌아올 것입니다.

나의 아들을…

나의 아들은 바람의 근원(根源)이다.

나의 아들은 달빛 위에 올라 결가부좌한다.

나의 아들은 축지법(縮地法)을 쓴다. 발자국을 안 남긴다.

나의 아들은 유계(幽界)를 넘나들며

　　　　　예사로 노자(老子)의 수염을 만진다.

나의 아들은 손바닥엔 은하수(銀河水)가 흐른다.

나의 아들은 산상(山上)으로 타오르는 불이다.

나의 아들은 방뇨(放尿)는 그대로 폭포(瀑布)가 된다.

나의 아들이 통곡하면 하늘이 무너진다.

나의 아들은 손가락 끝에서 무지개를 뽑는다.

나의 아들 가슴속엔 여의주(如意珠)가 들어 있다.

나의 아들의 눈빛은 사람을 살고 싶게 한다.

나의 아들의 주식(主食)은 이슬과 은행과 호도다.

나의 아들은 어린이들을 제일로 좋아한다.

　　　　　지상(地上)의 꽃보다도, 하늘의 별보다도.

나의 아들이 앉았던 바위에선 불로초(不老草)가 돋는다.

나의 아들은 별들을 꿰어 목걸이를 만든다.

나의 아들의 술벗은 이태백(李太白)과 김단원(金檀園)이다.

나의 아들은 곧잘 풀잎 속에 들어가 숨는다.

나의 아들의 손길이 닿으면 사나운 말도 유순해진다.

나의 아들의 옷은 천의무봉(天衣無縫)이다.

나의 아들은 장밋빛 발바닥을 가지고 있다.
> 바다 위를 걸어도 젖는 법이 없다.

나의 아들이 악기(樂器)를 타면 호랑이도 눈물을 흘린다.

나의 아들은 신비의 열쇠인 북두칠성(北斗七星)으로
> 또 하나 다른 우주(宇宙)를 여닫는다.

나의 아들은 용광로 속에서도 태연히 잠을 잔다.

나의 아들의 손톱은 귀갑(龜甲)이다.

나의 아들은 용(龍)의 생식기(生殖器)를 가지고 있다.

아의 아들은 지상(地上)의 여인과는 동침(同寢)을 안 한다.

나의 아들의 그림자는 은은한 물빛이다.

나의 아들의 둘레엔 언제나 라일락 꽃내음이 감돌고 있다.

나의 아들은 자면서도 곧잘 미소를 짓는다.

나의 아들은 황금(黃金)의 목청을 가지고 있다.

나의 아들의 노래를 듣는 이는
> 누구나 다 동심(童心)으로 돌아간다.

나의 아들은 어떠한 벽(壁)도 거뜬히 투과(透過)한다.

나의 아들 안에서는 천국(天國)과 지옥(地獄)이 하나로 되어 있다.

나의 아들의 시선(視線)은 빛보다도 신속하다.

나의 아들에겐 국경(國境)과 인종(人種)도 장벽이 되지 못한다.

나의 아들의 언어(言語)는 사랑이다.

나의 아들의 마음은 시공(時空)이 끊어진 자리에 있기에
> 염증을 모른다.

나의 아들은 구원의 청춘(靑春)이다.

빛과 어둠의 사이

詩라는 단어도 알지 못하시는
八旬老母님께 삼가 이 長詩를 바친다.

1.

쫓는 자의 잔혹성
광기(狂氣)를 위한 광기(狂氣), 전쟁에 절망하고
쫓기는 자의 비애, 검은 죽음의
그림자에 절망하고
골수에 스미는 추위에 절망하고
하루 백이십 리의 강행군에 절망하고
언 발바닥에 생기는 물집, 그 속에 낀
때꼽에 절망하고
간(肝)이 떨어지는 협박에 절망하고
쉴 새 없는 고역에 절망하고
하루 한 끼의 주먹밥에 절망하고
오그라든 성기(性器)에 절망하고
영혼을 잃어 불꺼진 눈과
사윈 잿더미의 가슴에 절망하고
온몸에 절은 때와 땀으로 번들번들
닳고 닳은 누더기 단벌옷에
설설 끓고 있는 이 떼에 절망하고
주린 살의 아픔에 절망하고
뼈는 삐걱삐걱 아무리 용을 쓴들
똥끝만 타는 변비에 절망하고

비상소집(非常召集)의 달빛에 절망하고
구보(驅步)에 절망하고 포복에 절망하고
인간에 절망하고 집단에 절망하고
눈먼 시대의 어둠에 절망하고
어둠이 낳은 절망에 절망하고
절망이 낳은 절망에 절망해서
마침내 한바탕 절망의 살풀이로
언 땅에 뒤틀린 사지를 휘저으며
게거품을 뿜는 지랄병에 절망하고
그러면서도 목숨은 붙었기에
절망을 숨쉬는 코
절망을 씹는 이빨

　　　2.
차라리 옥중의 평화를 그리다가
앞에총하고 보초를 서면서도
얼었던 몸이 풀리는 어지러움
졸음에 겨운 뜬눈의 잠이
차라리 죽음의 달콤을 그리다가
문득 비상하는 새를 쫓는 눈에
파아란 봄하늘이 물들어온다
불이 켜진다 희망의 불이
캄캄지옥이던 살 속에 불이
어느덧 날개 돋친 심장의 파닥거림
더운 분류처럼 온몸을 훈훈하게

바람부는 혈액 속에 별들이 눈뜬다
오랜 마비로 잠자던 기억들
사랑의 언어들이 혀 끝에 감돌다가
메마른 입술 뚫고
홀연 금은(金銀)의 섬광을 번뜩인다
대지(大地)의 약속만은 어김이 없었구나
오오 희망이여 불멸의 희망이여
너에겐 죽음마저
한낱 벗어버릴 허울에 불과할 뿐
백골은 진토 돼도 초록의 희망
일편단심이야 풀잎으로 피어나서
이슬로 맺히리니, 그 이슬 알뜰히
하늘에 빨리면 그제는 사랑의
별로 화하리니, 죽음은 없음이여
무궁무진한 사랑만이 있음이여
후두두 지는 눈물 속에 다시금
다짐해 보는 하늘과 별과 바람과 시(詩)
그것들은 하나라 그것들은 하나라
총(銃)자루 쥔 손에선 흙내 난다
별빛 어린 눈에선 이슬 냄새

        3.
불이 켜지듯 희망은 사라지고
어느덧 세계는 칠흑의 어둠 속에 침몰해 있다
뭇 별들의 버림을 받고

시작도 끝도 없는 광란(狂亂)의 어둠 속에

마치 축제의 전날밤 같은
어둠도 있었건만
빛과 같은 어둠도 있었건만
무르익은 포도주의 어둠도 있었건만
창생(創生) 이전의 혼돈(混沌)과 같은
어둠도 있었건만
세계의 중심, 땅 속의 바위 속의
목마름 같은 어둠도 있었건만
미역내 나는 밤바다 밀물살의
어둠도 있었건만
봄밤의 나무숲의
그 안 보이는 흙 속의 뿌리에서
그 무수한 가지로 잎눈으로
물 빨아올리는 소리밖엔 안 들리는
고요한 소용돌이 어둠도 있었건만
비둘기처럼 사랑처럼 부드러운
어둠도 있었건만

눈도 코도 없는
지금의 어둠은
인간의 무명(無明) 어둠 불모(不毛)의 어둠
그 속에서는 샘도 바닥나고
풀도 안 자라며 나는 새도 떨어진다

바위도 바삭바삭 바스러지는 어둠
근원의 어둠 공포의 어둠
그 속에 빠지면
세계는 이성을 잃고
지리멸렬의 수라장 되나니
세계의 온갖 창(窓)이란 창은
굳게 닫히고
세계의 온갖 길이란 길은
일제히 차단된 채
눈뜬 소경이 된 인간은 서로
갈팡질팡하고 부딪고 치고
어르고 야합하고 욕하고 피흘리고
파리 떼 잡듯 파리 떼 잡듯
미친 손길이 단추 하나 누르면
하늘을 무찌르는 일만의 마천루(摩天樓)도
백만의 인명도 일순에 달아날 판

항문으로 먹은 걸 입으로 배설코자
저 천하괴물이
끙끙 용쓰는 소리는 들리는가?
갓난 핏덩이를 제 손으로 눌러 죽인
어미손은 보이는가?

(아무것도 안 들리고)
(아무것도 안 보여요)

4.
빛이여, 빛이여, 생명의 근원이여
너는 어디에 숨었단 말인가?

무명(無明)의 비늘 낀 아집(我執)의 눈으로는
사물의 진상을 못 보기 때문

천지가 진동하고 꽃비가 내릴
크나큰 깨달음의 광명이 번뜩여야
우주에 미만한 어둠이 사라지리
그 순식간의 장엄한 불가사의

모든 게 빛이라
삼라만상이 그 모양 그대로
간단없이 빛을 터뜨린다
장미는 장미의 연꽃은 연꽃의
빛깔을 누리면서 빛을 전파한다
바위도 빛덩어리 모래도 빛투성이
출렁이는 바다도 나무도 기왓장도
짐승도 물고기도 인간의 발톱도
발톱에 낀 때도
그것들을 관류하는 빛은 하나다

빛나무에서 빛꽃이 피듯

빛사람에선 빛의 언어가 샘솟을밖에

어떠한 시대의 소용돌이 속에서도
꺼지지 않고
아무리 못 미칠 캄캄절벽의
무간지옥이더라도
화안히 비쳐 줄 영혼의 언어조직
말 하나하나가
무한의 깊이와 무게를 지니면서
온전한 조화 속에
무량광명을 터뜨리는
진리의 언어
그것은 시(詩)다
빛의 사원(寺院)이다
믿음과 희망과 사랑을 안겨주는

그런데 빛이여, 생명의 근원이여
너는 어디에 숨었단 말인가?

    5.
무명(無明)의 비늘 낀 탐욕의 눈으로는
한치의 앞도 분간할 길이 없다
어둠, 어둠, 어둠, 어둠, 온통 어둠
낮도 밤도 없이 사방이 어둠
그 중에서도 탐욕으로 터질 듯한

이 몸은 칠흑의 진드기 어둠
그러나 진드기의 만족을 모르는
아귀의 이 몸에겐
아무것도 안 들린다
악마구리 끓듯하는 잡귀의 울음밖엔
아무것도 하기 싫다
탐욕에 지글지글 더욱더 끓기 위해
더욱더 주리고 더욱더 목마르게
애타기 위해
밤의 뒤안길, 어둠의 뒷골목을
헤매는 일 말고는

배회한다 배회한다 배회한다 배회한다
허영의 도시, 붉고 푸른
인광(燐光)이 번뜩이는 빌딩 숲 그늘의
얽히고설킨 이 몸의 내장 같은
뒷골목의 뒷골목의 뒷골목의 뒷골목의
오던 길을 다시 가고
가던 길을 다시 돌아
절반은 미쳐, 구린내 지린내의
절이고 절은 퀴퀴한 벽의
말라붙은 정액 같은 낙서를 혀로
대어도 보고 핥아도 보고
물구나무서서 오줌도 싸고
손에선 검은 눈물, 머리칼론 검은 한숨

눈으론 검은 땀을
흘리며 토하며 사방에 뿌리면서
실은 무명(無明)의, 유황내 지글지글
탐욕에 비비 틀려, 얽히고설킨
이 몸의 내장 속을
헤맨다 헤맨다 칠흑의 어둠 속을

6.
오오, 저분은 누구일까?
해탈한 각자인가, 미소짓는 성자인가?

백발이 성성한 동안(童顔)의 미소
일체의 분심 잡념을 여읜 끝에
비로소 샘솟는 사랑의 파동
궁극의 고요, 음악의 근원이여
이승에 사시면서
유유히 선악의 피안을 거니시는
그분이 손짓하자
길이 열리누나, 한 줄기 빛살처럼
장미의 길이
부드러운 부드러운 그분의 악수
지극히 평범하고 자연스런 동작이자
동시에 그것은 신비의 의식(儀式)
왜냐면 그 순간 이 몸의 어둠은
거짓말처럼 가시고 말았기에

전류처럼 온몸에 굽이치는
만남의 고마움
이러한 분도 세상엔 있었구나

오오, 그분은 사랑의 도가니
별들의 보금자리, 치열한 치열한 양심의 횃불
그 속에서 정련되어
꽃피는 그분의 빛뿜는 말씀에는
순금(純金)의 무게가 깃들일밖에
그 말씀은 주린 살에
잠자던 영혼을 일깨워 준다

살이 말씀이요
길이 되어버린 그분
온몸이 길인 그분
그분의 무수한 털구멍마다에선
무수한 빛길이 도처에 구석구석
미치고 있음이여

그러면서도
그분은 끊임없이
일심(一心)으로
상승(上昇)의 한 길을 치닫는 기도
고요의 샘이자 불붙는 찬미가

7.

이 몸은 번뇌를 여의지 못했기에
아집의 허울을 벗어나지 못했기에
이 몸에 돌아가면 고개를 드는 〈나〉
매사에 찢기고 성내고 울부짖어
깎이고 닳아 때가 반들반들 끼어서 이젠
걸레조각처럼 삭았을 터이언만
아무리 짜도
땟국물밖엔 더 나올 게 없으련만
불혹의 나이에 아직도 여전히
불사조인 양 되살아나는 〈나〉
기연(機緣)만 닿으면
전광석화 사이
뱀대가리처럼 고개를 드는 〈나〉
성난 뿔소처럼 독수리처럼
덤비고 받고 할퀴곤 피흘린다
시대와의 대결도
운명과의 격투도 아니다
하찮은 일상사, 존재하지도 않는
허깨비와의
밑천도 못 건지는 수렁 속 싸움

8.

매미는 진정한 매미가 되기 위해
온통 신나는 노래가 되기 위해

날기 위해
자유롭게 되기 위해
껍질을 벗듯
이 몸도
아집의 허울을 벗어나야
자유무애의
진정한 이 몸 되리

그러나
진정한 이 몸이 따로 있는 것은 아니리

새는 온전히 새이면서 새가 아니듯이
돌은 온전히 돌이면서 돌이 아니듯이
이 몸도 온전히 진정한 이 몸으로
실현이 되면
나 아닌 것으로, 무아로, 무아로
안 보이게 되리
그러면서도 도처에 있게 되리
삼라만상이 있는 그대로의
모습을 드러내는
거울로 되리

　　9.
눈먼 피라도
갈애(渴愛)의 살이라도

피는 피끼리 더불어 흐르기를
살은 살끼리 더불어 닿기를 원하는 마음
칠흑의 그리움이 이 몸을 태우면
골수에 절은
오뇌는 더욱 병들게 마련

눈먼 피는 피가 아니기에
갈애의 살은 살이 아니기에
아무리 서로 껴안고 비벼대도
물고 빨고 별짓을 다 해 봐도
청동색으로 질려만 가는 살에
사랑의 밀물피는 돌지 않네
오히려 치성하는 갈애의 흐느낌
뼈가 마디마디 우는 소리
채워질 길이 없는 아쉬움만이
무한 탐욕의 아가리를 벌릴 따름
타는 갈애의 모래알 혓바닥엔
쩍쩍 갈라지는 모래의 갈증만이
끓는 탐욕의 뒤얽힌 내장에는
허옇게 말라붙은 소금의 갈증만이
더욱더 심해질 뿐

차라리 타서
활활 타올라서 잿더미로나
사위면 좋으련만

그저 지글지글 끓기만 하는 이 몸
저주받은 물질이여
송두리째 내어준들
개도 안 먹으리

　　　10.
아주 새로운 별이 태어난다
사랑의 살이 사랑의 살에 닿는 그 순간엔
천사(天使)도 저만치서 뒤돌아보고
가장 순수한 장미의 기쁨도 무색해질 판

오랜 갈구의 시간의 때가
잠시나마 영원에 씻겨내리는 희열

연인들에겐 이러한 환희가 주어져 있음이여
그러나, 그러나
그 연인들의 사랑의 행위는
또한 동시에 얼마나 절망적인 몸부림인가
뒤엉킨 사지의
불꽃 튕기는 살 속에 박힌
시간의 동아줄이
아주 삭아서 없어지면 모르지만

살로써밖엔 채워질 길이 없는
영혼의 목마름이 있다고 하자

살로써만은 채워질 길이 없는
아니 더욱더 날이 갈수록 심해만 가는
영혼 속 영혼의 목마름은 어이하랴

　　　※
이 세상에선 인간 중에서는
처음과 끝의 인간
시간의 때를 여의고 있는 이들
하늘의 살을 가진
영아(嬰兒)와 성자만이
영혼의 목마름을 면하고 있다

그들이 지닌
그 절대의 고요와 부드러움
그것은 녹아
물, 물, 물, 물 무아(無我)의 빛샘물로
콸콸 솟아 넘쳐서 흐르건만
이 삭막의 세상을 적시건만
낮이고 밤이고
간단없이 모래의 삭막함을
영성(靈性)의 꽃밭으로 바꾸고 있건만

　　11.
이 몸을 좀먹는
게으름엔 끝이 없나?

허망이여, 허망이여
피를 흐리우는 악순환이여
당장에 이웃이 숨넘어가더라도
손가락 하나 움직이기 싫음이여
그렇다고 화석도 못 되는 비애
흐느적거리는 육체의 지겨움
먹고는 자고 먹고는 싸고
자고는 먹고 싸고는 자는
게으름 덩어리, 이 몸의 타락이여
마침내 한가지 죽는 일 말고는
모든 것을 견뎌낼 수는 있네
아비규환의 수라장 속에서도
눈 깜짝 한 번 않고
타는 화염 속에
우주가 산산조각이 나더라도
이 몸은 타지도
쪼개질 수도 없는
추악의 덩어리로
견뎌낼 수는 있네

그러나 참된 견뎌냄이란
이기는 것이어늘
끝내 이겨서 노래하는 것이어늘

말의 모순이여, 산 송장이여
피를 흐리는 악순환이여
너 게으름, 허망의 정체여
대낮의 어둠이여, 영혼의 고갈이여.

12.
일곱 번 넘어지면 여덟 번 일어서는
의지의 불꽃으로
운명의 무쇠벽을 꿰뚫으려 않는다면
그 앞에서 노오란 한숨이나 내쉰다면
목숨은 졸아들어 흔적도 없어지리
자석에 빨리우듯 철가루같이
운명에 굴복해서 인간은 없어지리

말과 하는 일과 몸을 하나이게
꿰뚫는 것이 인간의 의지로세
나무에 수액이 흐르지 않는다면
잎과 줄기와 뿌리가 한가지로
성할 수 있을까? 의지의 결핍은
사는 힘의 고갈, 꿈의 상실이니
어디서 사는 보람을 찾으리오

누구냐 거기서 이렇게 말하는 게?
〈발심하라, 발심하라, 옳게 발심하라
정녕 운명을 초극하기 원한다면

그대는 더러 원하는 척만 했지
진실로 뼈저리게 원해본 적이 있나?
원하는 간절함이 구천(九天)에 사무쳐야
겨우 첫 발심을 옳게 하게 된다
정진하라, 정진하라, 옳게 정진하라
스스로 노력을 발명해 내는 의지
모든 천재들은 늘 끊임없는
집중과 지속 속에 자기를 초극했다
그리하여 그들의 운명의 무쇠벽을
크나큰 사명의 용광로 안에
녹아들게 하였던 것〉

　　13.
사흘의 수도심은 천년을 간다는데
변덕이 죽 끓듯 물 끓듯 하여
하루도 못 넘기는 이 몸의 작심
너무도 취약한 물거품 마음
책임이라곤 추호도 지기 싫은
안일의 마음 방자한 마음
자기만 아는 마음
캄캄한 우치의 진드기 마음
어쩌자고 한 발도 오르지는 아니하고
태산의 높이만을 탄하는 마음
그 천하도적의 마음으로 말미암아
이 몸은 엉망이다 지리멸렬이다

하찮은 일에까지 걸려서 다치고
아파서 피흘린다
어지러운 시대처럼 분단된 나라처럼
나라가 분단되어 이 몸이 찢겼을까
시대가 어지러워 이 몸이 괴로울까
천만의 말씀이지 근본은 자업자득
아집은 강한 데다 의지는 박약해서
욕구불만이 너무도 엄청나서
부끄러운 말씀이나 불혹의 이 나이에
이리 흔들 저리 흔들 인격(人格) 이전이라
철이 안 나서 파겁을 못해
남하곤 잘 어울리지도 못해
속는 일도 하도 많아 진저리나고
수속이 복잡하여 세상은 살기 싫고
이 몸이 지겨우면 독주와 독초로
의식을 잃고 까무러칠 때까지
진탕 자학으로 짓이기고 짓이긴다
허망의 진구렁 오뇌를 위한 오뇌
눈먼 악순환의 자학엔 끝이 없나

　　14.
뉘우쳐라, 뉘우쳐라 골수에 사무치게
왜 모든 건 자업자득이라고 알고 있으면서
왜 새벽마다 거룩한 집에서
내 탓이요, 내 탓이요, 내 탓이로다 하고

가슴을 치면서도
무소식이라니
간(肝)에 기별도 안 하고 있다니
빌어먹을, 빌어먹을
그 도적놈의 마음을 쳐부숴라

투철치 못함이여, 투철치 못함이여
마음이 가난해 본 적이 없음이여
탐욕에 눈이 흐려, 간(肝)덩이 퉁퉁 부어
한 포기 풀조차 제대로 눈여겨 본 적이 없음이여
은밀한 곳의 알몸의 귀뚜라미
그 귀뚜라미의 전부인 울음은
온 우주를 진동케 하건만
두 귀를 가지고도 듣지도 못하다니
오관을 가지고도 진드기 신세라니
그저 삶을 모방하고 있음이여

15.
가난에 투철해야, 그 크나큰 마음의 가난
영혼이 씻기는 가난에 투철해야
본래의 청정으로 되돌아가게 되리
골수의 오뇌를 꿰뚫고 보게 되리
무상(無常)한 것 중에서도 무상한 것이 인간이면서도
오직 인간만이 빛과 어둠, 희망과 공포의
양극을 한 몸 안에 지니고 있는 것을

동물은 한 번만의 죽음으로 족하지만
모순 덩어리인 인간만은 산 채로 죽어야
시시각각으로 죽고 또 죽어야
비로소 동시에 시시각각으로 되살아나게 마련
늘 새로움을 숨쉬게 마련

진실로 부단히 죽음의 체로 거르지 않고서는
삶의 피는 맑아질 줄 모르나니
가난에 거듭 씻기지 않고서는
영혼은 핏속에서 깨어날 줄 모르나니

         ※

마침내 피는 맑을 대로 맑아지고
호흡은 더없이 바르게 되어
눈에서 무명(無明)의 비늘이 떨어지면
홀연 눈뜬 영혼이 불 밝히면
전광석화 사이 모든 게 드러난다

들숨이 날숨 되듯 얼음이 물이 되듯
번뇌가 녹으면 보리인 것이
생사가 따로 없듯 영육이 하나임이
살이 말씀이요, 말씀이 길인 것이

이 몸이 그대로 삼천대천세계(三千大千世界)
그 정수가 모여서 피어난 한 떨기 꽃

과거와 현재와 미래를 하나로
비치는 거울, 영롱무비의 투명한 여의주(如意珠)
빛길의 덩어리, 궁극의 귀일처
한 방울 이슬

　　16.
눈물이여, 눈물이여, 은총의 이슬이여
법열의 구슬이여, 신비의 극치여

너야말로 육체와
영혼의 합일을 증명하는 명백한 존재

너는 지금 이 두 눈에 솟건만
넘쳐서 흐르건만

어떻게 너를 찬미하랴
너를 기릴 언어는 이미 없는 것을

너는 말하여질 수 있는 모든 언어가
말해진 다음에야 샘솟는 언어

그 언어에는 소리가 없음이여
어떠한 고요도 따르지 못할 만큼

투명한 양심의 불길이 있음이여
마음에서 마음으로 직통인 불길이

무쇠도 녹는 너의 부드러움엔
모든 게 하나로 용해될 따름

너로 인해 천국과 지옥도 결혼하고
삼세의 업장이 일시에 소멸한다

눈물이여, 눈물이여, 은총의 이슬이여
법열의 구슬이여, 신비의 극치여

1행시에 대하여

1행시라는 제목을 걸고 나는 다음과 같은 4행시 한 편을 쓴 적이
있다.

1행시는 단도직입(單刀直入)이다. 번개의 언어다.
1행시는 점(點)과 우주(宇宙)를 하나로 꿰뚫는다.
1행시는 직관적 상상력의 산물이다.
1행시는 시(詩)의 알파이자 오메가다.

나의 1행시관이 잘 요약되어 있다고 본다. 따라서 그것을 좀 자세
히 피력하려면 각행별로 해설만 붙이면 될 것이다.

Ⅰ. 1행시는 단도직입(單刀直入)이다. 번개의 언어다.
사전을 찾아보니 '단도직입'의 뜻을 세 가지 관점에서 설명하고 있
다. 첫째, 요점이나 본 문제의 중심을 곧바로 말함. 둘째, 혼자서 한
자루의 칼을 휘두르며 적진으로 곧장 쳐들어감. 셋째, [불] 생각·
분별·말에 거리끼지 않고 진경계(眞境界)로 곧장 들어감. 둘째 설명
은 단순한 자의(字意)에 그치는 것인 만큼 그렇다 치고, 첫째와 셋째
의 해석이 바로 마음에 와닿는다.

애기의 진행을 여기서 잠시 우회하기로 하자. 각종 매체를 통해 매월 홍수처럼 쏟아져 나오는 시(詩)를 접할 때, 나는 흔히 몇 줄 못 읽고 내던지고 싶은 충동을 받곤 한다. 아마 나만의 경우는 아니리라. 그래도 그냥 참고 읽노라면 머릿속이 뒤죽박죽 몽롱해져서 오리무중에 빠져들게 된다. 어느 시인 말마따나 〈귀신 씻나락 까먹는 소리〉가 들리는 것이다. 지루하고 따분할 따름이다. 시의 언어들이 생기를 잃고 심한 경우엔 대부분 죽어 있기 때문이다. 적어도 볼품없이 맥빠진 채 멋대로 떠돌고 있기 때문이다. '시(詩)의 공해(公害)'라는 비명이 저절로 치밀어 온다.

그런 맥빠진 한 편의 시에서 너절한 군더더기, 허튼 말들을 모조리 제거하면 어떻게 될 것인가? 단 몇 줄이라도 건지게 될 것인지, 아니면 한 줄도 안 남게 될 것인지? 만약 한 줄도 안 남게 된다면 그것은 처음부터 시 이전의 횡설수설이었음이 증명된 셈이다. 하지만 만약 겨우 한 줄쯤이 남는다 하더라도 그것이 그대로 1행시로서 자격을 갖추게 되는 것은 아니겠다.

단도직입의 1행시가 되자면 촌철살인(寸鐵殺人)의 효과를 내야 한다. 정신이 번쩍 나는 섬광과 더불어 눈에서 비늘이 떨어져야 할 것이다. 독자로 하여금 어떤 깨달음이 번개처럼 스쳐 가게 강한 울림이 있어야 할 것이다. 〈짤막한 경구(警句)로 사람의 마음을 크게 뒤흔듦〉 그것이 촌철살인의 의미이다. 그러기에 1행시엔 깊은 의미 내용의 함축이 깃들어 있어야 할 것이다. 모든 생명체에는 생체전기(生體電氣)가 있다고 들었다. 시의 언어에도 전기가 깃들어 있다고 여겨진다. 달리 말하자면 기(氣)가, 생명력이, 혼령이 깃들어 있다고 말이다. 그래야만 그것은 단도직입의 위력을 발휘하여 독자의 심혼을 근원적으로 뒤흔들게 될 줄 안다. 마치 감전이라도 된 것 같은 깨침의 충격과 발견의 희열, 회심의 미소, 감동의 전율을 독자의 마음에 안겨줄 수도 있는 것이라야 최선의 1행시일 것이다. 〈번개의 언어〉란 그런 맥락에서 연유된 표현이다.

Ⅱ. 1행시는 점(點)과 우주(宇宙)를 하나로 꿰뚫는다.

　1행시에는 깊은 의미의 내용이 함축되어 있어야 한다. 이 말은 곧 사물의 본질을 꿰뚫어 보는 시인의 통찰력이 파악한 내용이 어떤 방법으로든 짧고도 절묘하게 표현이 되어야 한다는 뜻이다. 짧고도 절묘하게(!) 그런 표현상의 난문제를 해결해 주는 레토릭으로서 은유, 상징, 이미지, 암시, 기지, 역설, 아이러니, 해학 등등이 있음을 알고 있다. 한편 전문적인 방법과는 달리 오히려 소박하고 간명한 언어 표현, 그것이 독자의 의표(意表)를 찌르는 경우도 있으리라. 어쨌거나 그러한 갖가지 레토릭을 어떻게 적절히 효과적으로 구사하느냐는 문제는 시인의 자질과 기량에 속한다고 하겠으나, 더 근원적으로 중요한 점은 사물의 본질을 꿰뚫어 보는 시인의 통찰력이 파악한 내용이 과연 얼마만큼 보편타당한 진리성(眞理性)을 획득한 것이냐에 달렸다고 할 것이다.

　흔히 시의 표현은 언어의 연금술이라고 한다. 맞는 말이다. 하지만 언어는 본래 정신(=영성)에서 연유된 것인 만큼 시인에게는 늘 부단한 정신의 연금술이 선행(先行)되어 있어야 할 줄 안다. 여기서 정신의 연금술이란 시인의 심신수련, 늘 자기 극복과 정화를 통해 영혼을 갈고닦는 구도적 정진을 말하는 것이다. 위대한 시인만이 위대한 시를 낳을 수 있다. 정신의 지향을 좀더 고차원(高次元)의 영성 계발과 그 진화에 설정해 볼 일이다.

　오늘날 사람들은 과학 기술의 무한한 신장은 신봉하면서도 영성적 진화에는 관심도 없거니와 완강하게 부인하고 있는 것이 실정이라 할 것이다. 생각건대 이것은 사람들의 영성 수준이 저하하고 위축된 나머지 거의 마비 지경에 이르러 있음을 말하는 게 아닐까? 그런 판국에서 상대적으로 돋보이는 것은 과거의 걸출했던 성자, 철인, 종교가, 그리고 시인들인 것이다.

영국이 낳은 불세출의 화가이자 천재 시인 윌리엄 블레이크(1757~1827). 그의 잠언시편(箴言詩篇) 중에서 자주 인용되는 다음 4행은 너무도 유명하다.

> To see a World in a grain of sand,
> And a Heaven in a wild flower,
> Hold Infinity in the palm of your hand,
> And Eternity in an hour.

> 한 알 모래 속에 세계를 보고,
> 한 송이 들꽃 속에 천국을 본다.
> 손바닥으로 무한을 움켜쥐고,
> 시간 속 영원을 놓치지 마라.

이쯤에서 자연히 연상되는 것이 신라의 고승, 의상(義湘: 625~702) 대사의 법성게(法性偈)인 것이다. 법성게란 의상이 당나라에 건너가서 불전(佛典) 중 백미인 화엄경을 연구하고 그 진수를 불과 210자에 담은 게송(偈頌)의 걸작이다. 그 중 몇 구절만 인용해 보자.

> 일미진중함시방(一微塵中含十方)
> 일체진중역여시(一切塵中亦如是)

무량원겁즉일념(無量遠劫卽一念)
일념즉시무량겁(一念卽是無量劫)

한 알 티끌 속에 우주가 들어 있고
낱낱의 티끌이 다 그러하다
한없는 긴 시간이 곧 일념이고
일념이 다름아닌 영겁이라네.

일념(一念)이란 이제 금(今) 아래 마음 심(心)자이니, 지금의 마음
이다. 지금의 마음은 시간이 아니라 영겁(永劫)인 것이다. 그렇게 볼
때 의상이 말한 무량원겁즉일념(無量遠劫卽一念) 일념즉시무량겁
(一念卽是無量劫)은 블레이크의 Hold Infinity in the palm of your
hand/ And Eternity in an hour와 거의 같은 생각인데 표현에서만
개성차(個性差)를 보이고 있다고 하겠다. 의상의 경우는 추상개념의
직소적(直訴的) 표현이나, 블레이크는 역시 시인답게 가시적인 구상
의 이미지와 불가시적인 추상개념을 결부시킨다는 레토릭을 쓰고 있
다. 또한 인용된 블레이크 잠언시의 전반 두 구절과 의상 게송의 전반
두 구절은 완전히 상통하는 동일한 사상의 비슷한 표현이라 할 만하
다. 사물의 진상을 꿰뚫어 봄으로써 어떤 구경의 깨달음을 얻고 보면
동서가 이렇듯 하나로 통한다는 사실을 알 수 있다.

〈1행시는 점과 우주를 하나로 꿰뚫는다〉 내가 쓴 이 구절도 상술
한 두 경우와 별로 다를 바 없다고 여겨진다. 요컨대 1행시엔 어떤
깨달음이 담겨 있어야 1행시다운 면목과 효용을 갖추게 될 것이다.

Ⅲ. 1행시는 직관적 상상력의 산물이다.

나는 직관적 상상력보다 영성적(靈性的) 투시력(透視力)이라는 말

을 훨씬 더 좋아한다. 하지만 일반 독자에게는 좀 낯설게 다가가지 않을까 싶어 전자를 택했다.

서양 지성인들이 곧잘 쓰는 말에 비전(vision)이 있다. 나는 그 말 뜻을 영성적 투시력이라고 파악한다. 단순한 육안의 시력으로는 사물의 피상만 볼 뿐이지, 그 아래 숨어있는 진상을 꿰뚫어 볼 수는 없다. 육안이 아닌 혜안(慧眼)의 투시력이 요청되는 바다. 본질 탐구자인 시인을 두고 a man of vision, 즉 견자(見者)라고 말하는 까닭이 거기에 있다.

시인은 영성적 투시력의 소유자다. 영성과 투시력은 밀접불가분의 관계에 있다. 광원(光源)과 광선(光線)이 분리될 수 없는 것과 같다. 무궁무진 작열하는 에너지 덩어리인 광원이라야 광선은 순식간에 사방팔방으로 멀리 구석구석 퍼져 나가듯이, 시인이 지닌 영성 능력도 늘 부단히 연마되어야 사물을 접했을 때 이내 그 본질을 꿰뚫어 보는 놀라운 투시력을 발하게 된다. 비단 낱낱의 사물이 지닌 독자성뿐 아니라 — 단독으로 존재할 수 있는 사물은 없으므로 - 늘 전체와의 상호의존적 연관성 안에서의 위상과 본질까지 그 안팎을 환히 보게 된다. 본질을 직관하는 시인의 상상력은 바로 이런 때 그 최선의 기능을 발휘한다. 그것은 단순한 공상이라든가 환상과는 거리가 먼 것이다. 보이지 않는 것을 보이게 하고, 보이는 것을 보이지 않게 하여, 얽히고설킨 만상(萬象)의 실상을 밝혀내는 것이 상상력이라면 그것은 곧 고차원의 지적 능력, 영성적 투시력에 다름이 아니다. 여기서 다시 한 번 의상의 법성게 중 한 구절을 떠올려 음미해 보자.

일중일체다중일(一中一切多中一)
일즉일체다즉일(一卽一切多卽一)

하나 속의 모든 것 모든 것 속의 하나
하나 곧 전체이고 전체 곧 하나.

IV. 1행시는 시(詩)의 알파이자 오메가다.

한 편의 시엔 길건 짧건 간에 한 편의 드라마가 내재해 있다. 사건의 발단, 전개, 전환, 결말의 순서에다 갖가지 우여곡절을 첨가하면 드라마가 성립된다. 시도 마찬가지다. 서사시의 경우는 말할 것도 없거니와 서정시의 경우라 하더라도 사상이나 정서의 흐름을 살펴보면 이른바 기(起)·승(承)·전(轉)·결(結)이라는 극적 구조에서 크게 벗어나는 경우는 거의 없다.

그렇다면 1행시는 어떠한가? 나는 거기에도 기·승·전·결의 원리는 적용되고 있다고 본다. 승이 기 안에, 전이 결 안에 포함될 수도 있고, 승·전이 하나로 합쳐질 수도 있다. 또는 그밖에도 갖가지 은밀한 방식에 의한 변화를 분석해 낼 수 있으리라. 그러나 적어도 분명한 것은 발단과 결말, 알파와 오메가다.

시작과 끝, 그것만 분명하면 그 중간의 온갖 우여곡절, 그것이야 독자의 추리나 상상에 맡기면 그만이다.

1행시는 시의 알파이자 오메가다. 그래서 1행시는 비록 짧지만, 자기충족적 간명직절성(簡明直截性)과 단호성(斷乎性)을 갖는다. 의미 내용은 농축될 수밖에 없고 그 표현은 최소한도의 언어를 동원하여 고도의 상징성, 암시, 은유, 또는 선명한 이미지 등이 갖는 시적 효과를 도출하는 것이 요체인 것이다. 1행시는 1행으로 끝내주는 시다.

(연천문학 제5집, 2007)

추모시(追慕詩)

연천이 낳은 시인, 예술원 회원
수연 박희진(朴喜璡)

(이담문학 제31집, 2015)

영성을 노래한 시인

김 경 식
(시인. 전 문협 감사)

우이빌라
호일당에 앉아
북한산 삼봉 바라보다
출출하고 곡차가 그리우면
하나 주문하면
하나 덤으로 주는
안주 주문해서
곡차 마시며 나누던
시학 '미래의 시인에게'의
깊고 숨은 듯의 고백과
덕담을 들었는데

귀로(歸老) 예견함인지
귀하고 사랑스런 자식
시전집 속에 정리하시고
다리에 무리가 온다며
정이 든 삼봉과 작별 고하며

09년 평지인 초원빌라에
호일당 현판 걸었지만

세월 탓인지
점점 불편해지는 관절
심술 이기지 못해
안거 아닌 안거하다
활화산처럼 솟아나는
영성을 접으시며
대천세계(大千世界)로 가셨다.

소나무 시인 수연(水然) 박희진

김 송 배
(시인. 전 문협 부이사장)

'소나무는 그 그늘에서조차
엷은 보랏빛 신운(神韻)이 감돈다.'
소나무 시인 수연 박희진 선생
2015년 3월 31일
이 세상을 하직했다.
그 푸른 소나무 그늘에 앉아서
풍진의 세속을 저 멀리 외면한 채
오로지 영혼의 그림자를 그리워한 시인
그는 고요로움 잔잔한 소나무로 돌아갔다.
그가 돌아간 자연의 고향에서
못다 푼 시혼들을 불러 모아
이승의 번뇌를 지우고
정갈한 순수를 노래하는 시인이여
이제 아름다운 신운(神韻)과 더불어
'60년대 사화집'을 펼쳐 들고
'공간 시낭독회'에서의 열정으로
아아, 온 천지를 다시 밝히리라
낭만적인 바탕에서 상징적으로
천지인(天地人)의 조화를 통한
우리 인간성 회복을 염원한 시인이여

부처님의 설법처럼 진실을 탐구한 시인이여
만세(萬世)에 영원히 빛날 한 그루 소나무여
인생 85년의 생애는
한국문학사에 기록될 정신적인 지주였다.

솔향 깊은 자리

서 정 문
(시인. 전 25사단 부사단장)

선생님 그날
솔향기는 가득히 개울 자락까지 넘쳤습니다.

이제 다녀가신 자리
곳곳에 그 향기 배어 이 세상은 더 오래
그 향으로 빛으로 은은해지겠지요.
저 향기 서린 물 흘러가는 자리마다
선생님의 그 시혼이 흘러흘러 퍼져 가겠지요.
봄은 그렇게 선생님을 데려가고
더 분주하게 꽃을 피워 하늘나라 가시는 길
꽃등으로 줄을 세웁니다.
진달래도 지다가 되돌아보고
산벚꽃은 더 오래 가지를 붙들고 있네요.
복사꽃 흐트러진 분홍빛도
늘 푸르러서 더 선생님 같은 소나무도
이 봄에는 목이 잠깁니다.
평생을 홀로 지내면서 오로지 시만을 생각하고
시에 의지하여 살아오신 시간들
남은 시집들의 언어가 살아서

선생님을 대신하여 이 세상을 밝혀줍니다.
평생동안 토해낸 솔향이 얼마나 진하던지
선생님 가신 날 온 세상이
솔숲이 되었습니다.

남겨둔 시들이 뿜어내는 언어의 감동들이
모두 새하얀 진주가 됩니다.
빛나는 보석이 됩니다.
누가 진작 그리 일컬었나요.
동방의 시성 박희진 시인
일찍이 시를 음유하는 시인
낭송으로 시심을 깊게 하는 시인
한 끼 밥을 해결하지 못해도
시 한 수로 마음의 끼니를 넉넉하게 하시던
그 뜨거운 열정
그 가슴으로 낳은 시들
오래 든든한 양식이 될 것입니다.

참한 소나무 한 그루 골라
선생님 다음 세상의 든든한 벗으로 삼고
가지 튼실한 푸른 솔 한 그루
거기 느긋하게 기대어 일렁이다가
바람이 불면 우렁우렁한 목소리로
지은 시 가운데 한 수씩 골라
날마다 푸른 시향을 온 세상에 뿌리오리다.

봉인사로 훌쩍 떠나신 수연

성문 향광
(시인. 동두천 지회장)

백사백경
연꽃 속에 부처님 시심으로
연꽃 위에 피우더니
인연마저도 훌훌 털어버리시고
무소의 뿔처럼 소천하신
호일당의 시인

평생을
실내악 같은
시를 위해 사셨으니
극락에 들리시거든
석굴암 관세음상에게
찬불가 향기의
시심으로
선문답 하시면서
사바세계의
업보 전해주세요.

노자별곡
  - 박희진 시인을 기리며

송 요 하
(시인. 목사)

가고자 하면 이미 가 있고
하고자 하면 즉시 일을 이루었으며
원하는 마음을 가지면 곧 원하는 바가
그 앞에 당도하니
근심 없이 흐르는 물처럼
가히 그의 인생(人生)은
노자의 반열생이로다.

호접몽(蝴蝶夢)
 ― 박희진 시백 추모시

이 수 화
(시인. 전 문협 부이사장)

세상 호접몽(蝴蝶夢)인 양
꿈결 속 왔다가 가신 님이시어,

생애 무궁화꽃다운
팔순도 훨씬 지난 다섯 해 전 기세하신,

진세(塵世)도 진짜 거목(巨木)이라 삭정이론 못 봐
그리도 큰 나무 헌재(憲裁)뜰 안 백송을 닮은 수염(鬚髯)

안암골·글동네·빨래골 공초제사 때마다
성님! 그러면 아우님! 흰 턱수염 휘날리던,

우린 수유리 공초선생 유택(幽宅) 뜨락에서
공채(孔采) 성님 더불어 밤을 지새 통음했나니,

괄괄괄(孔采笑) 흐흐흐(희진傲) 세상 따윈
소아부답(素牙不答) 꺼리도 아니라 밤새워 마시던 엊그제련만,
아, 성님의 '실내악(室內樂)'도 흐를이거나,
저승에도 눈비 내려 질척이려면

희진 성님 불러주신 이 강산(江山)
낙화유수(落花流水) 밤새껏 듣고 지고….

* 故 박희진 시인은 나의 고려대 근친 선배, 故 정공채 시인은 연세대 대학원 근친 선배,
이 두 고인이 되신 분끼리는 空超선생 추모회에서 가깝게 지낸 분들이다.

호일당 주인이시여, 평안히 가시옵소서
   - 수연 박희진 시인 영전에

임 보

(시인. 충북대 명예교수)

수연 선생이시여,
꽃 피는 봄날 그렇게 훌쩍 떠나시는군요
백발도 성성한 신선 같은 그 풍모
이젠 다시 뵈올 수 없게 되었다니

물처럼 맑고
대처럼 곧고
솔처럼 푸르고
쇠처럼 강직하신
호일당(好日堂)의 주인 수연(水然)이시여

당신께서는 한평생 시를 위해 사신
시의 사도이며 시의 성직자셨습니다.
수연이 걸으신 시의 발자취는 눈부십니다.
4행시, 1행시, 17자시, 13행시…
소나무시, 섬의 시, 자연시, 기행시…
수많은 시의 형식들을 빌어서
자연의 아름다움과 삶의 다양한 모습들을 노래했습니다

그리하여
1960년 『실내악』에서 2014년 『영통의 기쁨』에 이르기까지

무려 35권의 시집을 남기셨습니다.
생전에 당신은 스스로를 자평하시길
'시의 9단'이라 일컬으셨는데
당신은 9단을 넘어 시의 국수(國手)십니다.

이제 번거로운 세상일 다 떨치시고
평안한 마음으로 천상에 오르소서
그 나라에 가셔서도
시의 집을 짓고
시의 옷을 입고
시의 성을 쌓고
시로 만든 음식, 시로 빚은 술 드시면서
당신이 좋아하는 시의 친구들과 더불어
영원한 시의 공화국을 이룩하소서.

북한산 진달래

이 주 원
(동시인. 전 이담문학 회장)

김밥 싸가지고
산 오르다
지천에 핀 진달래 계곡
졸졸 흐르는 물가에서
가재 집게의 기상과
뒷걸음질 날렵함 보며
곳곳에 숨은
비경과 사계절 변하는
이야기꽃 피우셨는데

아침에 일어나면
다리를 10분을 주물러야
풀렸는데
점점 시간이 길어진다고
능선 보며 이야기 하시더니

헤어질 때
꼭 아이스크림을

한 입씩 물고 헤어져야
헤어짐은 달다고 하시더니
관절이 필요 없는 곳으로
긴 여행 떠나가셨네.

영원히 아름다운 시인
- 박희진 선생님 영전에

이 창 년

(시인. 전 문협 국제펜 이사)

연민의 꽃이 산야에 피어
꽃비를 뿌리고 있습니다.
황홀한 삶의 숨결이 자지러질 듯이
찬란합니다.
늘 미소를 잃지 않으시고 과묵 하셨지만
나비처럼 조용하게 날개 짓 하시기를
기도 드렸습니다.

선생님의 부음을 뒤늦게 접했습니다.
귀한 선생님과의 시간들이었지만
40여년이 흘렀습니다.
고매하신 선생님의 시세계는
올연(兀然)하셨습니다.
영원히 아름다운 시인이신 선생님
하늘에 무지개 다리를 놓아드린다는
추모의 정을 담아
명복을 빕니다.

실내악 속에서
- 박희진 선생을 추모하며

정 성 수

(시인. 전 문협 시분과 회장)

선생님의 첫 시집
'실내악'을 기억하십니까?

그 특별한 음악
저 고요한 저승 속에서 듣고 계십니까?

의자 위에 앉아서
다시 스스로
연주하고 계십니까?

실내악의 은은한 운율 속에
선생님은 아직도 신선처럼 살아계십니다

저희들의 귓속에서
식지 않은 심장 속에서
마치 첫 사랑의 목소리처럼.

박희진 시인님을 추억하며

정 성 채
(시인. 전 6군단 정훈참모)

전쟁냄새
한탄강가
옛
선조의 창이 들린다.

구석기 청동기 시대의
부침의 찾는 쇠 소리다.

머물지 못하는 연천
카키색의
풍경이 사는 법인가.

철새의 몸짓으로
'영통'하며
실험 시에 실험한다.

잿빛하늘에
전쟁냄새 나지만
여전히
'미소하는 침묵'이다.

정겨운 할아버지

김 대 희
(희곡작가)

다원에서
다향에 취한 모습은
영화 속에 나옴직한
북한산 산신의 인자함

우이빌라
호일당 문을 열고
반겨주시던 미소

아스크림 사 주시며
솔밭에서
아른거릴 때 까지
흰 수염이 휘 날리며
마중하던 시인 할아버지

은근한 눈으로 나의 등을
두드려 주셨는데

봄 마중 받으시며
하늘로 긴 여행 떠나셨다.

경원선 - 愛鄕歌

김 경 식
(평론가, 이담문학회 회장)

박희진 선생님은
초등학교 1학년 때
연천을 떠났고
7년 후에는
북녘 땅이 되어 가지 못하다

성인이 되어 고향집에 가보니
집은 다 타버리고 집터만 남았다고 한다
지금은 가족 친지도 없는
고향 길목 한탄강 다리 옆
38선 돌 비 뒷면에
선생님의 시가 새겨져 있다
'산비둘기는 산이 좋아 산에서
물오리는 물이 좋아 물에서 사노라네
나는 인간이라서 집에서 살지만
산도 물도 좋아 이 강산 못 떠나네.'

박희진 선생님이 고향을 사랑하는
애향가
시집 제목처럼
가슴속의 시냇물이 되어 흐른다.

소나무 시인 박희진 선생님을 생각하며

현 영 화
(이담문학 회원)

어릴 적 병정놀이 함께 하던 뒷동산에
소나무를 그냥 소나무라만 생각했는데
벗이자 스승이라 가르침 주신 선생님

선생님이 보듬고 안아준 소나무들은
산이나 절벽 바닷가에서도 변함없이
푸르고 푸르게 하늘과 땅을 끌어안고,

선생님이 그윽이 바라보시던 소나무는
새순 틔워 꽃피우고 솔 내음 흩날리며
오솔길과 호숫가에 그리움으로 앉습니다.

모진 풍파 이겨내고 절벽이나 바위틈에
뿌리내려 기세당당하게 어깨 펴고 있는
소나무 찾아 경의에 글 올리신 선생님

선생님의 뜨거운 열정과 사랑으로 빚은
시집 "소나무 만다라" 한 장 한 장마다

시인의 발자취와 소나무는 근엄하게 살아나고,

눈으로만 보던 소나무 가슴으로 안아보라
일깨워 주신 선생님의 깊고 깊은 울림은
푸른 기운 되어 삶의 기둥으로 세워집니다.

선생님과의 이별은 육신의 헤어짐일 뿐이고
만물의 영혼 불어 놓으신 온 누리 소나무와
님의 맑은 영혼은 늘 푸르게 우리함께 합니다.

수연선생님 영원히 잠드소서

연 규 석
(수필가. 연천향토문학발굴위원장)

초원빌라 401호 앞에서
수연선생님을 불러보지만
싸늘한 메아리만 들릴 뿐
온기가 넘쳤던 호일당엔
발자국 소리도 사라졌는지
벽시계마저 3월 31일에 멈춰 섰네요.

명예위원장님
연천향토문학과 소나무 시는
이제 묻고 들을 수 없어
추억담긴 공원으로 가려니
길게 늘어진 그림자만이
나의 발길을 잡고 속삭여주네요.

영전에 고개를 숙입니다.
부디 극락왕생하옵소서.

제1부 실향에 묻힌 시향들 195

박희진 시인 추모에 부쳐

지혜 스님

구름 따라 왔던 스님
구름 보며 돌아가네
정처 없는 것이 구름이니
내일은 어느 곳에 있나요.

제 2 부

統一을 기다리는 文香

돈에 대해서

무엇보다도 청빈(淸貧)을 받드는 수도자(修道者)라면 별 문제이겠지만 돈이 싫은 사람, 돈을 마다하는 사람은 아마 없을 줄 압니다. 돈 자체야 한낱 종이조각이기도 한 거니까 별 것이 아닙니다. 남몰래 찢거나 불살라 버릴 수도 있는 물질이죠. 더럽게 누덕누덕 붙여진 것이 걸레조각 같은 지폐도 있습니다. 거기엔 어쩌면 무서운 병균도 득시글 끓고 있을지도 모릅니다. 어떻게 보면 사람의 온갖 희비극 사잇길을 이 손에서 저 손으로 돌고 돌아가는, 누추하고도 가증스러운 게 돈이 아닙니까?

그러나 사람들은 이 돈 때문에 거의 환장을 하고 있는 게 사실이죠. 돈 자체는 별 것이 아니더라도, 돈이 없으면 당장에 죽게 되는 경우가 있습니다. 위독한 환자가 입원비를 선납 못해 죽고야 말았다는 얘기도 안 있어요? 돈이 부족해서 취직을 못하느니 결혼을 못하느니 하는 건 오히려 약과인 셈입니다. 죽느냐 사느냐, 이런 위급한 일생일대의 심각한 난제들이 돈이 없으므로 야기된다는 건 참으로 끔찍한 것입니다.

최소한 목숨을 유지하기 위해서도 돈은 필요해요. 그러나 돈은 삶의 수단이지 그 목적이 되어서는 안 됩니다. 그렇게 되면 돈의 노예로 타락할 위험성이 다분히 있습니다. 돈의 노예, 소위 수전노의 생리를 아시겠죠? 변변히 먹지도 입지도 않고 평생을 돈 모으는 재미에 살아가는 - 아마 그들은 가능한 일이라면 무덤 속에까지 돈궤를 놓칠세라 가지고 가고 싶은 심정일 것입니다. 그것이 얼마나 누추한 일입니까. 돈은 쓰기 위해, 우리의 삶을 풍성히 하기 위해 버는 것입니다. 또한 있다가도 없어지게 마련이요, 없다가도 생기게 마련인 게 돈입니다. 돈 자체에 집착해선 안 됩니다. 그렇다고 돈을 업수이 여긴다면 반드시 돈의 복수를 받게 되니, 인색과 낭비는 더불어 경계하여야 되겠지요.

영국인으로 서머셋 모옴이란 작가가 있습니다. 아마 몇 해 전 작고한 줄 압니다만, 《인간 기반》이라는 그의 장편소설 가운데서 이런 말을 했는데요, 돈에 대해선 명언이라 생각되어 잊혀지지 않습니다.

"돈은 말하자면 육감(六感)과 같은 거죠. 그놈이 없으면 인간의 오관(五官)이 말을 안 듣거든요."

그렇습니다. 인간의 오관이 적당히 제대로 돌아갈 만큼 있으면 족한 것, 그것이 돈입니다.

그런데 보십시오. 지금 이 서울의 하늘 아래 돈독 아니 오른 사람이 있습니까? 아마 어딘가에 많지는 않다 해도 분명히 의로운 사람들이 있겠지요. 그런 분들의 보이지 않는 정성으로 해서 역사는 유지되고 있는지 모릅니다. 그러나 우리 대부분의 사람들은 너나 할 것 없이 돈독이 올라 있다고 생각돼요. 그래서 마음의 여유가 없습니다. 어쩌면 시대의 추세인 탓도 없지 않겠지요. 지금 우리는 국가건 개인이건 '근대화'라는 지상 과제 아래 모두 제각기 발버둥치고 있는 판국이니까요. 우리도 저 선진제국처럼 잘 살아 보겠다고. 그것은 좋습니다. 또 이런 판국에선 모두 제각기 잘 살아 보겠다고 발버둥치는 일이 불가결의 추진력이기도 한 거니까 다소의 불의나 부패는 오히려 불가피하다는 견해도 있더군요. 그러한 견해에 대한 비판은 다음으로 미루어 보렵니다. 그러나 설혹 그렇다 하더라도 우리가 이런 시류에 뒤질세라 전전긍긍하며, 남의 코까지 잘라 먹는다면 말이 되겠어요? 말문이 막히면 사람은 죽습니다. 말은 도리(道理)니까, 돈만 있다고 사는 것은 아닙니다. 돈이 없어도 사람은 죽겠지만, 보다 더 무서운 게 양심의 마비이고 도리(道理)의 퇴폐란 걸 우리는 똑똑히 알아야 될 거예요.

저는 언젠가 이러한 심정을 한 편의 민요조(民謠調)에 담은 적이 있습니다.

어찌할까나

1
어찌할까나
부자는 돈이 많아
어찌할까나
빈자는 돈이 없어
돈독 올랐네
이렇게 뇌까리는
이 몸도 또한
돈독 올랐으니

2
어찌할까나
돈독이 올랐으니
눈동자까지

노랗게 되었으니
어찌할까나
사람이 사람으로
보이지 않고
돈으로 보이다니

3
어찌할까나
간덩이 퉁퉁 부어
돈만 생긴다면
양심을 파는 일쯤
귀신도 모르게
해치울 것만 같아
어찌할까나
간덩이 퉁퉁 부어

4
시급하고나
정신을 차리는 일
일 나기 전에
양심을 되찾는 일
시급하고나
수리야 독수리야
이 내 간부터
지질근 씹어다오

주체성에 대해서

몇 달 전 일입니다. 저는 모 대학 영문과가 주최하는 문학의 밤에 초청을 받아 자작시(自作詩) 한 편을 낭송했습니다. 그때 제가 낭송한 시는 〈메아리 애가(哀歌)〉라고 그리스 신화에서 취재한 것이었죠. 메아리란 다름 아닌 미소년 목동, 나르시스를 짝사랑했던 님프, 에코의 우리말 번역입니다.

그리스 신화 중에서도 이 나르시스 이야기는 가장 널리 알려진 것의 하나일 것입니다. 자고로 서양의 시인들 작품에는 이 나르시스 이야기에서 취재한 것이 많이 있습니다. 우선 머리에 떠오르는 것으로는 폴 발레리의 〈나르시스 단장(斷章)〉과 〈나르시스는 말한다〉라는 두 명편이 있군요. 저도 처음엔 이 나르시스를 정면에서 다루고 싶었지요. 그러나 너무도 힘에 겨운 일이어서 단념한 것입니다. 대신 측면에서 나르시스를 짝사랑했던 님프, 에코의 비련을 그리게 되었던 것입니다. 제 시의 주제는 따라서 비련이라 볼 수 있습니다. 마침 청중이 영문과 학생들이니 시의 신화적 배경에 관한 것은 구구히 설명할 필요도 없겠고요. 의미 전달에 지장이 있을 줄은 전혀 예상조차 못했던 일입니다.

그러나 낭송이 끝나자 저는 뜻밖의 질의를 받게 되었어요. 왜 하필이면 비련을 다루되 서구의 것인 그리스 신화에서 취재했느냐고. 그것은 당신이 한국인으로서의 주체성이 빈약한 소치가 아닐는지. 우리의 것도 허다하게 있을 텐데. 따라서 그만큼 내용을 파악하는 데에 실감이 안 난다는 요지였습니다. 학생의 말에도 유치한 대로나마 일리는 있겠지만 너무 당돌해서 저는 좀 어안이 벙벙했었지요.

가령, 이런 경우는 어떻게 되겠어요? 셰익스피어의 《로미오와 줄리엣》, 나르시스 얘기와는 전혀 취향이 다르기는 하더라도 그것도 비련을 다루기는 한 것인데, 셰익스피어는 영국 사람이니 《로미오와 줄리엣》은 이탈리아 사람이고 이탈리아에서 일어난 사건이라 실감이 안 난다면? 아마 안 통할 얘기일 것입니다.

동서고금의 어디서 무엇을 취재하든, 그것은 작가의 자유인 것입니다. 영국의 장미와 한국의 장미는 다름이 없듯이, 인간성과 인간의 문제에는 인종과 국경의 제약이 없는 거죠. 영국의 문학은 영국의 문학이자 곧 세계의 문학인 것입니다. 마찬가지로 한국의 문학도 한국의 문학이자 능히 세계로 통할 수 있어야만 국제적 각광을 받을 수 있습니다.

8·15 이후 우리도 이젠 모든 면에서 세계성을 지향할 때입니다. 한국의 역사는 바로 세계사의 와중에 있거든요. 한국의 문제는 결코 한국만의 문제도 아닙니다. 그렇다고, 복잡한 국제적 상황이나 동향에만 민감하여 민족의 주체성을 망실(忘失)했다가는 큰코다치겠죠. 정신을 바짝 차려야 합니다. 우리의 운명은 우리가 스스로 개척해 내겠다는 민족의 의지와 예지를 집결해서 늘 당당한 노력이 선양될 때 비로소 우리는 피동적 수세에서 세계에 영향을 주는 민족이 될 겁니다.

주체성을 떠나서는 민족도 개인도 시들고 맙니다. 민족의 주체성은 곧 그 민족의 사는 힘이지요. 힘없이 어떻게 살 수 있습니까. 분명히 우리에겐 그 힘이 있었기에 오랜 역사와 독자적인 문화의 전통을 지녀온 것입니다. 그 힘을 믿어야죠. 개방을 겁내거나 교류를 두려워해서는 안 됩니다.

선진문화의 영향을 입지 않고 한 나라의 문화가 꽃핀 경우라곤 세계에 없습니다. 음식을 먹지 않고 어떻게 영양을 취할 수 있겠어요. 외래 사조라고, 외국의 것이라고 경원한다거나 배척하는 따위의 유약한 협심증에 걸려서는 탈입니다. 오히려 과감히, 그리고 부지런히 섭취해야지요. 우리에겐 그만한 소화력이 있습니다. 그것이 민족의 주체성 아닙니까?

한편 우리는 과연 우리의 전통은 무엇이며, 우리의 문화는 세계의 그것 안에서 어떠한 연관과 독자성을 지니는 것인가를 부단히 연구하고 비교 검토해 볼 필요가 있습니다. 그래야 우리는 한국인으로서의 긍지와 더불어 올바른 역사적 감각을 수립해서 자국의 문화 창조에 기여할 뿐만이 아니라 세계 문화에 기여할 안목이 열릴 테니까요. 그런 의미에어 바야흐로 봄을 이룬 융성일로의 국학열(國學熱)을 관망할 때 마음 든든한 바 없지 않습니다.

다만 협의의 독자성이란 관점에 얽매여서 한국적인, 지나치게 한국적인 국수성이라 할까, 어떤 고정된 몇 가지 관념, 몇 가지 사상, 몇 가지 특성을 애써 드러내서 그것에만 집착하는 우거(愚擧)는 범하지 말았으면 싶습니다. 예를 들어 한국 문학의 전통과 특성은 여차여차한 거니까 거기에서 벗어나면 성공할 수 없다거나 위험하다는 따위.

그것은 한낱 기우인 것입니다. 작가에겐 무엇보다도 정신의 자유가 보장돼야 합니다. 학자의 성과가 작가에게 참고와 공부의 자료가 되는 것은 의당하며 좋은 일이지만, 강요는 절대로 금물이죠. 작가가

임의의 선택이 아니라 남이 설정해 놓은 테두리 안에 말려들면 죽도 밥도 안 됩니다. 이제 여기에 투철한 의식과 주체성에 입각하여 유능한 작가가 한껏 자신의 역량을 발휘하면, 그는 아마 누구보다도 한국적인 작가일 수 있으면서 세계에 통하는 작가가 될 겁니다.

거듭 말하지만 주체성이란 자율적으로 사는 힘입니다. 우리가 우리의 사는 힘을 의심할 순 없잖아요? 우선 그 가능성을 믿고 볼 일입니다. 다음은 저마다 뜻을 세워서 그것을 끝까지 추구하는 일이겠죠. 그가 뛰어난 작가인 경우라면, 무엇을 어떻게 다루든 간에, 그 동기나 과정에 그의 허영이나 미숙(未熟)만 없다면, 그 성과는 기필코 우리의 찬란한 문학으로 군림할 줄 믿습니다.

피로에 대해서

저는 지금 몹시 피로해 있습니다. 솔직히 말하자면 말씀을 드릴 기력도 없구먼요. 이런 땐 일체의 사색을 여의고 푹 쉬어야 될 텐데 말입니다.

피로의 시를 한 편 소개해 드리지요. 고(故) 김수영 씨의 〈달밤〉이란 시를. 이것은 그의 《달나라의 장난》이라는 첫 개인 시집이자 마지막 시집에 수록된 작품인데, 피로를 주제로 한 시로선 일급의 작품입니다.

달밤

언제부터인지 잠을 빨리 자는 습관이 생겼다.
밤거리를 방황할 필요가 없고
착잡한 머리에 책을 집어들 필요가 없고
마지막으로 몽상(夢想)을 거듭하기도 피곤해진 밤에는
시골에 사는 나는—
달 밝은 밤을
언제부터인지 잠을 빨리 자는 습관이 생겼다.

이제 꿈을 다시는 꿀 필요가 없게 되었나 보다.
나는 커단 서른아홉 살의 중턱에 서서

서슴지 않고 꿈을 버린다.

피로를 알게 되는 것은 과연 슬픈 일이다.
밤이여 밤이여 피로한 밤이여.

어떻습니까? 당신도 절실히 공감이 되시는지? 보시다시피 어려운 말이라곤 하나도 안 나와요. 아주 알기 쉬운 서술의 시인데다 친근감을 주는 독백조(獨白調)입니다. 사십을 바라보는 인생의 중턱에서 실의에 잠긴 중년 사나이의 피로한 모습이 떠오르지 않습니까? 그러나 그것은 비단 시인만의 모습은 아닙니다. 저를 포함에서 중년 인생이면 누구든지 거기서 또한 자신의 모습을 볼 거예요. 이 시엔 그만큼 인생의 보편적인 한 진실이 담겨 있습니다.

새삼 피로를 모르던 시절이 그리워지는군요. 이십 전후의, 그 물불을 가리지 않던 때가. 그래서 물오른 꽃봉오리같이 싱싱한 청소년의 활기에 넘친 모습을 보노라면 거의 절망적인 선망을 갖곤 하죠. 짓궂게 이런 말을 건네어도 본답니다.

"지금 너희들은 얼마나 자신들이 인생에 다시없을 활기에 넘쳐 있는 줄은 모르겠지? 정력이 콸콸 수돗물처럼 쏟아질 때이니까 피로의 의미를 알 리 있을라구? 하지만, 인생이 언제까지나 그러한 것은 아냐. 그런데도 너희들은 빨리 어른이 되었으면 하고 있어. 어른이 무어길래? 그것은 어찌 보면 빨리 멍들고 이지러져서 때묻고 싶다는 얘기와 같은 건데. 어른들 입장에선 오히려 너희들이 어른들의 미래란 걸 너희들은 물론 알 턱이 없겠지만. 그러나 적어도 이것만은 믿어야해. 지금 너희들이 누리고 있는 시간, 그것은 황금의 시간이라는 것을."

청소년들에게 들려준다기보다 이것은 어쩌면 제가 제 자신에게 스스로 빈정대는 말인 셈이겠죠.

도대체 우리는 어떻게 하면 피로를 모르는 인생을 끝까지 누릴 수 있을까요? 첫째는 마음의 문제인 것 같습니다. 우리의 본래 청정심(淸淨心)을 흐려 놓는 온갖 탐욕과 까닭 없는 노여움과 사견(邪見)을 깨끗이 불식해야지요. 아무리 쉬어도 마음이 편치 않고, 아무리 잠을 자도 빠지지 않는 육체의 피로나 권태의 원인은 아무래도 마음이 병든 탓입니다. 그리하여 하루하루 지겨운 인생을 반추하노라면 풀 길 없는 피로는 가중해서 죽음에 이르는 병을 얻게 되죠. 병이란 다름 아닌 우리의 심신에서 빠지지 않는 피로가 독소(毒素) 되어 잔뜩 고였다가 곪아터지는 것 아니겠습니까?

오늘 하루를 잘 살아야 할 거예요. 병을 여의자면. 제가 오늘 이렇게 피곤한 것은 오늘 하루를 잘못 산 까닭이죠. 오늘 하루를 더없이 바르고 부지런하고 알차고 신나게, 추호도 유감없이 살아야 할 거예요. 오늘의 찌꺼기가 티끌만큼이라도 남아서는 안 됩니다. 그리하여 이렇듯 완벽한 오늘 하루가 지나가야 또 새로이 오늘을 맞게 되죠. 그런 의미의 '오늘'은 차라리 시간이 아닙니다. 영원한 지금이죠. 나날이 새롭고 나날이 즐거운데 어딜 권태가 얼씬이나 하겠어요. 선구(禪句)의 이른 바 '일일시호일(日日是好日)'이란 이런 경지를 두고 한 말이겠죠.

흐느적거리는 육신의 비애와 권태를 모르고 사는 사람들, 그냥 있다는 사실만으로도 무한히 족한 참된 행복자들, 최대한으로 자유로운 사람들도 비록 소수나마 지상엔 있습니다. 성자(聖者)가 그들이죠. 그래서 그들은 늙어도 늙지 않고, 죽어도 죽지 않는 영원한 지금의 체현자(體現者)가 된 것이라 믿고 있습니다.

저는 예전에 한 편 시 가운데서 성자(聖者)를 이르기를 아무리 살아도 핏속에 찌꺼기가 고이지 않는 사람이라 했습니다. 그래서 평생을 단 하루처럼 산 사람이라고요. 우리도 잘 살려면 그렇게 살아야죠. 그렇게 못 살기에 또는 안 살기에. 우리 안의 핏속에는 찌꺼기가 나날이 고여 가고 있습니다. 그것이 피로의 정체가 아닐까요?

우리 한국문학에 대해서

한 민족의 말은 그 민족의 심령(心靈)이라 볼 수 있습니다. 한 민족 고유의 의식구조, 사유의 방식, 감각과 정서 표현, 정신의 역사 및 문화 전반의 수준을 드러내는 척도가 되는 것이 그 민족의 말인 것입니다.

한 민족의 정수를 알자면, 따라서 그 민족의 가장 세련된 말의 정화(精華)인 문학을 연구하는 것만큼 첩경은 없겠지요.

한국문학은 곧 한국인의 사상, 감각, 정서 표현, 요컨대 생활 전반의 표현이며 기록인 것입니다. 한국인인 우리는 한국문학을 통해서 우리의 신화를 알 수 있거니와 우리들 자신의 초상을 봅니다. 우리가 우리 문학의 천재에게 만강(滿腔)의 경의와 찬탄을 표시해 마지 않는 소이인 것입니다.

올해는 마침 육당 최남선 이래 60년을 헤아리는 우리 신문학(新文學) 회갑의 해입니다. 그래서 문단은 아연 활기 속에 각종 기념행사 및 정리와 회고(回顧)에 여념이 없는 것 같습니다.

신문학 이전에도 한국에 문학이 없었던 것은 아닙니다. 주지의 사실이듯 신라의 향가 이래 면면이 이어진, 비록 뛰어나게 줄기차거나 풍성하진 못했지만 오랜 문학의 전통이 있어 왔죠.

하지만 우리는 너무도 오랫동안 한자 문화권에 속해 온 만큼 우리의 주체적인 문화의식의 일대선양(一大宣揚)인 한글 창제 이후에도 한글로 된 혁혁한 문학의 유산은 그다지 풍성하지 못했음을 솔직히 시인하지 않을 수 없습니다.

그런 점에 비추어서 특히 우리의 신문학 60년은 처음으로 우리의 생활과 의식이 밀착된 문학, 언문일치(言文一致)의 구현이라는 보람과 창조의 역사이었음을 마음 든든히 여김과 아울러 보다 풍요하고 새로운 문예부흥을 다짐하는 계기가 되어야 마땅한 줄 압니다.

이제 한국에도 문학은 있다고 큰소리칠 수 있게 된 것이지요. 그 중에서도 단편소설과 서정시의 영역에선 그 수준이 미상불 세계적인 그것에 육박하고 있다고 해도 자만은 아닙니다. 그러나 기타의 분야에서는 아직도 본격적인 자세가 아쉽군요.

문학의 발전은 작가 시인들만의 노력으로써 성취되진 않습니다. 말하자면 국민적 호응이랄까, 건전한 문화적 풍토의 조성이 앞서야 합니다.

한국은 아직도 미약한 국세(國勢)의 탓인지는 모르지만 문학 생산자의 입장에서 볼 때, 그 여건은 너무도 비고무적입니다. 자식이 문학을 하고자 할 때 그것을 환영하는 부모는 없습니다. 환영은커녕 "너 이 녀석 밥 굶으려고 문학을 하려느냐" 하고 오히려 호통을 칠 겁니다. 그것도 그럴 것이 좀 나아졌다는 원고료라는 것이 오늘날에도 시 한 편에 천 원이나 삼천 원이 고작이고, 산문 한 장에 겨우 백 원을 상회하는 정도이니 말입니다. 소위 기성의 작가라는 사람들도 문학을 직업으로 삼고 있는 사람은 드뭅니다. 있다 하더라도 신문소설로나 연명할 정도이니 그 비참상을 알 수 있죠. 대개는 기자나 교사, 잡지 편집, 출판 업무 등에 종사하는 일방 그 여가에 문학을 한답시고 꿈틀거리는 실정이니까요.

그래서 유능한 작가의 경우라도 첫 시집이나 첫 창작집 한 권쯤 내고 나면 그 문학적 수명이 쇠진하는 일이 많습니다. 설사 그 뒤를 계속하더라도 그 대표작을 초기의 작품 속에서 찾게 되는 경우가 허다하죠.

　문학적 재능 또한 늘 끊임없이 키우고 가꿀 만한 재력의 밑받침 없이는 고갈하기 쉽습니다. 의식주의 해결만으로도 충분한 건 아니지요. 적어도, 때로는 여행을 할 수 있고 서적을 마음대로 구입할 여유는 있어야 할 거예요.

　하기야, 문학이란 옥중에서도 작자의 자유와 최소한도의 여건만 구비되면 생산될 수 있습니다. 고료의 악사정(惡事情)을 한탄하긴 하였지만, 저 암흑기의 일제시대에도 우리의 소수나마 의로운 문인들은 그 치열한 문필의 횃불을 굽히지는 않았으니, 얼마나 장하고 고마운 일입니까.

　시인의 절망은 곧 민족의 절망입니다. 민족의 얼을 아주 깡그리 말살하기 위해 그 악랄했던 일제의 탄압이 마침내 우리의 말과 문자마저 빼앗아 갔을 때도, 소수의 시인들은 절망을 거부하고 죽음으로써 민족의 수호령(守護靈)이 되었던 것입니다. 저 중국 북경에서 옥사(獄死)한 우리의 이육사 시인이나, 역천(逆天)의 땅 일본 후꾸오까 형무소에서 치명했던 윤동주 시인! 이들 꽃다운 이름을 포함해서 우리의 피어린 신문학 60년의 역사를 있게 한 바 그 열렬했던 선인들의 유업에 보답하기 위해서도, 그 계승과 발전을 염원하는 오늘의 문인들은 더욱 허리띠를 졸라매야 되겠지요.

　그리고 문학은 결코 문학 생산자들의 것만은 아니니까 그 수용자인 국민 여러분도 좀 더 따뜻한 육성과 애호에 인색해선 안 됩니다. 문학은 우리 전체 국민들의 영혼의 거울이며, 그 양식이자 꿈이며, 활력이며 보람이라는 것을 우리는 똑똑히 재인식하십시다.

고독에 대해서

　고독이란 외로움을 말하지만, 혼자 있다는 '독거(獨居)'와는 의미가 다릅니다. 인적이 끊긴 깊은 산중에 혼자서 살더라도 전혀 외로움을 느끼지 않고 유유자적하는 사람이 있습니다. 왜 그는 외로움을 느끼지 않을까요? 그는 일견 혼자서 살더라도 사실은 혼자 사는 게 아니라 자연과 더불어, 신명과 더불어 살고 있는 까닭일 것입니다.

　사람은 이렇듯 무엇과 더불어, 자연이건 인간이건 동물이건 나 아닌 타자와 하나가 되어 더불어 살기를 원하는 것이지 단독으로만 살 수 있다거나 사는 것은 아닙니다.

　그러나 사람은 이 더불어 산다는 유대에서, 어떤 공동의 의식의 장에서 유독 자기만 격리되었다는 소외감을 갖는 때가 왕왕 있습니다. 나만이 예외라는 국외자 의식, 그것이 고독이죠.

　이 고독은 처음에 잠깐 말씀드렸듯이 혼자 있다 해서 생기는 것도, 또는 반대로 뭇 사람 속에 더불어 있다 해서 해소되는 것도 물론 아닙니다. 저 거리의 군중 속에서나 영화관 안에서도 사람에 따라서는 얼마든지 고독한 사람이 있습니다.

　이 고독은 어째서 생기는 것일까요? 아무도 처음부터 고독을 원했을 사람은 없을 텐데. 그것을 이 자리에서 깊이 따져볼 시간은 없습니다. 아주 어려운 문제이니까요. 또 그건 사람마다 그 동기와 발생의 경위가 다를 줄 압니다만, 간단히 말하자면 마음의 상처를 입기 때문이라 볼 수 있죠. 자기의 뜻대로 어떤 대상과의 합치를 못 봤을 때 입는 상처 말입니다. 그래서 깊이 낙심하게 되고 외로움을 실감하게 되는 줄 압니다.

그런데 이런 유의 상처를 한 번도 입지 않았다는 사람은 세상에 없을 것입니다. 따라서 자기는 고독하지 않다거나 또는 적어도 한 번도 고독을 맛본 적이 없었다는 사람은 세상에 백치가 아닌 한 없는 줄 아는데요. 아마 당신도 왕왕 고독을 느끼실 줄 믿습니다.

그러나 절대로 절망하진 마십시오. 오히려 이렇게 생각하십시오. 무릇 사람은 고독을 알게 될 때 정말 인생이 비롯되는 것이라고. 비록 고독이 쓰기는 한 거지만 그것을 잘 삭이고 보면 감미한 포도주로 바뀌고 맙니다. 고독이 주는 충격을 못 이기고 그것이 부정적인 경향을 띠게 되면 아주 불행한 비극이 야기되죠. 즉 정신이상이 된다든지 절망한 끝에 자살해 버리거나 또는 무서운 범죄로 나타나는 경우도 있습니다.

이런 고독의 불모성이 있는 반면, 아주 긍정적인 생산성의 고독도 있습니다. 후자의 고독을 시인 릴케의 경우를 두고 생각해 보십시다. 그는 평생 고독했던 시인이었습니다. 어떻게 보면 스스로 고독의 심연을 만들고 그 안에 뛰어든 사람이었다고 간주되는 것입니다. 불과 1년 수개월 만에 처자와도 헤어지고 나중에 그가 한 몸을 위탁했던 스위스의 두이노 고성(古城)에서는 개와의 동거마저 뿌리칠 정도였죠.

그렇다고 그를 얼핏 염세의 시인이라고 속단하진 마십시오. 비록 비조(悲調)를 띠기는 했지만, 그는 필경 뛰어난 대긍정의 시인이었으니까요. 그것은 불멸의 광망(光芒)을 뿜고 있는 많은 그의 작품이 증명하는 사실입니다.

또 엄청난 수효를 헤아리는 방대한 그의 서간집. 그것은 무엇을 말해 주는 것일까요? 참으로 그가 고독하지 않았다면, 그리고 그 고독을 사랑으로 승화할 줄 몰랐다면 그처럼 긴 많은 편지들을 썼을 리가 없습니다.

고독과 사랑과 죽음과 신의 문제, 그것이 그의 전 생애와 작품을 관류하는 테마였습니다. 섬약한 체질에다 비교를 절할 만큼 남달리 예민했던 감수성 탓으로 그의 평생은 상처의 연속이었는지 모릅니다. 그러나 그의 시인으로서의 뛰어난 자질은 그 낱낱의 상처를 번번이 장미꽃으로 바꾸어 놓았지요.

고독을 통해서, 깊이 내면에 침잠케 하는 고독을 통해서, 그는 집중과 지속이라는 모랄을 익혔으며, 인생의 핵심인 사랑과 죽음과 신의 문제를 깨우친 것입니다. 그리하여 마침내 세계가 온통 하나의 새로운 내면공간으로 투명해진 것이죠. 그 안에서는 일체의 모순과 갈등이 용해되고, 온갖 형상이 서로의 고독한 자리를 견디면서 그지없이 맑은 연관 속에 숨 쉬고 있습니다. 릴케에게 고독은 창조의 모태였다고 해도 과언이 아닙니다.

고독을 애써 피하지는 마십시다. 진정한 사랑에 참여할 수 있는 생명의 좁은 관문이라 생각하면 되겠어요. 잘 참고 견뎌야 합니다. 그러노라면 고독은 바다처럼 넓고 깊어져 오히려 사물의 진상을 볼 수 있는 맑은 시력을 길러 줄 것입니다. 무턱대고 성급하게 덤비는 사람에겐 언제까지나 사물의 진상은 밝혀질 수 없습니다. 거리가 필요하죠. 우리가 그러한 시력을 얻자면. 그 거리를 제공해 주는 것이 고독이라고도 할 수 있습니다.

고독은 인간 누구에게나 다소는 주어지는 생명의 십자가인지도 모릅니다. 우리가 유한한 목숨을 지니지 않았던들, 그리하여 그토록 우리의 본원인 무한한 생명과의 온전한 일치를, 즉 사랑을 갈구하지 않았던들 우리에게 고독은 주어지지 않았을 것입니다.

어머니의 죽음

  노인의 기력은 알 수 없다는 말이 옳았다. 팔순을 넘긴 어머니께서 차츰 걸음걸이가 위태위태해지더니 자주 넘어지시는 일이 생겼다. 그러더니 마침내 반신불수로 몸져눕게 되고만 것이었다.

  어머니는 평소에 잔병은 없으셨다. 늘 부지런히 일만 하셨다. 엄격하고 완고하기 그지없던 시부모를 모시면서, 절대 인종이란 부덕(?)을 완벽하게 갖추셨던 어머니께선 남편을 끔찍하게 어려워해야 했고, 무려 11남매를 낳고 키웠으니, 삼단같던 검은 머리 파뿌리 되기까지, 또는 그야말로 열여섯 살의 섬섬옥수가 팔순을 넘긴 솔껍데기 되기까지 일만 하셨다.

  어머니는 전혀 학교 교육은 못 받은 분이지만, 철원 용담의 명문가 출신으로, 드물게 기품 있는 고전적 미모의 소유자였다. 그런데 나는 어머니께서 얼굴 화장이나 옷치장에 각별히 신경을 쓰시는 걸 본 적이 없다. 서랍이 두 개 달린, 작지만 화려한 자개 경대는 있었다. 그러나 서랍 안에 들어 있는 것이라곤 참빗과 비치게, 얼레빗, 민빗, 족집게, 동백기름 따위가 전부였다. 머리에 기름을 바르신 건 확실하나 얼굴에 화장은 안 하셨던 것이다. 반듯하게 가르마 타고 숱한 머리를 기름으로 재우면서 빗질한 다음, 길게 따 늘인 머리를 꼬아 쪽질 때의 어머니 모습이 지금 내 눈앞에 선명히 떠오른다. 이윽고 가령 흰 모시

치마 저고리쯤으로 단장하신 어머니 모습은 꼭 환한 보름달인 것이다. 누가 보더라도 부잣집 안주인, 얌전하고 결곡하기 그지없는 미인인 것이다. 다만 현대식 미인관에 비추어서 실격이 되는 부분이 있다면, 일만 해서 굵어진 손과 허리가 가늘지 못하다는 점이리라. 하긴 11남매를 낳으신 어머니다. 그렇게 되면 누구라도 몸이 다소는 붇게 될 것이 아닌가.

나는 어머니의 손을 좋아했다. 그것도 늙은 손을. 굵어진 손마디, 주름진 살가죽, 드러난 정맥, 일에 닳은 뭉툭한 손끝, 그런 어머니 손끝에선 늘 마늘과 고추와 참기름과 비누 냄새 따위가 범벅이 된 듯한 야릇한 냄새가 나는 것 같았다. 하지만 그러한 어머니 손을 꼭 붙잡고 있을 때처럼 내게 흐뭇했던 시간은 없었다.

나에겐 무한히 따스하고, 부드럽고, 좋기만 하였던 어머니 손. 하학 후 기진해서 돌아오면 으레 말없이 내주시는 갖가지 간식거리, 떡, 과일, 수정과, 식혜, 또는 찐 옥수수나 감자 삶은 것, 또는 하다못해 누룽지라도 내 몫을 남겼다가 주시는 것이었다. 참으로 고마웠던 어머니 정성, 그리고 놀라웠던 어머니의 음식 솜씨. 된장, 고추장, 간장을 비롯해서 각종 김치, 떡, 만두, 육류 요리, 국수류, 나물무침, 부침개 따위에 이르기까지 어머니 손길이 닿은 것이면 어느 것이나 그렇게 맛이 있을 수 없었다.

또한 어머니의 바느질 솜씨, 사흘이 멀다 하고 갈아입으시는 아버지 한복을 어머니는 불평 한마디 없이 척척 해내셨다. 형제들 중에서는 유독 나만이 한복을 좋아하는 취향을 아시고, 내겐 두 벌이나 한복을 해 주셨다. 솜바지 저고리에 하늘빛 조끼, 그리고 비단 마고자에는 큰 호박 단추가 달려 있는 것이었다. 어머니 가신 지도 이젠 14년의 세월이 흘렀지만, 지금도 나의 옷장 맨 아래 서랍 안엔 그 두 벌의 한복이 고이 간직되어 있다. 나는 차마 입을 수가 없었던 것이었다. 그래 처음 몇 해는 아예 손도 대지 않았다가, 근래엔 일 년에 한 번 정도 입고는 넣어둔다.

만약 몹시 더러워져서 빨래라도 해야 할 형편이 된다면 도대체 누가 그 처음의 어머니 솜씨를 재현해 줄 것인가? 차라리 두고두고 어머니 손길을 만질 수 있고, 어머니 마음, 어머니 체온을 느낄 수 있는 행복을 위해서는 오래오래 안 입고 고이 간직해야 될 것이 아닌가?

어머니가 마침내 반신불수로 눕게 되셨다는 소식은 나를 아주 한없이 슬프게 하였다. 고령의 노인이니, 어쩔 수 없이, 올 수밖에 없는 것이 온 것 아니냐는 생각도 들었지만, 다른 사람 아닌 어머니에겐 도무지 만부당한 일이 들이닥친 것만 같았다.

당시 부모님은 나의 아우가 모시고 있었다. 나는 적어도 일주일에 한 번은 삼양동 아우 집에 문병을 가리라고 작심하였고, 그렇게 실천했다. 갈 때마다 어머니가 좋아하시는 달고 맛있는 것 사는 걸 잊지 않고.

빵, 바나나, 고급과자, 홍시, 주스, 아이스크림 따위 말랑말랑한 것이나 입 안에 들어가면 저절로 녹을 것만을 골랐다. 처음엔 그걸 드리면 한두 개 마다 않고 잡수셨다. 아들의 정성을 생각해서였으리라. 사과 같은 것은 강판에 갈아 그 즙액을 숟갈로 떠서 입 속에 넣어드렸다. 병색이 완연한 어머니 얼굴에 조금이라도 사과의 단맛을 시원해하시는 기색이 보일 때엔 한결 마음이 가벼워지곤 했다. '잡수시기라도 잘 했으면 좋으련만. 그래야 기운을 차리실 게 아닌가.' 하지만 어머니의 회복은 도저히 가망이 없었다.

병석에 누우신 채 일 년이 가고 이 년이 흘렀다. 어머니의 대소변을 역시 늙은 아버지가 받아냈다. 장병엔 효자가 없다는데 효부는 있었던가. 그 아버지도 나중엔 차마 입에 담기 힘든 말을 더러 입 밖에 내시게 되었으니, 무리도 아니었다. 하루는 무섭게 수척해지신 어머니께서 울먹울먹하시면서 힘없는 목소리로 겨우 이렇게 말을 이으셨다.

"글세, 너의 아버지가 왜 나더러 죽지 않느냐고 야단이시구나. 낸들 죽고 싶지 않아서 이러겠니? 매일 죽고 싶은 생각뿐인데도 왜 하늘이 데려가지 않는지…."

어머니 병세는 나날이 악화됐다. 곁에서 사람이 일일이 부축하여 드리지 않는다면 아무런 동작도 취하실 수 없는 상태. 어머니의 반신은 이미 저승으로 기운 지 오래였다. '식물인간'이란 말이 조금도 과장이 아니었다. 제일 견디기 어려웠던 슬픔은 차츰 어머니의 기력뿐 아니라, 의식과 기억의 능력마저 마비되어 간다는 것이었다. 아들이 찾아가도 그가 아들임을 몰라보시다니! 밥을 수저로 입 안에 넣어드려도 어물어물하시는 기색도 없이 도로 입 밖으로 흘려버리시다니!

하루는 문병 오신 K선생님—내가 가장 존경하는 은사님—을 몰라보시기에 내가 백방으로 설명을 드렸더니, 기적이 일어났다. 나는 그걸 그렇게밖에 표현할 수가 없다. 초점을 잃고 흐렸던 어머니의 눈동자에 생기가 돌더니 갑자기 인지(認知)의 빛이 흘렀다. "아아 반가워요. 어떻게 이렇게…." 하시며 밝은 미소를 지으셨다. K선생님이나 내가 진심으로 고마워하고 기뻐했던 일이야 말해 무엇하랴. 생명력이란 바로 인지의 능력이기도 하다는 것을 나는 그때 절감했다.

내가 어머니를 찾아뵐 때마다 해 드릴 수 있었던 일이라곤 어머니의 온몸을 두루 가만가만 주물러 드리거나, 물수건으로 살갗을 닦아드리는 일이었다. 또는 겨우 손톱이나 발톱을 깎아드리는 일이었다. 노상 몸을 자리에 눕히신 채 꼼짝도 못하시니, 얼마나 괴롭고 지겨우

시겠는가. 곁에서 지켜보는 사람도 답답하여 죽을 지경인 것이다. 그래서인지 아버지께선 어머니의 머리를 아예 단발로 치깎아 버리셨다.

돌아가실 무렵에는 거의 곡기를 끊다시피 하셨으니, 온몸이 무섭게 마르고 야위셨다. 체중이 전혀 없는 분 같았다. 핏기라곤 없는 건조한 살갗에는 더러 사상(死相)이 얼씬거리고 있는 게 보였다. 그래도 나의 가장 깊은 안의 심정은 말하자면 '이 불쌍한 아들을 위해, 어머니 하루라도 더 살아계시기 바랍니다.'였다.

내가 임종의 비보를 접하고 달려갔을 때엔 이미 좀 늦었던 듯. 전혀 숨소리의 기색은 없었으나, 체온은 따스했다. 그렇듯 마비되어 굳었던 반신이 놀랍게도 아주 부드럽게 풀려 있었다.

입관이 되기 전 나는 마지막으로 어머니 모습을 뵐 수 있었다. 얼굴뿐 아니라 시신 전체가 많이 수축되어 있는 게 슬펐다. 노오란 얼굴의 피부색이 너무도 무력해 보였다. 영혼이 빠져나간 얼굴의 표정. 세상에 태어나서, 긴 생애의 온갖 우여곡절을 겪는 동안, 그래도 당신께선 최선을 다했기에, 이제야 겨우 모든 게 끝났다는 안도와 해탈의 기색은 엿보였다. 하지만 어딘가 생전에 지나치게, 그리고 오래 시달린 데서 오는 일말의 아쉬움, 애잔함 같은 것이 떠돌고 있는 듯 느껴진 것은 어디까지나 생자의 주관적 해석이며 하찮은 감상일까?

어머니의 시신은 화장으로 모시게 되었다. 벽제 화장터. 죽은 큰형과 할머니를 화장으로 모셨기 때문에 옛날 홍제동 화장터에는 가본 적이 있었지만, 거기에 비해 벽제 화장터는 모든 점에서 규모가 컸다. 그래도 사람들이 어찌나 붐비는지 대기 번호가 매겨질 정도였다.

드디어 어머니 차례가 왔다. 저만치 검은 철문이 열리자 레일 위에 영구(靈柩)는 안으로 미끄러지듯 빨려들어갔다. 그러자 쾅 하고 철문이 닫혔다. 그리고는 긴 침묵. 하지만 그 철문 안쪽에선 무서운 화력이 모든 것을 활활 불태우고 있었을 것이다.

이만치에서 차단된 유리벽을 통해 지켜보는 가족들. 단장의 비애, 허무감, 오열…. 이윽고 가족들은 하나 둘, 그 자리를 떠나기 시작했다. 화장이 끝나자면 서너 시간은 걸리기 때문이다. 그동안 겪어야 할 그 삭막함, 허전함, 무료함, 게다가 초겨울의 썰렁한 느낌을 달래기 위해서는 대기실에 가서 소주라도 한두 잔 해야 할 일이었다.

하지만 나는 도저히 그 자리를 떠날 수 없었다. 예의 그 검은 철문이 저만치 똑바로 보이는 위치에 못 박힌 채 미동도 못했다. 주르르 눈물이 흐르기 시작했다.

'어머니, 어머니, 이 불효자식을 용서하소서. 어머니로선 끝내 유감스러우셨을 자식의 독신과 그 옹고집을 용서하소서. 어머니, 저는 어머니 앞에서는 항상 어린 발가숭이에 지나지 않습니다. 늘 기쁘고, 마음이 놓이고, 세상에 두려운 게 하나도 없지요. 그런 무구한 마음은 아마 장성한 후에도 줄곧 제 밑바닥에 있어 왔을 것입니다. 어머니께서도 그러한 제 마음을 한 번도 의심하여 보신 적은 없으셨죠. 자식에 대한 어머니의 그러한 믿음과 사랑보다 더 소중한 것이 이 세상 어디에 있겠습니까. 그런데 저는 어머니 가슴에 못을 박고 말았으니… 용서하소서. 용서하소서. 저는 믿습니다. 어머니의 착하심, 무아의 사랑, 자비하심으로 하여 어머니께선 극락왕생하시리라는 것을. 어머니, 어머니, 비록 불효자식일망정 가끔은 저를 지켜봐 주십시오….'

눈물은 도무지 그칠 줄 몰랐다. 주르르, 주르르, 쉴 새 없이 두 뺨을 타고 흘러내렸다. 누선에 무슨 고장이라도 나서 계속 눈물이 흐르고 있는 게 아닌가 싶을 만큼.

어머니가 긴 와병 생활에 드시기 직전, 한 이십 일간의 단시일이나마 나는 어머니를 내 거처에 모신 적이 있었다. 거처라야 구식의 십오

평 아파트. 게다가 이미 마흔이 넘은 독신 아들이 모시는 것이니 변변치 않았을 것만은 불문가지(不問可知). 그런데도 어머니는 아주 흡족해 하시는 것이었다. 때마침 겨울방학 중이어서 나는 출퇴근에서 해방이 돼 있었다. 서툰 솜씨로 어머니에게 김도 구워 드리고 달걀도 부쳐드리는 재미. 어머니는 무엇보다 동생 집에 비해 아파트 안이 춥지 않아 좋다고 하셨다. 나도 하루하루가 더없이 흐뭇했다. 마음이 놓였다. 나는 곁에 누가 사람이 있으면 글을 한 줄도 못 쓰는 성미인데 어머니만은 전혀 예외였다. 오히려 정신 집중이 잘 돼서 그때 내가 틈틈이 썼던 작품이 바로 〈빛과 어둠의 사이〉였다. 그래 그 회심의 장시 서두에는 이런 헌사가 붙게 된 것이었다. '시라는 단어도 알지 못하시는 팔순 노모님께 삼가 이 장시를 바친다.'

생각건대 그때가 나로선 가장 행복했던 시기의 하나였다. 당시의 안암동 거처보다는 여러 면에서 비교도 안 될 만큼 훨씬 좋아진 지금의 거처에서 만약 내가 다시 어머니를 모실 수 있다면 얼마나 좋을까. 물론 이것은 터무니없는 가상에 불과하나, 나는 그 부질없는 가상만으로도 지금 잠시 가슴이 찢어질 듯 쓰리다 할까, 행복하다 할까, 걷잡기 힘든 감정의 혼란을 맛보고 있다.

어머니 없이는 단 하루도 못 살 것 같더니만, 내가 여지껏 죽지 않고 살아온 게 희한하다. 신통하다. 그러나 한편 냉철하게 돌이켜 보건대, 그것이 내 단독의 힘만으로 된 일은 아니었다. 알게 모르게 무한히 많은 중생의 은혜로, 중생의 공덕으로 살아온 게 틀림없다. 그리고 모든 성실하게 살려는 사람에겐 누구에게나 있다고 믿는 바나, 내게도 어떤 수호신(또는 수호령)의 보이지 않는, 은밀한 손길이 미치고 있어 나의 운명의 어려운 고비들을 무사히 넘기도록 잘 보살펴 왔다고 생각한다. 돌아가신 어머니도 이젠 나의 수호령의 한 분이다. 그런 의미에서 어머니께선 돌아가신 다음에도 늘 나의 곁에 보이지 않게 숨 쉬고 계시는 게 아닌가 싶다. 그리하여 내가 할 수 없이 되면, 부르는 소리, '어머니' 소리를 들으시고는, 더없이 자애로운 미소를 띠시며 내게 어김없이 구원의 손길을 뻗쳐 주시고 있다는 것을 나는 아주 확신하고 있다.

(하늘개인날, 1988. 8.)

설다뽕과 수레울의 노래

　일정 치하인 1931년 나는 경기도 연천에서 태어났다. 거기서 유년
시절을 보냈다. 그러다가 연천 초등학교 1학년 때, 전학차 서울로 떠
나게 되었다. 하지만 그 뒤로도 해방이 되던 해 1945년까지는 연천과
의 인연이 끊어지지 않았으니, 여름방학이나 겨울방학 때엔 꼭 귀향
하곤 했던 것이다.

　나의 조부 박래찬은 성균관 진사였다. 벼슬길과는 아랑곳없이 시
종 지주로 일관한 분이었다. 호는 몽파(夢坡). 자필 한시집(漢詩集)
《몽파집(夢坡集)》 상하권을 헤아리나, 그 중 상권만이 수중에 남아
있다. 증조부 대엔 영평에서 사셨는데 진사가 되신 후 연천으로 분가,
자립의 길을 개척한 것이었다. 다행히 할머니[全州 李氏]를 잘 만나
신 모양. 무서운 근검절약의 생활 끝에 군에서는 알아주는 토호가
되었다. 슬하에 2남 1녀. 나의 아버지는 장남이었다. 고모 한 분은
그 고장 양반댁에 출가하였고 아버지 형제도 일찍 장가들어 자손이
많았다.

　아버지 형제가 겨우 소학교 졸업의 학력을 가진 것은 필시 할아버
지의 완고한 보수성 탓이었으리라.

　"말이 신학문이지 왜놈들 교육을 받는다는 것은 좋지 않아. 한문을
배우래두. 모든 길은 다 책 속에 있다."

할아버지는 입버릇처럼 늘 그렇게 말씀하셨다 한다. 소학교를 졸업한 뒤 아버지는 군청에 취직하였으나, 주변 사람들이 졸필이라고 흉보는 바람에 그곳을 뛰쳐나와 글씨 공부에 열을 올렸다.

처음엔 3대가 한집에 살았으나 삼촌이 분가하여 우리가 살던 읍내리 마을엔 큰 집이 두 채 있게 되었다. 한편 서울에도 관훈동에 살림집 두 채를 별도로 마련했다. 큰집, 작은집, 시골집, 서울집. 자연히 살림이 양분된 것이었다. 아버지는 주로 서울에 계시면서 2세들의 교육 및 섭외를 담당했고, 숙부는 시골에서 토지 및 소작인 관리를 도맡았다. 아버지 형제가 만약 고등교육을 받고 새로운 투자나 재산 증식법에 눈떴더라면, 아마 그렇듯 단순한 지주로만 시종하지는 않았을 것이다. 다행인지 불행인지 인간적으로 두 분은 건실했고 야심이 없었다. 할아버지한테서 물려받은 재산을 늘리지는 못했지만 줄이지는 않았다. 군에서 제일가는 부자라는 토호의 아들답게(?) 아버지 형제가 성가한 후로 제각기 첩살림을 차린 건 사실이나, 그것이 재산을 축낼 정도의 철부지 방탕으로 흐른 것은 아니었다. 조부 대부터의 근검절약은 사실상 하나의 가풍으로서 은연중 이어지게 된 셈이라 할 수 있다.

아버지는 엄격하게 집안을 다스렸다. 어른으로서의 체통을 무엇보다 중시하였으며, 염치를 모르는 거짓과 열등을 몹시 싫어했다. 대쪽같이 곧은 성품이라, 못마땅한 일을 저지르면 자식들에게도 대성질타의 말이 떨어졌다. 나는 아주 어렸을 때에도 아버지 품에 안겨 본 기억이 없다. 그러한 아버지를 내가 처음으로 온정 있는, 훈훈한 분으로 느껴본 적은, 아마 초등학교 4학년 때쯤이 아니었을까 한다. 내가 받아온 우등상이 기뻐서, 나를 얼싸안아 주시지는 않았지만, 그 상장을 액자에 넣어 벽면에 걸어두시는 것이었다. 그리고 여러 사람

앞에서 우리 집안에선 처음 있는 경사라며 칭찬해 주셨다. 뿐만 아니라 손수 나의 손을 잡으시고 다른 형제랑 함께 당시의 본정통(本町通)—지금의 명동—복판에 있었던 '니꼬니꼬(빙그레) 식당'으로 데리고 가시더니, 맛있는 요리를 사 주시기도 했다.

연천군에서 제일가는 부잣집

당신이 고등교육을 못 받으신 한을 아버지는 2세들에게 풀으려 하셨다. 친자식들은 물론 사촌 형제들, 그 밖의 일가친척을 통틀어서 본인이 원하면 가능한 한 경제적 뒷받침을 유감없이 베푸셨다. "참 그분이 교육열 하나만은 대단한 분이셨지." 하고 지금도 아는 이들은 두고두고 기릴 만큼.

아버지의 그러한 열성 덕택으로 우리는 모두 서울로 학교를 옮기게 되었고, 휘문, 보성, 경복 등의 중학교를 거쳐 연전, 보전, 세브란스 의전 등을 졸업하게 되었다. 그것도 관훈동 복판에 있던 큰 살림집에서 아무런 불편 없이.

그런데 우리 어린 형제들보다는 다 큰 형들이 제법 부잣집 아들답게 호강한 셈이었다. 왜냐하면 그들은 방학이 되면 더러 명승지로 호화판 휴양을 가기도 했다니까. 우리는 고작 고향인 연천으로 가는 게 항례였다. 청량리 역에서 경원선(京元線) 완행 기차를 타고 두 시간 반쯤이면 가 닿는 곳이 연천이었다.

일 년에 두어 번 그곳에 가면, 서울에선 안 통하던 '박 진사 댁 손자'로서, 또는 군에서 제일가는 지주의 아들로서, 시골 사람들의 선망의 눈초리를 모으곤 하였으니, 어린 마음에도 그것이 과히 나쁘지는 않았다. 시골에서나 맛볼 수 있는 갖가지 푸짐한 토속 음식과 놀이와 풍습과 정취를 만끽했다. 그러한 생활은 한 칠팔 년 지속이 되었다.

1945년 해방과 더불어 사태는 급변했다. 난데없이 38선이란 것이 국토의 한 허리를 자르게 되었는 바, 연천은 그만 38선 이북에 속하게 된 것이다. 이내 이북엔 소련군이 진주했고, 공산당이 득세하자 가공할 적색 바람이 휘몰았다. 자본가 및 지주는 제일 먼저 반동 세력으로 몰리게 되었으며, 무자비 숙청의 대상이 되었다. 모든 재산의 완전 무상몰수! 군에서 느닷없이 완장을 두른 공산분자들이 나타나더니, 핏발 선 눈을 부라리면서, 온 집안 구석구석 붉은 딱지를 붙이고 만 것이다. 다행히 이때 할아버지께선 이미 이 세상 사람이 아니었다. 해방을 불과 이삼 년 앞두고 타계한 것이었다. 또한 우리는 소작인들 인심을 잃지 않아, 헌신적인 그들의 도움으로 재물의 일부나마 건졌거니와, 구사일생의 탈출에 성공했다.

부자가 망해도 삼 년은 먹고 살 수 있다던가. 가세는 형편없이 기울고 말았지만, 우리는 그럭저럭 연명해 갔다. 38선 이북의 적색 치하에서 연천이 어떻게 변모해 갔는지 들려오는 풍문도 없지는 않았지만, 차츰 그것은 관심권 밖으로 까마득하게 밀려나고 말았었다. 그러던 것이 저 6·25가 일어났고, 휴전이 성립되자 연천은 다시 왕래가 가능한 수복지구로, 관심권 안에 재등장한 것이었다.

하지만 연천은 소문난 격전지로 피아 쌍방의 각축전이 심했던 곳, 결국 폐허의 잿더미밖에 남은 게 없다 했다. 한마디로 고향은 타버렸다! 총탄, 포탄, 폭탄의 세례를 받고, 더러는 지형조차 몰라보게 바뀌었다고 했다. 수복은 되었지만, 군대가 여기저기 주둔해 있어, 민간인은 출입이 안 되는 지역이 많았다.

읍내리에 숨은 나의 유년

남들은 우리 집이 다시 토지를 되찾게 되어 가세가 다소나마 나아진 줄 알았지만, 여의치 않은 일이 한둘이 아니어서, 수복이 안 된 상태나 사실은 다름이 없었다. 남들처럼 영악하게 토지를 되찾고 관리하기에는 아버지는 이미 너무 연로했고, 산적한 애로를 극복할 길이 없어, 다 이리저리 속거나 뜯기고 말았던 것이다.

영락 일로의 가세는 비단 경제적인 면만이 아니었다. 항산(恒産)을 잃으니 별수 없이 항심을 잃어서일까. 아버지 형제간의 우애도 사라졌고, 사촌간의 왕래도 끊어졌다. 실로 여기에 적기도 구차하고, 필요도 없겠지만, 별의별 불행과 비참이 두 집안에 연달아 일어났다. "집안이 망해도 곱게 망하라는 말이 있다. 그러니 이젠 곱게 망하기나 바랄 수밖에…." 하시던 아버지의 말씀이 떠오른다. 우리 집안을 연천에서 일으키신 조부모께선 이미 흙으로 가신 지 오래이다. 그 다음으로 큰형, 숙부모, 고모, 어머니 그리고 아버지, 이런 순서로 집안의 어른들이 이젠 다 작고하셨으니, 다음은 우리 차례. 덧없고도 덧없도다. 수십 년 세월이 순식간임을 실감하겠구나.

그동안 나의 형과 아우는 연천을 한두 번 다녀왔다고 한다. 하지만 나는 한 번도 가 볼 기회가 없었다. 아니, 아예 가 보고 싶지도 않았다. 타버린 고향, 잿더미로 화했다는 고향도 고향일까? 애써 찾아가서 환멸의 비애를 느끼느니보다는, 차라리 마음속에 고이 간직된 유년의 고향으로 언제까지나 남아 있게 하는 편이 낫지 않을까? 하지만 그것이 이번에 뜻밖에 깨지고 만 것이다. 《월간조선》 서병욱(徐炳旭) 기자의 간곡한 권유로. 해방 후 처음이니, 나는 실로 40년 만에 연천에 가 볼 기회를 가졌다. 그 결과 톡톡히 환멸의 비애를 맛보았다고 말하지는 않으련다. 오히려 반대였다. 역시 와보길 잘했다는 생각으로 나는 가슴이 뭉클했던 까닭이다. 그 심정은 나중에 피력하기로 하고, 이제 나는 내 고향의 의미—나의 다시없는 소중한 유년 시대,

그것과 직결된 꿈속의 고향을 더듬어 볼까 한다.

서울에서 북녘 의정부를 지나가는 국도로 계속 북상하면 동두천이 나타나고 다음이 전곡, 그 다음이 연천이다. 휴전선에 인접한 수복지구인데, 주요 건물이라고는 역사(驛舍)를 비롯해서 군청, 경찰서, 초등학교 등이 있다. 그러한 건물들이 일직선을 이룬 큰 통로 좌우에 놓여 있는 것이다. 그 밖엔 상점과 음식점 등이 다닥다닥 붙어 있다. 옛날엔 좀더 많은 집들이 있었을 터이지만, 우리는 이곳을 '수레울'이라 불렀던 것이다. '수레울'이란 그 유래는 알 수 없지만, 매우 아름다운 지명이 아닌가. 수레울 한복판 군청 건물 앞에 나 있는 길을 한참 걸어 들어가노라면, 우리가 살던 곳, 읍내리가 나타난다. 야트막한 야산에 둘러싸인 분지가 그곳이다.

이번에 가서 확실히 나는 실감할 수 있었지만, 물 좋고 흙 좋고 볕 좋은 곳이었다. 이런 데 살면서 인심이 나쁠 수는 도저히 없는 일이다.

'설다뿡'이라고 역시 아름다운 이름을 가진 마을 앞산에 올라가 보면, 읍내리 전경이 한눈에 들어온다. 제일 큰 집이 우리 집이었고, 다음이 숙부 집과 군수 집이었는데, 그밖엔 모두 자그마한 초가집들이 여기저기 평화롭게 산재해 있었다. 우리 집이 처음부터 컸던 것은 아니리라. 살림이 늘고 가세가 신장되어 대가족을 이루게 됨에 차츰 집이 확장된 것이리라. 대문이 사방으로 네 개나 있었고, 중문까지 합치면 여덟 개나 되었던 집.

할아버지가 기거하시던 양잠(한때 양잠을 하신 적이 있다 해서 그렇게 불렀음)을 위시해서 사랑채와 안채는 기와집이었지만, 그밖에 초가와 함석집 따위도 뒤섞여 있었다. 닭장, 돼지우리, 외양간도 있었다. 울타리는 특별히 싸리나무로 단단히 엮어 짰고 그 위에 짚으로 지붕을 해 씌웠다. 곡식이 가득가득 들어찬 광들이 집 안팎으로 여러 채 있었는데, 그 중의 한 채는 때로 동네 야학당으로 제공되기도 했다. 지금도 특이하게 생각나는 것은 큰 변소인데, 문 열고 들어가면 천정이 따로 없이, 거미줄 쳐진 나무 서까래가 그대로 보였다. 두 다리를 벌리고 앉도록 기름한 돌이 두 개 놓인 흙바닥 앞엔 언제나 재가 수북이 쌓여 있었다. 대소변을 보고는 삽같이 생긴 나무연장으로 재를 퍼서 덮도록, 그리고는 뒤쪽으로 밀어제치라는 이치였다. 따라서 변소의 한쪽 공간엔 즉석에서 거름이 되어버린 오물이 산적해 있었던 것이다.

신비의 다락문을 드르륵 열면

안채에 달린 부엌이 유난히 컸다고 기억된다. 빠지면 죽는 게 아닌가 싶을 만큼 큰 물독엔 언제나 물이 철철 넘쳤다. 잘 마른 솔가지 타는 냄새가 왜 그리 좋았던지. 겨울철이면 큰 가마에 국수틀을 올려 놓고 일꾼들이 메밀국수를 직접 빼냈다. 동치미 국물에 편육을 곁들여 메밀국수를 말아 먹는 맛이라니! 앞마당에 떡판을 내려놓고 일꾼 너댓이 떡메로 번갈아 흰떡을 내리치던 광경도 선하다.

설날엔 앞마당에 으레 널판이 놓이게 마련이다. 울긋불긋하게 설빔을 차려입은 누나들이 동네 아낙들과 널을 뛰느라고 한바탕 흥겨운 놀이판을 벌인다. 또한 보름날 저녁이 되면 우리 꼬마들은 손에 손에 횃불을 높이 쳐들고서 설다뽕엘 올라갔다. 달맞이를 한답시고… 그러면 이내 채반만 한 보름달이 중천에 솟았다.

모닥불 피워 놓은 동네 마당에서 앞산을 바라보며, 두 손에 든 차돌을 맞때리던 일도 생각난다. 은 나와라, 뚝딱! 금 나와라, 뚝딱! 하며. 또 어떤 밤엔 촛불이나 전지를 켜 들고, 무동 선 아이들이 처마 끝기와 속의 새둥지에 손을 쑤셔넣어 새알을 꺼내던 일도 있었다. 나는 차마 그런 짓을 못했지만 새알을 만져본 감촉은 남아 있다. 꽝꽝 얼어붙은 논바닥에서 스케이트 배우느라 몇 번이고 엉덩방아 찧던 일도 생각난다.

여름이면 곧잘 천렵을 갔다. 허리께까지 닿는 개울 으슥한 데 어망을 갖다 대고 살살 몰다가 번쩍 어망 자루를 쳐올리면, 물이 쫙 빠지면서 메기, 가물치, 미꾸라지, 붕어, 쏘가리 따위 잡어가 무더기로 걸리는 것이었다.

> 어디를 가나
> 먹을 것 투성이
> 신비의 다락문을
> 드르륵 열고 보면
> 언제나 거기
> 있는 것 말고도
> 들엔 멍석딸기
> 산에는 칡뿌리
> 오디 따 먹으러
> 뽕나무엘 오를까나
> 포도를 따 먹으러
> 덩굴엘 오를까나.
>
> ─졸시 〈유년시대〉에서

신비의 다락문을 드르륵 열고 보면 언제나 거기 있었던 건 무엇일까? 떡, 엿, 꿀, 약과, 다식, 수정과, 식혜 또는 잣, 밤, 호도, 무릇, 다래, 사과, 배, 감 따위 먹을 게 그득했다.

할아버지 계시는 꿈속의 고향

집안에 흔했던 것으로 말하자면 또한 나무와 화초를 빼놓을 수 없다고 생각한다. 배나무, 사과나무, 대추나무, 감나무, 살구나무 따위 유실수가 많았지만, 할아버지가 약재로 쓰시던 졸강나무 두 그루와 향나무, 사철나무, 그리고 도장나무 따위가 떠오른다. 화초는 또 왜 그리 많았는지, 앞마당, 뒷마당, 가운데 마당, 사랑채 마당 할 것 없이 구석구석에 화초가 만발했다. 모란도 좋았지만, 아치 모양의 넝쿨장미 또한 대단히 화려했다. 좀 덜 화려한 꽃들도 많았으니, 찔레꽃, 옥잠화, 수국, 창포에다 산나리, 채송화, 백일홍, 활련, 석류, 치자꽃 따위. 그리하여 집 안엔 자연히 벌과 나비가 모여들고 새들이 우짖었다. 한여름엔 내내 매미가 울었다.

아기의 키만 한
꽃과 꽃 사이를
오가는 아기
코에도 꽃가루
귀에도 꽃가루
꽃 속에선
사람의 소리가 난다더니
정말 그런가 봐
옥잠화에선 하이얀 목소리가
개나리에선 샛노란 목소리가.

—졸시 〈유년시대〉에서

나는 할아버지를 무척 좋아했다. 마음씨 어질고 풍채 좋으신 우리 할아버지. 유식하시고, 한약도 잘 지어 주시며, 지팡이를 짚으시는 진사 할아버지. 아직 캄캄한 새벽에 이미 큰며느리(나의 어머니)가 지성으로 진상하는 술국을 드시고, 아침 일찍이 가가호호 두루 다니시며 늦잠 자는 일꾼을 깨우셨다는 할아버지. 평소엔 탕건으로 상투를 가리시고 늘 한복을 입으셨던 할아버지. 손자를 보시면 너그러운 미소를 얼굴 가득히 띠시던 할아버지. 나는 그런 할아버지의 냄새가 좋아, 곧잘 할아버지 방을 찾곤 했다.

아기의 집에서도 가장 드높은 곳
외딴 큰방에 계시는 할아버지
왜 할아버지는 혼자서 주무실까
하늘 천(天), 따 지(地), 가물 현(玄), 누르 황(黃),
그 다음은 집 우(宇), 집 주(宙)지요
천정까지 닿은 서고엔 책이
그러나 할아버지 문갑 서랍 속의
노랗고 빨간 색종이가 아긴 좋아
그 종이 안의 이상한 무늬들이
물론 더 좋은 건 엿이나 약과지만
그걸 할아버진 잘도 주시지
            —졸시 〈유년시대〉에서

한 시인에게 고향이란 무엇일까. 특히 산 좋고 물 맑은 시골에서 유년시절을 더없이 풍성하게 보냈을 경우. 나는 비록 일곱 살에 고향을 떠났지만, 하긴 그 뒤에도 칠팔 년을 해마다 두 번씩 다녀온 셈이니까, 고향산천에서 잔뼈가 굵은 게 엄연한 사실인데, 그래서인지 고향은 나의 가슴 속 깊이 처음 그대로의 모습을 간직한 채 비장되어 있다. 마치 그것은 천상의 보석 바구니 같다. 그 보석 바구니 안엔 무궁무진의 온갖 보석들이 휘황한 광채를 뿜고 있다. 그 순수하고 티 없는 영롱함, 광택, 눈부심, 갖가지 빛깔의 신묘한 결정(結晶). 그 아름다움의 이 구석 저 구석을 낱낱이 섬세하고 정밀하게 표현할 능력이 나에게 있다면, 필시 그것은 한 권의 장편 기록이 될 줄 안다. 나의 유년시절, 그것은 나의 가장 소중한 영감의 원천이다. 적어도 그 중의 하나임엔 틀림없다.

40년 만에 찾아 본 우물물

그렇듯 소중한 고향과 나의 유년시절이나, 거기에서 취재된 작품은 아직 유감스럽게도 많지는 않다. 앞에 인용한 〈유년시대(幼年時代)〉와 〈잎이 시들면 떨어지듯이〉 〈유년추억(幼年追憶)〉 두 편, 그리고 근작인 〈내 고향 연천〉을 헤아릴 정도이다.

나는 언제까지나 내 고향 연천을 꿈속에서만, 즉 기억 속에서만 간직하고 싶었던 게 사실이다. 그것이 이번에 이렇게 쉽게 무너지게 될 줄이야 정말 몰랐던 일. 새삼스럽게 예상할 수 없는 것이 인사(人事)라는 것, 또한 그 인연의 신비를 되새기며, 나는 현실의 연천을 향해 달리는 차 안에서 누를 길 없는 감동을 느꼈다.

한 시간 반쯤 걸린 듯싶다. 차는 어느덧 연천에 닿았다. 무조건 군청 건물 앞에 정거하여 읍내리 가는 길을 물었더니, 허허벌판 사이로 나 있는 길을 1킬로쯤 가 보면 될 거라는 대답이었다. '그러면 이것이 수레울에서 읍내리로 들어가는 길이었단 말인가.' 나는 애써 옛 기억을 더듬어 보았으나 도무지 부합되는 아무것도 찾아내지 못하였다. 차가 얼마 안 들어가 이내 저쪽에서 행군해 오는 육군 병사들의 중무장 행렬을 만나게 되니, 적이 안쓰러운 생각이 들었다. 나는 속으로,

역시 최전방 지역은 다르구먼, 하면서 조심조심 병사들의 표정을 살폈지만, 젊은 그들은 무심하기만 했다.

　우리는 이윽고 한 아늑한 마을에 당도했다. 집들이 여러 채 옹기종기 모여 있다. 물론 옛날 집이라고는 한 채도 남아 있을 까닭이 없었다. 그렇다 하더라도 여기가 과연 '읍내리'일까? 마침 담배가게가 눈에 띄어 들어가 물었더니, 분명 읍내리라는 대답이 나왔다. 나는 재차 그 젊은이에게 이 마을에서 제일 오래 산 사람이 누구냐고 물었더니만, 저만치 파란색 지붕을 가리킨다. 그 집 주인에게 대충 찾아온 사연을 말하였다.

　"혹시 옛날 박 진사라고 이곳에 살았던 어른을 아시는지? 저는 그 손자 되는 사람인데요…" 그는 이내 표정이 누그러지며, 친절하게 안내를 해 주었다. 도중에 또 한 사람, 이번엔 나를 완전히 알아보는 사람을 만났다. 그는 놀랍게도 나의 친형제와 종형제들의 이름까지 외우면서 손을 내민다. 반색을 한다. 알고 보니 그는 나와 동갑의 옛날 친구였다. 연고자라곤 한 사람도 만날 수 없으리라 생각했었는데, 그 예상은 완전히 빗나갔다. 그들의 안내로 나는 우선 옛날 우리 집 앞을 흐르던 도랑물을 확인할 수 있었다. 그 물은 흘러서 설다뿅 가를 돌아 수레울로 흐르는 냇물과 합류한다. 설다뿅 못 미쳐 연당이 있었는데 늘 미나리가 우거져 있었다. 미나리밭을 끼고 바싹 설다뿅 아래로 접근하면 우물이 나타난다. 그 우물이 깊지는 않았지만 수량이 풍부하고 물맛이 좋아 온 마을 사람들이 식수로 애용했다. 아낙네들이 물동이를 이고 부지런히 그곳을 드나들던 모습이 선명히 떠오른다. 미나리밭은 보리밭으로 바뀌어 있었지만, 그 우물은 가 보니 원형 그대로였다. 지붕만 새로 바꾼 것이라 했다.

　하지만 지금은 그 우물물을 마시지 않는다는 말을 듣고 못내 서운

했다. 물을 퍼서 손을 씻어 본다. 물은 의외로 맑고 따스했다. 잿더미 위에 다시 들어선 새 마을이나, 인심은 여전히 순후할밖에 없는 연유를 그 순간 나는 조금은 깨달은 듯싶었다.

넓디넓은 우리 집이 한눈에…

나는 이어서 설다뽕엘 올라갔다. 어느덧 십 대의 소년으로 돌아가서. 어렸을 때엔 그렇게도 가파르고 힘들게 느껴지던 길이 이번엔 수월했다. 그런데 설다뽕은 대체로 옛날 그대로라는 생각이 들었다. 꼭 거대한 말의 동체 같은 느낌을 안겨주는 풍만한 산허리며, 수목들 사이로 잘 길들여진 오솔길이 그러했다. 그 중에서도 반가웠던 것은 등성이 한쪽에 웅크리고 있는 바위를 보았던 일. 바로 그 바위에서 우리 어린 형제들은 사오명이나 포즈를 취하고 사진을 찍었건만—지금 보니 바위는 내가 혼자 앉기에도 넉넉한 건 아니었다. 하기야 그럴밖에. 당시의 우리들은 그저 올망졸망한 조무래기에 불과했을 터이니까.

산에서 내려오자 나는 또 의외의 연고자를 만나게 되었다. '춘선 어머니'라고 옛날에는 한집안 식구처럼 우리 집을 드나들던—더구나 춘선이는 나의 소꿉장난 친구였음—노부가 혼자서 살고 있다기에 그 집을 찾아가 만났던 것이었다. 외아들 춘선이는 6·25 당시 실종된 채 소식이 없다 했다. 어찌 그런 사람이 한둘이랴만, 남의 일 같지 않아 나는 잠시 숙연해지지 않을 수 없었다.

내 꿈속의 지도에 비해 현실의 읍내리는 그 근본 뼈대마저 온통 몰라보게 바뀐 것은 아니지만, 엄청나게 달라진 게 사실이다. 저만치 멀리 떨어져 있어야 할 군수 집 옆의 신작로가 어쩌면 바로 눈앞에 떨어져 있다니! 어떻게 이처럼 한눈에 들어오는 빤한 구역에 그 넓디

넓은 우리 집이 펼쳐져 있었단 말인가? 모든 것은 그야말로 일장춘
몽, 손바닥 안 놀음이 아니었던가 싶기도 하였다. 하지만 어떤 이는
의아해 하는 내게 이렇게 말하였다.

"그건 조금도 무리가 아니에요. 집터만 가지고는 집이 컸던 게 짐
작이 안 되지요. 다 없어진 빈 터만 남았으니 모든 것이 한눈에 들어
올 게 아닙니까?"

가 본 듯 쓴 〈내 고향 연천〉

그런 중에도 여전한 설다뽕과 우물을 확인한 것, 그리고 귀로에서
효자비를 확인한 것은 나에게 더없이 큰 기쁨과 위안을 안겨줬다.
효자문은 간 데 없고, 그 안에 모셔졌던 거북등 위의 효자비만이 총탄
에 파인 흔적도 역연한 채, 고꾸라질 듯 서글픈 몸을 간신히 지탱하고
있는 것이었다.

졸시 〈내 고향 연천〉은 1984년 10월 6일자 《농민신문》에 발표된
것인데, 당시엔 물론 내가 연천에 가 봤을 리가 없다. 그런데도 마치
가 본 것처럼 썼다는 것을 밝히면서, 이 시를 어쩌면 공명공감 속에
읽어 줄지도 모를 읍내리 사람들 얼굴을 떠올린다.

집 앞엔 졸졸 실개천이 흘렀고
돌다리 건너 미나리밭을 돌아
설다뽕에 이르면 우물이 있었다오.
'앞니 빠진 갈강새 우물 앞에 가지 마라
붕어새끼 놀란다' 그 우물가에서
불렀던 노래, 지금은 어디를 떠돌고 있을까.
수레울에 있는 국민학교 일학년 때,

나는 그만 출생지, 읍내리를 떠났다오.
그래도 방학이면 고향에 내려가서
오디도 따 먹고, 가재도 구워 먹고,
북녘 야산의 효자문도 잘 있는지
문안을 드렸건만, 해방과 육·이오,
거듭되는 난리 통에 고향은 타버렸소.
옥토는 쑥밭으로, 집은 잿더미로.

그러나 지금은 다행히 수복되어
붉은 이리떼의 이빨에 씹히우는
아픔은 면했으니, 되살아날 수밖에.
쑥밭은 옥토로, 잿더미는 새 마을로.
보라, 저 황금빛 물결치는 벼이삭을,
또 그처럼 무르익어 겸허하고
순박한 인심을. 산 좋고 물 좋은 데
연천뿐이랴만, 스스로의 불탄 잿더미에서
소생한 연천, 불사조처럼 날개친 연천,
내 고향 연천은 특별히 어여뻐라.
내 고향 연천은 눈물나게 어여뻐라.

(월간조선, 1987. 2.)

이순(耳順)의 변(辯)

　내겐 올해가 갑년(甲年)이 된다. 나이 육십이면 최소한 인생을 살 만큼은 산 것이라 볼 수 있으리라. 육십 세에 죽었다고 요절했다는 말들은 안 한다. 육십은커녕 오십도 못 되어 죽는 사람도 적지 않으니, 인생 육십은 기념해 볼 만한 나이이기도 할 것이다.

　M씨의 경우, 그는 회갑을 불과 이틀 앞두고 갑자기 타계했다. 그는 평생 독신을 고집했던 독학자(篤學者)였다. 한때 여러 지면에 많은 글을 발표한 바 있었지만, 책으로 엮어낼 생각은 안 했다. 그는 어느 모로나 세속의 명리와는 무관했던 사람이다. 친지들의 도움으로 겨우 하루하루를 연명해 나갔다. 만년엔 주로 글씨를 써서 친지들에게 나누어 주는 것이 낙이었다고 한다. 이 과묵한, 그리고 사심 없이 인생을 꾸려가던 시정(市井)의 철인에게 회갑이 다가왔다. 친지들은 뜻을 모아 회갑 때 입을 새 옷을 마련했다…. 그 새 옷이, 결국 수의로 바뀌게 될 줄 그 누가 알았으랴?

　갑년을 맞음에, 문득 M씨 생각이 났거니와, 이내 뇌리에 떠오르는 두 글자는 아무래도 이순(耳順)이 아닐 수 없다. 이순이라는 말이 들어 있는 《논어(論語)》의 한 대목을 음미해 보자.

　'나는 십오 세에 학문에 뜻을 두었고, 삼십 세에 학문의 기초를 확립했다. 사십 세에 미혹하지 않게 되었으며, 오십 세에 천명(天命)을 알았다. 육십 세가 되어서야 귀로 들으면 그 뜻을 알았고, 칠십 세에 가서야 마음 내키는 대로 행동하더라도 법도(法度)에서 벗어나지 않게 되었다.'

공자는 이렇듯 불과 몇 마디로 자신의 정신사를 잘도 집약했다. 평범한 듯하지만 그 속에 함축된 의미는 심장하다. 만고에 빛나는 도덕군자기에 능히 그러한 술회가 나와거니 싶어지는 것이다.

그러면서도 공자의 이 말씀을 알고 있는 웬만한 지식인은, 대개 삼십, 사십… 그 십자 고비를 겪을 때마다, 공자의 이 말씀을 상기하고, 거기에 자신을 견주어 보고 싶은 강한 유혹을 받곤 한다. 그것도 그럴 것이, 공자는 예수나 붓다와는 다른, 어디까지나 현세적 차원의 성자였던 까닭이다. 유교는 바로 지식인들을 위한 인간학적 수신법이자 처세훈이라고도 볼 수 있다. 공자의 제자들은 모두 나름대로 유식했거니와 공자를 닮으려는, 군자 지망생들이었던 것이다. 오늘날에도 도리의 감각과 향상에의 의지를 지닌 보통 식자라면, 공자의 말씀에 쉽게 점두(點頭)하고 친근감을 깨닫는다. 그 불역(不易)의 진리성에 신선한 매력을 느끼는 것이다.

하지만 좀더 엄격히 고찰할 때, 공자의 이 말씀에, 보통 사람들이 자신의 모습을 발견하고 공감하는 대목은 겨우 삼십이립(三十而立)과 사십이불혹(四十而不惑) 정도가 아닐까? 그것도 물론 제멋대로의 해석을 통해. 말하자면 삼십이립은 결혼에 의한 정서적 안정과 경제적 자립 정도로 해석하고, 사십이불혹은 궁둥이가 무거워져 경거망동은 삼가게 되는 중년의 의젓함과 자신감쯤으로 동일시하는 경우가 그것이다.

오십이 되어 천명을 안다는 것. 그것은 도대체 무슨 뜻일까? 그것은 사람이 마침내 자신의 존재 의의를 긍정적으로 자각하게 된다는 의미일 것이다. 따라서 이것은 결코 예사로운 일이 아니다. 지천명(知天命)이란, 달리 말하건대, 자신의 운명과 사명의 일치를 일단 성취한 사람만이 갖는 감회일 터이다. 그것은 축복 어린 화해와 감사의 감정일 것이다.

육십이이순(六十而耳順)이라. 그것은 듣기에 거슬리는 일이 없다, 듣는 대로 무엇이든 그 참뜻을 안다는 말이니, 이것도 도무지 보통 사람의 경우는 아니겠다. 지덕(知德)을 갖춘, 거의 아성(亞聖)의 경지일 것이다.

칠십이종심소욕불유구(七十而從心所慾不踰矩)라. 이것은 완연히 성자의 경지이다. 이 말을 불교적 차원으로 옮긴다면, 아마 저 금강경의 응무소주이생기심(應無所住而生其心)쯤으로 안 될까 모르겠다.

다시 이야기를 육십이이순 쪽으로 옮겨 보자. 이 말에 이어 자연스럽게 연상되는 것은 논어 첫머리, 〈학이(學而)〉편에 나오는 다음의 구절이다.

'남이 자기를 알아주지 않더라도 화내지 않는 것이 또한 군자다운 일이 아니랴?'

이는 마치 공자가 나에게 들려주는 말인 것만 같다. 실지로 나는 근자에도, 어떤 마음 놓이는 허물없는 좌석에서 이와 유사한 말씀을 들었다. 바로 내가 평생의 스승으로 섬기는 K선생으로부터. 그분은 내게 도무지 이래라 저래라 하는 간섭이 없는 분. 그저 애정 어린 따뜻한 이해로 감싸 주시고 고무해 주시는 분. 하지만 그때엔 내게 이렇게 나직한 목소리로 한 말씀 해 주셨다.

'남이 자기를 몰라준다는 말은 안 하는 것이 좋아. 물론 희진은 문학이 자기의 전부니까, … 그만큼 외로워서 그럴 거라는 이해는 되지만, 그런 말은 가급적 안 하는 게 상책이지.'

이젠 신미년 새해를 맞았으니, 육십 년 전 신미년에 태어난 내가 다시 신미년 새해를 맞았으니 거듭난 기분으로, 나는 좀 달라져야 되겠다는 생각이다. 좀더 마음의 여유를 찾자. 아집에서 벗어나자. 더러 친지들과 문학담을 나눌 때도, 나는 가급적 자신에 관한 말은 삼가자. 폐쇄적인 자기도취 속에서만 살지 말고, 남에게도 관심과 시선을 던져보자. 작품이 전부이니, 나는 전무(全無)가 되어도 좋다는, 어찌 보면 지나친 예술 지상에서 이젠 나도 조금씩 인간을 회복해 볼 필요가 있으리라.

〈학이(學而)〉편 끝엔 다음과 같은 말이 나오는데, 역시 내게 무한한 시사를 던져주고 있다.

'남이 자기를 알아주지 않는 것을 근심할 게 아니라, 자기가 남을 알아보지 못함을 근심할 일이다.'

이순(耳順)이라는 말은 재미있다. 무슨 말을 듣더라도, 설사 무례한 욕설을 듣거나, 또는 몰이해한 폭언을 듣더라도, 도무지 마음에 흔들림이 없이, 그저 아량으로 응대해 준다면, 어찌 악마인들 굴복 안 하리오? 이순(耳順)을 가리켜서 나는 거의 아성(亞聖)의 경지라 하였지만, 그걸 그렇게 높게만 치부하여 경원해 버린다면, 일종의 비겁일 수도 있으리라.

(대한교육보험, 1991. 1.)

내가 뵌 공초 선생

　내 나이 이십 대 후반에 서너 번 공초(空超) 선생을 뵌 적이 있다. 당시 나는 문단에 갓 등장한 후라, 패기 울울한 신진 기예답게 동료들과 만나면 곧잘 안하무인의 기염을 토했다. 하지만 마음속에 점찍고 있는 선배에 대해서는 깍듯이 예의를 차렸던 게 사실이다. 특별히 존경하는 대가의 경우는 뵐 때마다 그 용모에서 풍기는 인상이 번번이 새롭게 감수되었을 정도였다. 그것은 말하자면 일종의 외경과 전율의 감정이었던 것이다. 그런데 그런 극소수의 대가들 이름 속에 공초가 끼어 있었던 건 아니었다. 그분을 뵙기 전에, 또는 뵌 후에도 아주 오랫동안 그분에 대해서 나는 별로 아는 게 없었다.

　극히 피상적인 문학사적 상식, 20년대의 《폐허》지의 동인이란 사실 말고는 그분의 독신과 줄담배를 태우는 분이란 것과 몇 편의 서정시, 예컨대 〈아시아의 마지막 밤 풍경〉〈첫날밤〉〈한 잔 술〉〈항아리〉 등의 시인으로 기억되고 있는 것이 전부였다. 요컨대 그분은 내 문학소년 때의 우상은 아니었다. 다만 이미 세사와 문단에 아울러 초연한 노대가로서, 그분이 어떤 상징적 존재라는 인상만은 뚜렷한 것이었다. 가끔 문단적 경사라든가 시낭독회 같은 모임엔 꼭 그분이 추대되어 축사를 하는 모습을 볼 수 있었기 때문이다.

　정부가 임시 수도 부산에서 서울로 환도한 지 이삼 년 안의 일이었

으리라. 당시만 해도 명동은 절반쯤 폐허의 몰골을 드러내고 있었는
데, 저마다 소생의 기쁨을 안은 문인, 그 밖의 예술가들이 그곳에 운
집했다. 다방으로는 〈갈채〉〈동방싸롱〉, 또는 〈명천옥〉〈은성〉 등
의 술집이나 〈엠프레스〉〈돌체〉 등의 음악감상실을 찾아가 보면 으
레 문인들을 만날 수 있었다. 공초 선생은 〈청동〉 다방에서 진을 치
고 사신다는 소문이 자자했다. 어느 날 '공초 선생을 뵈러 가세' 하여
아마 세 사람이 동행하였던 것으로 기억된다. 구자운, 성찬경, 그리고
나. 선생은 우리를 반가이 맞이했다. 이윽고 큰 스크랩북 같은 공책이
우리 앞에 펼쳐졌다. 무엇이건 거기에 심중에 떠오르는 말을 적고
서명을 해 보라는 권유였다. 유명 무명의 수많은 사람들이 이미 거기
에 필적을 남겨놓고 있는 것이었다. 나는 이렇다 할 묘구(妙句)도 안
떠올라, 졸시 〈미아리 묘지〉의 일절을 적었다.

공초 선생의 줄담배는 과연 놀라운 것이었다. 그 밖에 또 하나 선생
의 버릇을 확인할 수 있었으니, 선생은 조용히 상대방 이야기를 들으
시다가 당신의 마음에 점두(點頭)되는 대목에 부딪치면 몇 번이고
악수를 청하시는 일이었다. "반갑고 기쁘고 고맙다."는 말을 곁들여
서. 당시의 나는 좀 어리둥절하였던 게 사실인데, 이제 와서 생각하니
그게 다 선생의 인간 회복을 염원하시는 치유책의 하나가 아니었던
가 싶다. 선생은 말하자면 '꽃나라의 의사'였다. 해방 이래의 저 정치
적 사회적 혼란과 가치관의 전도, 급기야 동족상잔의 비극 끝에 겨우
안도의 숨은 돌렸건만, 예측을 불허하는 암담한 혼돈상(混沌相)을,
선생은 도시 어떠한 혜안(慧眼)을 지니셨기에 그토록 투철히 꿰뚫어
보시고, 태연자약 무소유 도인으로 일관된 삶을 누리실 수 있었을까.
어지럽고 혼탁하고 무상하기 그지없는 세태의 와중에서 선생은 유독
부동의 섬[島]이었다. 온갖 배신과 잔혹이 난무하는 불신 시대의 인

간 타락에 어쩌면 선생은 한 몸으로 끝내 묵묵히 항거하시다가 세연이 다하자 홀연 자취를 감추신 것도 같다. 아니 항거라면 어폐가 있으리라. 선생은 다만 존재하였을 뿐. 캄캄한 그믐밤에 선생은 당신 안의 등불을 켜고 홀로 계셨을 뿐. 시종 하나의 순수 지속으로 묵묵히 계셨을 뿐. 선생이 가셨다고 그 등불이 꺼질 수는 없으리라. 선생을 추모하는 후진들에게는 그 등불이 오히려 갈수록 밝음을 더하게 되는 게 아닐까.

그 뒤에도 한두 번 〈청동〉아닌 다른 다방에서 나는 선생을 뵌 일이 있었는데, 그것은 단순히 선생께 담배 공양을 드리기 위해서였던 것 같다.

마지막으로 그분을 뵌 것은 돈암동 버스 정거장에서였다. 아주 우연히 그렇게 된 것이다. 그날따라 그분의 독특한 풍모에선 일말의 노쇠가 감득되는 것이었다. 해 질 무렵의 적막감으로 하여 더욱 그렇게 느껴졌는지도 모르지만.

"선생님, 요즘 어떻게 지내세요? 여전히 명동에서 소일하시는지요? 순진무구한 젊은 남녀들과 어울려 지내시면 아무래도 덜 늙으실 것 아닙니까."

그분은 한순간 나를 물끄러미 응시하시더니, 이내 띄엄띄엄 열기 어린 육중한 목소리로 이렇게 말하였다.

"시인은 아무래도 작품을 많이 써야 되는 것 아냐? 나도 내 시간을 갖고 싶은 때가 종종 있다네. 더불어 있는 시간이 아닌 내 시간 말일세." 하면서 그분은 내 손을 거듭 힘있게 꼭 쥐는 것이었다.

"좋은 작품을 많이 쓰시오."

이상이 그분과의 만남의 전부이다. 물론 당시의 내겐 그분의 본질이나 위대함을 제대로 이해하고 감수하고 찬미할 만한 능력이 없었다. 다만 그분이 남과는 다른 별격(別格)의 분이라는 느낌이 있었는데, 그것은 아마도 그분의 독특한 풍모에서 받는 인상 때문이 아니었던가 한다. 그분이 아무리 화광동진(和光同塵)의 정신으로 뭇 사람들과 더불어 섞여 있었다 하더라도 대뜸 두드러질 수밖엔 없었던 사연은 무엇일까. 삭발한 두상(頭相)의 그럴듯한 곡선이나, 쉴 새 없이 피우는 줄담배의 연기가 오히려 향연(香煙)과도 같은 마술적 효과를 자아낸 까닭일까. 의식주 따위, 세사가 관심사론 되어 본 적이 없는 듯한 초연한 몸가짐, 잘생긴 이목구비는 아니지만 선풍도골(仙風道骨)의 느낌을 주는 얼굴, 그리고 그 음성, 어눌하나 힘있고 정겨운 어조… 하여간 그런 모든 인상들이 함께 어우러져 범속한 눈에까지 그분이 쉽게 비범한 인간으로 비쳤던 건 사실이다. 하지만 그 누가, 몇 사람이나 그분의 진가를 꿰뚫어보았을까?

이 소란하고 공허한 현대적 판국 속에서도, 하늘은 은혜하여 우리에게 한때나마 놀라운 인격을 접할 수 있는 기회를 주셨건만, 극히 소수의 구안지사를 제외하고는 그분의 위대성을 수용하지 못하였다. 하긴 그럴 것이, 그분과 같은 불세출(不世出)의 인격이란 오랜 시간의 흐름을 기다려야 비로소 서서히 그 전모를 드러낼 터이므로.

그분이 가신 지도 어언 25년의 세월이 흘렀다. 그리하여 이제 공초(空超) 두 글자는 하나의 상징이 되었다고 생각한다. 그 상징의 의미가 깊이 여러 모로 천착되고 선양돼야 할 일이 남았으니, 우리 후진들이 분발해야 할 것이다.

공초 선생에 대해 내가 조금이나마 눈을 뜨게 된 건 구상 선생과의 만남을 통해서다. 거기에 대한 자세한 사연을 여기에 적을 지면은 없지만, 하여간 그 일이 계기가 되어 나는 〈공초(空超)와 구상(具常)〉이라는 산문시를 쓴 바 있다(1968). 그 뒤 나는 또 〈공초(空超)를 기리는 노래〉〈만년의 공초(空超)는 (1984) 두 편을 썼고, 지난해에는 〈공초(空超)의 무덤에서〉라는 시를 썼는데, 이 자리에 그 시를 소개하는 것으로써 이 졸문을 맺을까 한다.

살아서 이미 저 도도한 무아(無我)의 흐름과
하나 되어 버렸기에, 휘영청 달처럼
독신(獨身)으로 일관했던 무소유 도인에게
무덤이라니?! 그 순수한 아니러니가 좋아,

불쑥 오늘은 이곳에 왔다. 하늘은 흐리고
묘역엔 온통 낙엽이 수북하게 깔려 있었다.
"흐름 위에 보금자리 친
오 흐름 위에 보금자리 친 나의 혼…"

그 묘비명을 되새기면서 점두하는데,
어디서인가 공초(空超) 선생의 목소리가 들려왔다.
"나는 무덤 속에 있는 것이 아니외다."

그렇다, 무덤은 문도들의 추모의 정표일 뿐.
그러자 이번엔 산천초목(山川草木)들이 일제히 소리냈다.
"공초(空超)는 무덤 속에 없는 것도 아니외다."
　　　　　　　　　　　　　　—졸시 〈공초(空超)의 무덤에서〉 전문
　　　　　　　　　　　　　　　　　　　　　　　(1988)

변규백과 신민요

　내가 변규백(卞圭百) 씨를 알게 된 게 언제였는지 지금 확실한 기억은 없다. 하지만 그와 부쩍 가까워진 건 분명히 10년 전부터인 것이다. 1979년 4월에 발족한 이래 금년 10월로 정히 100회의 기록을 세운 〈공간시낭독회〉—그것이 계기가 되었던 까닭이다.

　오늘날 공간시낭독회는 이 땅에 뿌리내린 시 낭독 운동의 선두 주자이자 가장 오랜 관록을 자랑하는 시 낭독 모임으로 큰 영향력을 끼쳐왔다는 평가를 받고 있다. 특히 초기엔 인기가 대단했다. 입장을 하려고 줄을 섰던 청중의 광경이라든지, 초만원으로 문밖에 서성이던 청중을 위해 확성기를 설치했던 일들이 지금도 어제 일처럼 떠오르는 것이다.

　시 낭독회의 팬이 된 음악 교사, 변규백 씨는 어느덧 작곡가로 차츰 자신을 드러내기 시작했다. 그리하여 마침내 공간시낭독회 전속 작곡가라는 별명이 생길 정도가 되었다. 나의 민요시집 《서울의 하늘 아래》 출간이 자극된 된 것이다. 현대시의 낭독이란 아무래도 전달성에 다소 난점이 있게 마련이다. 듣는 것만으로 청중의 전적인 이해와 공명을 기대하긴 힘들다. 시의 내용이 한 70%만 전달되더라도 일단 성공적이라고 볼 수 있다. 하지만 민요시의 경우는 다르다. 잘만 되면 청중의 100% 수용이 가능하다. 게다가 시가 작곡이 되어 가창이 따른다면 그야말로 금상첨화라 할 것이다. 내가 쓴 민요시는 그 대부분이 재래 민요의 기본적 율격, 3·4조를 따르고 있다. 3·4조는 우리말 생리에 가장 잘 어울리는 가락임에 틀림없다. 그래서인지 시인의 육성 낭독이나 청중의 수용이 더불어 절로절로 성공적으로 이루어지는 것을 나는 번번이 확인할 수 있었다. 변규백 씨는 그것을 한껏 부추겨 준 것이다.

그는 말하기를, "박 선생님 민요시를 읽고 있노라면 저절로 흥이 나고 저절로 외워져서 일종의 발열 상태로 들어가죠. 그렇게 되면 작곡도 거의 저절로 이룩되지 않을 수 없습니다." 이것은 조금도 헛말이 아니다. 작자인 내가 못 외우는 민요시를 그는 지금도 청산유수로 외우고 있을 정도니까. 가락은 다름 아닌 생명력의 발동이다. 그 솟구치는 생명의 가락을 타고 나온 말에다 역시 솟구치는 가락을 타고 나온 곡을 붙였으니 누구나 쉽게 공명공감하며 부를 수 있는 민요가 될 수밖에. 민요는 민요로되 옛 민요는 아니므로 신민요라고 명명한 것이리라.

어쨌거나 민요란 가급적 많은 사람들에게 불려져야만 민요로서의 생명을 얻게 된다. 변규백 씨는 자신의 신민요 보급을 위해 작곡에 못지않은 많은 노력을 기울여 온 줄 안다. 소극장 공간사랑에서도 그것은 다양한 양상으로 나타났다. 피아노, 또는 기타 반주에다 독창, 중창, 혼성합창 등이 시도되었다. 징, 꽹과리, 북, 장구 등이 등장한 적도 있다. 기성 성악가나 합창단이 출연하기도 하고 제자인 학생들이 동원되기도 했다. 변규백 씨 자신은 지휘를 하거나 피아노 반주를 했을 뿐 아니라 걸쭉한 목소리로 직접 가창을 하기도 하였다. 또한 때로는 청중으로 하여금 즉석에서 자신을 따라 부르게 하였으니, 그의 이런 열성적인 활동에 힘입어 시낭독회는 축제로서의 신명과 흥겨움을 한결 북돋울 수 있었던 게 사실이다.

이 책에 실려 있는 변규백 씨의 작곡 내용은 세 분야로 유별된다. 즉 찬불가와 신민요와 가곡풍의 노래들이 그것이다. 그 중 나는 신민요 부분에 한해서 언급한 셈이다. 그럴 수밖에 없는 것이 그 부분에는 나와의 인연이 좀 더 짙게 서려 있기 때문이다.

그와 가까이 지내오면서 내가 확인한 일의 하나는 작곡가가 작곡집을 낸다는 것이 시인이 시집을 내는 일보다도 훨씬 어려운 일이라는 것이다. 늘 벼르면서도 못 나오곤 했던, 이 대망의 작곡집이 드디어 햇빛을 보게 되니 나로서도 여간 기쁜 게 아니다. 진심으로 축하해 마지않는 바다.

모르긴 해도 이 책은 우선 작곡가 자신에게 큰 의의가 있는 것이리라. 지금까지의 자신의 소산을 정리하고 점검해 본다는 일, 그것은 앞으로의 새로운 가능성과 그 극한에의 신장을 위해 꼭 거쳐야 할 절차인 것이다. 한편 이 책은 이 책의 출간을 대망해 온 많은 수요자들의 갈증을 시원히 풀어 주게 될 것이다. 한두 곡을 통해 변규백의 이름을 기억했던 사람들은, 그가 이미 이렇듯 많은 훌륭한 작곡을 해낸 작곡가란 사실에, 새삼 탄복의 큰 눈을 뜰 것이다.

하지만 나는 변규백 씨가 이만한 소성으로 자족할 분이 아니란 걸 알고 있다. 계속 쉬지 않는 정진을 통해 대성의 앞날이 있기를 기대한다.

(1989)

지훈(芝薫)의 인상

　지훈(芝薫) 선생을 생각하면 나는 그가 아무래도 이승에 귀양 왔던 신선인 양 떠오르는 것이다. 장신, 장발에 티 하나 없는 백석(白晳)의 피부색, 뚜렷한 이목구비, 그런데 지독한 근시여서 늘 도수 높은 안경을 썼다. 한복을 즐겨 입었으며, 걸을 때도 휘청휘청 걸음을 옮겨놓는 모습이 남달랐다. 뭇 사람들 속에서의 지훈의 모습은 어쩔 수 없이 두드러지는 것이 군계일학 격이라고 할 만했다. 만년에는 지병인 기관지 천식으로 기침이 잦았고 곧잘 호흡이 가빠지곤 했는데, 그러면 얼굴이 금세 홍조를 띠는 것이 옆에서 보기에도 몹시 민망했다. 평소엔 별로 말이 없다가도 일단 크게 말문이 열리면 명론탁설(名論卓說)이 쏟아져 나오는 능변이기도 했다. 귀양 온 신선답게 두주를 불사했고, 가끔 호방한 웃음을 터뜨렸다.

　성북동 그의 집, 별로 크지 않은 한옥에 들어서면 바로 문간방과 미닫이 하나로 이어지는 그의 서재에 들게 된다. 두어 간 남짓 되는 작은 방이지만, 남향이어서 햇빛은 잘 들었다. 한 모서리에 산적해 있는 신간 시집들과 문갑 위에 수북이 쌓인 우편물이 가지런히 정돈되어 있고, 한두 점 자기류와 난초가 놓인 사방탁자 하나, 그리고 무엇보다 인상적인 것은 벽면 상단에 압정으로 붙여놓기만 한―모씨(某氏)가 중국에서 탁본해 왔다는―'도자신생(道自身生)'의 큼직큼직

한 넉 자였다. 아담하고 조촐한 이 방의 분위기에 지훈의 한복 입은 단아한 모습은 잘도 어울렸다. 의자라곤 없는, 따라서 방바닥에 지훈과 대좌하면, 아닌 게 아니라 청산과 마주앉는 기분이 들곤 했다. 나의 젊은 날의 철없던 객기나 울적했던 심정도 어느 결엔지 풀리곤 했다는 이야기인 것이다.

호방한 듯하면서도 지훈은 그 자신의 내면에 치밀하고도 섬세한 감수성과 치사하거나 거짓된 것과는 추호도 타협 않는 강직성을 아울러 가졌었다.

> 하늘을 우러르고 땅을 굽어봐도 부끄러운 일 아직은 내게 없는데 머언 산을 바라보면 구름 그리매를 보면 나 수정(水晶) 같은 마음에 슬픈 안개가 어린다.
>
> ─지훈의 시 〈운예(雲翳)〉의 한 구절

나는 언젠가 지훈 선생에게 이렇게 물은 적이 있었던 걸 기억한다.

"선생님, 한 시인이 여러 세대에 걸쳐 시인으로서의 자기혁신과 변모에 성공하는 경우가 있고 그렇지 못한 시인이 있는데, 선생님은 어느 쪽에 속한다고 보십니까?"

"나는 아무래도 나의 세대에 충실했던 사람이지. 엄밀히 말해서 보통 시인이 두 세대를 살 수는 없을 게라."

시인으로서의 지훈의 총명은 능히 자신의 한계를 알고 있었던 것이며, 결국 그는 죽을 때까지 한 점의 오점도 남기지 않았다.

(한국문학, 1985. 2.)

박재삼의 시와 인간

　오늘날 한국에서 가장 한국인다운 천성(天成)의 시인 한 사람을 들라면 나는 서슴지 않고 박재삼(朴在森)을 들겠다. 우선 그의 외모부터 인상적이다. 옷차림, 얼굴 표정, 목소리, 몸짓, 걸음걸이에 이르기까지 나로선 다 순 한국적인 토박이 풍으로 느껴지는 것이다. 즉 소박하다. 꾸밈이 없다. 꽃으로 비유하면 배추꽃을 보는 것 같다. 그렇다고 아주 소극적인 성품은 아니고, 할 말은 하되 유머 섞어가며 완곡한 표현을 쓰는 걸 보면, 그가 매우 사려 깊은 너그러움도 아울러 지니고 있음을 알 수 있다. 자고로 우리 한국인은 소박하면서도 너그러운 인간미를 제일 숭상해 오지 않았던가. 그를 가장 한국인다운 천성의 시인이라 말한 뜻은, 이러한 외모에 매우 걸맞은, 순수 우리말 시인인 까닭이다. 누에가 실을 토하듯 그는 비단실 같은, 순도 백 프로의 우리말을 질료로 해서 아름다운 서정시를 짜내는 것이다. 이러한 작업을 싫증도 안 내고 그는 이미 수십 년 지속해 왔다.

　그의 초기의 대표작이자 출세작인 《춘향(春香)이 마음》의 시편을 보면, 미상불 천의무봉(天衣無縫)이라 할 만하다. 당시 그런 작품들이 지상에 발표되었을 때, 그것은 마치 언어의 새로운 금맥(金脈)을 보는 듯, 시단의 경이였다. 현대시 작법의 금과옥조인 이미지라든가, 직유, 은유, 상징 따위의 개념에 애써 부합하려는 의식적 노력의 흔적은 전혀 보이지 않건만, 그의 시는 훌륭히 그러한 요소들을 자연스럽게 내재시킬 만큼 우리말 시로서 무리가 없으며, 참신한 현대성을 얻고 있다. 소월(素月)·영랑(永郞)·목월(木月) 등으로 이어져 온 전통적 서정시의 시맥이 바로 박재삼에 이르러서 가일층의 섬세한 세련미와 치밀성을 얻었다 할 것이다. 이것은 그만큼 시어로서의 우리말의 가능성이 신장되고 확충되었음을 뜻하는 것이다.

가정의 장으로서 박재삼은 비교적 다복한 사람이다. 나는 그의 입에서 언젠가 이런 술회가 나온 것을 지금도 기억한다.

"나는 아무리 술에 곤드레만드레 취하더라도 집에 돌아가면 으레 내 와이프를 포옹하죠. 그리고 이렇게 말해 줍니다. 역시 우리 마누라가 제일이다. 돈도 없고 권세도 없는 나 같은 남자 싫다 아니하고, 지성껏 하늘처럼 받들어 주는 이는 이 세상 천지간에 당신밖에 없지 않아…."

이 행복한 부부 슬하에 자녀가 몇인지는 알지 못하지만, 나는 그들이 노모님을 모시고 있다는 건 알고 있다. 그들은 아마 자녀에겐 더없이 훌륭한 어버이요, 노모님에겐 더없이 훌륭한 효자 효부임에 틀림이 없으리라. 박재삼의 어머님은 늘 그전부터 이런 말씀을 해 오셨다 한다.

"이 세상의 모든 것은 다 헛거라도 노래만은 진실이다."

최근에 그는 일곱 번째 시집으로 《추억(追憶)에서》를 펴냈다. 궤 두에 올려놓고, 아직 통독은 못 하고 있지만, 매우 그다운 시의 주제가 아닌가 한다. 내면에의 길을 걷는 것이 뭇 시인의 운명일진대, 시인은 자기 안에 무궁무진한 마음의 보고(寶庫)를 지니고 있어야 견디게 마련이다. 시인의 개성과 취향에 따라 마음의 보고 안에 들어 있을 보물의 종류는 가지가지. 예컨대 시인 자신의 유년시대도 그 중의 하나겠다. 시인에게 유년시대란 어떠한 뜻을 갖는 것일까? 우선 그것은 무궁무진한 시제(詩題)임에 틀림없다. 추억을 통해서 유년시대의 갖가지 모습들을 새롭게 발굴, 천착한다든가, 그 숨은 의미를 발견하여 잃어버린 시간 속의 '영원의 모습'을 되찾게 된다면, 곧 그것은 얼마나 멋지고 신나며 보람 있는 일일 것인가. 박재삼의 유년시대, 그것은 그의 아름다운 고향 삼천포(三千浦)와 직결되어 있다. 박재삼의 시에서 삼천포는 그의 영감의 원천이다. 시집 《추억(追憶)에서》뿐만이 아니라 박재삼이라는 시인과 그의 시 전부로 말미암아, 삼천포는 머지않아 불멸의 명소로서 기려질 날이 반드시 올 것이다.

건강 사정으로 "그렇게 좋아하던 술도 끊고, 담배도 못 하니 살맛이 없군요." 그러던 그를 일전에 만났더니, 맥주 한 병쯤은 하게 되었다고 싱글벙글한다. 나는, 허나 속으로 이렇게 빌고 싶은 심정을 떨쳐버릴 수가 없었다.

"재삼 형, 그래도 몸조심해야지요. 형은 아직 한국 시에 갚아야 할 많은 빚(?)이 있소. 우리 오래오래 살기로 합시다."

(심상, 1984. 1.)

누릴 줄 아는 사람, 성찬경

　누구보다도 사랑하는 친구를 위해서라면 대신 기꺼이 죽어 줄 수도 있다고 믿었던 시절이 있었다. 20세 전후해서 이 몸이 순정(純情)의 불덩어리였을 적엔. 물론 지금은 잘 상상도 안 되는 일이지만―그처럼 소중했던, 그 절대(絶對)의, 한둘쯤 헤아리던 친구의 한 사람이 성찬경이었다.

　그를 처음 알게 된 건 고교 2학년 무렵이었을까. 방과 후면 강당에 남아 홀로 피아노에 열중하곤 했던 그의 옆모습이 지금도 선연하다. 졸업할 때엔가는 합창도 지휘했고, 피아노 독주로 소녀의 기도와 파데레프스키의 미뉴에트를 쳤다는 기억이 남아 있다. 자작 대사(自作臺詞)에다 오페라 풍의 곡도 붙였고 안무까지 한 일도 있다. 노래도 잘 불렀고 그림도 잘 그렸다. 뿐만 아니라 수학도 물리도 남달리 잘했으니, 요컨대 그는 아무것도 부러울 것이 없는, 희망과 패기와 자신의 덩어리였었던 것이다.

　그의 고향인 예산(禮山)에 갔었을 때 나는 그의 많은 어린 동생들이 어떻게 그를 진심으로 따르고 있는가를 목도하고 못내 부러움을 금치 못했었다. 그런 은근하고 정중하면서도 명랑하고 화기애애한 분위기는 우리집의 그것과는 너무도 거리가 멀었던 까닭이다. 그렇다, 그와 나는 대체로 모든 것이 대척적인 것 같다는 느낌이 든다.

만약 사정이 허락했던들 장 콕토 부럽지 않게 찬란히 꽃피었을 그의 다재다능에 비하여서, 나의 재능이란 너무도 제한된 외곬의 그것이라 보잘게 못 된다. 성격 면에서도 그의 자기충족적 풍요로움이라든지 슬기와 자제력, 관용과 인내, 늘 서슬 푸른 도리(道理) 감각하며 투철한 예절바름… 또 그 밖에도 얼마든지 헤아려질 그의 갖가지 미덕에 비하여서, 나의 자기폐쇄적 빈곤이라든가 병적 우울, 화내기 잘하는 아집의 비타협과 지나친 욕구불만이 자아내는 악순환적 자학증 따위, 그 악덕을 헤아리자면 한이 없게 된다. 한마디로 풍요와 빈곤의 대조랄까. 찬경이 백이라면 나는 흑이고, 그가 양이라면 나는 음이며, 그가 천마(天馬)라면 나는 한갓 지룡(地龍)에 불과하다. 지룡이 어찌 천마를 꿈꾸리요.

그러나 애써 비슷한 점을 찾기로 한다면, 그것도 적지 않게 나올지 모르겠다. 어쨌든 우리 두 사람을 가장 강력히 맺어준 유대는 결국 문학이었던 것이다. 아마 우리만큼 서로의 문학적 가능성이나 그 절대치를 믿고 존중하며 북돋워 왔던, 그리하여 오늘날에 이르기까지 서로 좋은 영향을 주고받는 사이는 결코 흔하지 않으리라. 하긴 그동안에 더러 미묘한 감정의 격발이 없었던 건 아니지만, 이내 감쪽같이 아물곤 하였으니 우리의 친화력이 근본적으로 균열져본 적은 한 번도 없었다. 그런 친화력을 가능케 해 온 것은 주로 그의 아량과 사랑에 더 힘입은 바가 컸음이 사실이다. 나는 어느덧 나이 들수록 더욱 메마르고 뻣뻣해져서 정떨어지는 폐물이 되어 가고 있었기 때문이다. 그래서 이젠 좀 더 그에게서 새삼스럽게 많은 것을 배워야 되겠다는 생각인 것이다. 왜 그는 여전히 메마르지 않는가를, 그리고 어떻게 자신을 넓혀가며 심화해 가는가를, 어떻게 더욱 삶을 사랑하며, 그 사랑의 능력을 간단없이 키워가고 있는가를.

그는 오늘도 유유히 선악의 피안을 거닐면서, 또는 뭇 사람들과
더불어 고단한 숨을 쉬면서도, 일일시호일(日日是好日)의 기쁨을 누
리고 있을 것이 분명하다.

(현대문학, 1973. 9.)

청자(靑磁)의 마음을 잃지 않는 구자운

　구자운(具滋雲) 씨는 나보다 다섯 살 위인데, 여러 가지로 대조적인 특징을 지닌 사람인가 한다. 첫째, 나보다는 몸집도 작고 음성이 가늘다. 말수도 적은 편. 그리고 이것은 내가 늘 탄복해 마지않는 바이나 그는 좀처럼 화를 안 낸다. 나는 아직 한 번도 그가 성이 나서 울부짖는 꼴을 본 일이 없다. 그의 천성이 온화한 데서 오는 것이기도 하려니와 어쩌면 남모를 수양의 공덕인지도 모르겠다. 덩치에 비해서 창피할 만치 소심한 나도 그와 더불어 얘기를 나눌 때엔 곧잘 마음이 풀리곤 한다. 나는 그리하여 구자운 씨와는 퍽 오해 전부터 사귀어 온 것 같은 느낌이면서 기실 사오 년의 교분이라는 데에, 지금 새삼스레 놀라고 있다.

　좀 기묘한 생각이겠지만 나는 이름난 문인의 경우, 그 이름 석 자가 가리키는 의미가 그 인품과 맞을 뿐 아니라 그 작품세계에 대해서도 매우 암시적인 부합을 이루고 있다고 생각한다. 구자운 씨의 경우도 마찬가지. 그는 어디까지나 부드러운 구름이다. '청자수병(靑磁水甁)'의 엷고 아스라한 운학(雲鶴)의 무늬 같은 마음씨를 가졌다. 그 마음에 가끔 '균열(龜裂)'이 지기도 하나 보다. 그래도 그는 울부짖진 않는다. 그저 덤덤히 항아리처럼 앉아 있을 따름. 그리하여 다시 마음이 가라앉으면 그는 애써 옥돌 같은 말만을 찾아 그것을 깎고 다듬는 일에 골몰하여, 때로는 그것을 엿가락처럼 늘이기도 하면서 미(美)의 사제(司祭)가 되기를 염원한다.

허나 내가 보기에 근래의 그는 저조(低調)인 것 같다. 그래 내가 가끔 술좌석 같은 데서 "구 형 시(詩) 말예요, 엿가락처럼 늘이지나 말 일이지, 거 형용사 부사들의 수풀인 것만 같애." 하고 넌지시 야유를 할라치면 그는 오히려 무료한 듯한 웃음을 보이면서 슬쩍 딴전을 피우는 것이다.

그는 술에 거나하게 취했을 때가 그중 가경(佳境)에 빠지는 때다. 술기운으로 그 이글이글한, 그러면서도 속되지 않게 타는 눈망울이 참으로 볼만하다. 어쩌면 저 눈은 '바위를 깨틀고 그 안에서 캐낸 보석'일지도 몰라. 딴은 그는 광업회(鑛業會) 과장님이시니까. 광물인 보석하고 인연이 짙을 테지. 나는 그가 직장에서 열심히 사무에 골몰하는 모습을 사랑한다. 오늘의 시인이란 마땅히 저래야 될 것이 아닌가 —한다면 이는 내 감상일까? 이미 부인과 두 어여쁜 동자를 거느린 가장으로서, 한편 고고한 시인으로서의 그의 어엿한 품위 뒤에는 필시 남모를 고충도 많으리라. 그러나 그는 오늘도 내일도, 어제도 그랬던 것처럼, 홀로 태연히 삶과 시를 실현해 갈 것이다. 그 청자의 마음을 잃지 않고.

(현대문학, 1960. 3.)

몇 개의 인상

친구들과 거나한 술좌석에서,

"박 형, 그거 하나 안 써 보실래요?"

재삼(在森) 씨 말이었다.

"뭐?"

"나의 문단 교우록."

나는 멋쩍은 듯 눈살을 찌푸리며 고개를 옆으로 흔들어 보였다. 실은 그가 안 써 보실래요, 할 때 이미 다음에 그런 말이 나올 줄 절반은 짐작했었지만, 도시 나는 산문 청탁은 질색이다. 게다가 문단 교우록이라니, 막상 써 보려면 할 말이 없는 게 그런 글 아니겠나 싶어서였다.

그러나 그 후 한 달쯤 지난 어느 날 오후 거리에서였다. 그때 나는 재삼(在森) 씨 말고도 오래간만에 이호철(李浩哲) 씨와 셋이 함께 걷고 있었다. 불쑥 재삼 씨 한다는 말이 또 그 건이다. 마치 처음 그런 말을 꺼내기라도 하듯 담담한 표정으로. 그래 나도 할 수 없이 껄껄 웃으면서, "하, 나는 안 돼요. 쓸 게 있어야지." 했더니만 그는 이내 호철 씨를 가리키며, "왜 이런 촌사람과 처음 만났을 때 이야기라든 가, 얼마든지 있지 않겠어요." 하기에 모두 큰 소리로 웃은 적이 있다.

행인지 불행인지 내 친구는 모두가 글 쓰는 사람이다. 직장 관계나 학교동창들도 친구이긴 하겠지만, 내 정신적인 내면생활을 더불어 나눌 만한 처지는 아니니까. 그런 뜻에서 소위 문단엘 나오기 전에 내 친구란 성찬경(成贊慶)·서기원(徐基源) 두 사람뿐이었고, 우리가 문학 소년이었던 그 무렵 우리는 엄청난 포부와 자신에 충만해 있었다. 우리는 3인 동인지를 꿈꾸고 있었다.

그리하여 청춘을 샴페인 터뜨리듯 터뜨려야 할 스무 살 나이에, 하나 전쟁이 우리를 휩쓸었다. 그 뒤로 겪은 우리의 이합(離合),—하니 어찌 그것이 우리뿐이겠는가 —그것을 여기에 기록할 수는 없다. 비록 꺼멓게 그슬렸으나 그것은 내 청춘의 거의 전부인 까닭이다. 언젠가 때가 오면 나는 그것들을 나의 지나간 과거가 아니라 다가올 미래로서 피를 도로 찾듯 실현해 볼 생각이다.

그러나 지금은 글자 그대로 문단 교우록이나 써봐야겠다. 문단에서 나는 처음 누구를 사귀었던가? 벌써 1956년 전후 해서니까 잘 생각이 안 난다. 유종호(柳宗鎬) 씨든가 이호철(李浩哲) 씨든가, 혹은 박성룡(朴成龍) 씨나 신경림(申庚林) 씨를 더 먼저 사귀게 되었던가 몰라. 대학동창인 민재식(閔在植) 씨는 논외에 두더라도 그리고 보니 후자일 것 같다.

지금은 없어진 명동의 〈돌체〉나 〈르네상스〉 같은 뮤직 홀이 그 무렵 우리의 출입처였다. 〈영도(零度)〉라는 시 동인지에 박성룡 씨의 시 〈바람부는 날〉을 읽고 좋아하던 장소도 바로 그 인사동 골목의 어둑컴컴한 〈르네〉로 알고 있다. 한때 신진기예(新進氣銳)의 평론가로 문단의 총아이던 천상병(千祥炳) 씨의 늘 찌푸린 마스크를 가끔 구경하던 곳도 그곳이었고—그래, 우리 사이에선 '쁘띠 베토벤'이 그의 별명으로 통했던 것이다 —당시 젊은 시인들의 기수(旗手)이던 전봉건(全鳳健) 씨도 더러 밤에는 나왔다지만 현장에선 한 번도 못 보았다.

씨와 알게 된 건 그가 주재하던 《현대시회(現代詩會)》 전후 해서였던 것 같고, 독시회(讀詩會)를 한답시고 기세부렸던 것이 선전이 잘 안 된 탓인지 청중이 안 모여 궁지에 빠졌던 일, 그러나 역시 시회(詩會)의 일원이던 김관식(金冠植) 씨가 그 놀라운 입심으로 난경을 헤쳐 가던 일들이 선하다.

산각도인(散脚道人), 구자운 씨를 알게 된 건 바로 관식 씨를 통해서였다. 그는 당시 〈청자수병(靑磁水甁)〉과 〈균열(龜裂)〉 두 편 시로 내 뇌리에 뚜렷이 새겨진 시인이었다. 이래 나는 시내에만 나오면 대개 그를 광업회(鑛業會) 사무소나 화신(和信) 뒤 집으로 찾게 되었다. 내 격렬하던 어조가 문득 거슬릴 만큼 그는 덤덤히 듣기만 하거나, 혹은 어쩌다가 반발을 보여도 그게 부정인지 긍정인지 모르게 마음 너그러운 미소를 잃지 않는 탓인지는 모르나, 그와는 처음부터 마음이 놓였다.

언제 어디서나 그 호젓이 도사린 기품이, 그는 텅 빈 항아리 같다. 엷고 아스라한 운학(雲鶴)에 싸인 청자 항아리. 어지러운 세파도 그 안을 감히 침범은 못 하고 그 바깥이나 빙빙 돌다가 스러져 버리리라. 그의 시에서처럼 사무사(思無邪)를 느끼게 하는 시인은 드물다. 그러면서도 그 언어의 연금술사적 경도는 때로 저 말라르메를 연상케 한다. 그답지 않게 멀리 지방신문 논설위원, 그는 지금 무엇을 생각하고 있을까. 술만 들이키면 그 이글이글 불타는 눈망울과 미소의 주름살을, 그가 부산에 가 있는 후로는 대할 수 없는 것이 심히 서운하다. 아마 나만의 경우가 아니리라. 그는 누구에게나 친절했고 관대했으니까. 그를 내가 산각도인(散脚道人)이라고 부르는 소이이다.

다음엔 이호철 씨 얘기나 할까. 재삼 씨 동행으로 그 지하실, 〈문예(文藝)싸롱〉이란 데를 처음 구경갔었을 때다. 〈춘향(春香)이 마음〉으로 문명(文名)을 날린 재삼 씨는 거의 거기 있는 모두와 지면의 사이인 듯, 하도 여러 사람을 한꺼번에 소개받노라니 나는 자연 어리둥절했을 밖에.

"참, 이분은 이호철 씨입니다."

나는 얼김에 그가 누구란 것도 알지 못한 채로, "예, 그러세요? 박희진입니다." 하고 반가운 듯, 허나 반은 무안한 표정으로 얼버무렸을 것다. 그제서야 재삼 씨도 놀랍다는 듯이, "아니, 이건 동창생끼리 몰랐단 말이군요." 하고 빙그레 웃는 게 아닌가. 그러고 보니 어디서 많이 본 듯도 한데, 대학 동창이란 건지 아니면 중학 동창이란 건지, 도무지 아리송하기만 했다.

나중에야 알았으니, 동창생이란 나는 시부(詩部)에, 그리고 호철 씨는 소설부(小說部)에 각기 《문학예술(文學藝術)》지 추천을 동시에 필했음을 뜻한다. 지금도 그렇지만 나는 별로 우리나라 소설은 안 읽는 편이다. 사람을 먼저 알고 난 다음에야 어쩌다가 읽을까. 특히 동년배 작가인 경우. 그의 마지막 천료 작품이던 〈나상(裸像)〉은 꽤 화제작이었다. 이래 그는 꾸준히 정진하여 확고부동한 작가적 기반을 쌓았다.

그 별로 나무랄 데가 없이 기름한 홍안에 거뭇거뭇한 구레나룻이 풍기는 인상에서 그가 호인임은 누구나 대뜸 알 수 있는 일이다. 그러나 좀 더 사귀어 보면 그 수줍은 듯 소박하고도 진솔한 표정 속엔 늘 날카로운 신경이 한껏 긴장해 있는 것을 간과 못하리라. 그러니까 눈치빠른 야인(野人)이라고 할까. 그러한 그의 작가다운 호기질(好氣質)이 요사이 작품에선 더욱 진폭과 세련을 더해 가고 있는 것이 반갑다.

이젠 어쩌다가 일 년에 한두 번 만나는 사이지만 지난번 만났을 땐 난 그에게서 일종의 노(老)티가 나는 걸 보고, 어서 이 친구도 결혼을 해야지, 이러다간 나처럼 노총각 소리를 듣게 되겠구나 하고 은근히 처량해 했었다면 그는 어떻게 응수할지? 그래서 '닳아지는 살들'이 아니냐고 할는지도 몰라.

비할 데 없이 섬세한 친구, 최상규(崔翔圭) 씨도 나는 먼저 그 인품을 안 다음, 작품을 읽게 됐다. 멀리에서 가까이 오는 것이 보이던 해후(邂逅). 아마 그와의 만남의 전말을 샅샅이 적는다면 짙은 내밀(內密)의 피와도 같이 극적 음영으로 얼룩져 있는, 꽤 아름다운 산문이 될 것이다. 좋은 친구란 어딘가 숙명적인 별의 어둠을 풍기는 법이다. 저 가까운 듯 그러나 무한히 떨어져 있는 별과 별 사이의 어둠 말이다.

그는 나더러 첫인상이 꼭 눈뜬장님 같았다고! 그러고 보니 나도 그에게서 그러한 느낌을 받았던 게 확실했다. 그러한 뒤로는 좀 이상한 일이 벌어졌다. 약속도 안 했는데 그를 생각하고 시내에 나가면 번번이 만나게 마련이었으니, 이심전심(以心傳心)의, 말을 해도 그만 안 해도 그만인 상태였었건만, 나는 참 많이도 지껄였다. 그리고 그는 참 많이도 들어줬다. 그저 묵묵히 술잔을 기울이며.

술 이야기가 나왔으니 말이지, 아는 사람들은 알 터이나, 난 처음 술이라곤 흉내만 내는 사람으로 통했었다. 그러던 것이 약주 한 되쯤은 별로 사양 않는 실력이 생긴 건 에누리 없이 친구들 덕분이다. 그들과 사귀려고, 그들과 더불어 저 뜨거운 말을 나누려고 나는 조금씩 주량을 늘려 왔다. 그래서 좋았다고 생각하는 것이다. 옛사람도 호중별건곤(壺中別乾坤)이라고 안 했던가. 그러나 한편, 아무리 술을 마시기로서니 이 날로 각박해 가는 심정의 고갈을 오직 술만으로 메꾸어 갈 순 없다.

술도 좋고 세파에 시달리는 친구들 얼굴의 주름살도 좋겠지만, 이제 산다는 건 새롭게 만나지는 것뿐만 아니라, 오히려 자꾸 치러야 할 이별의 뜻으로도 간주됨은 나만의 경우일까. "오고 가고 나그네 일이요, 그대완 잠시 동행이 되고" 문득 이런 고(故) 김상용(金尙鎔)의 시구가 떠 오른다. 기실 이제 우리는 모두 뿔뿔이 헤어진 느낌이다. 만나고 싶으면 전화 한 마디로, 혹은 엽서 한 장으로라도 그 뜻을 실현할 순 있겠지만, 그게 잘 안 된다. 별과 별 사이가 떨어져 있던 우리는 그렇게 흩어져 있다. 그래서 좋다고 생각하는 것이다. 문학은 혼자서 하는 게 아닌가.

(현대문학, 1963. 12.)

문학 풍토기

고려대학 편

　고려대학교는 작년에 창립 60주년의 연륜을 헤아렸다. 그런데 문과대학을 포함한 종합대학교로 승격한 것은 해방 후 일이라 그 전신은 보성(普成) 전문학교인 것이다.

　보전에선 몇 명이나 문인이 나왔는지 필자는 잘 알지 못한다. 시인 조허림(趙虛林) 씨와 수필가 한흑구(韓黑鷗) 씨 등이 그렇다 하니 그런가 할 뿐이요, 아는 것이 없어 그분들 얘기를 할 수는 없다. 한편 필자는 고대 출신의 문인들이라 해도 그 전부를 알고 있는 형편은 아니다. 그 이름이나 사람만 알고 작품은 본 적이 없다거나 작품은 한두 편 보아서 알지만 생면부지(生面不知)의 분들도 없지 않다. 또는 심지어 이름도 작품도 아울러 무식한 경우도 있으리라. 그래서 이런 글도 결국 필자의 주관적 편협에서 크게 벗어날 수는 없는 것이므로 미리 양해를 구하는 바이다.

　선배 문인으로 필자의 뇌리에 크게 떠오르는 이름은 우선 김종길(金宗吉) 씨다. 영문과 제1회 졸업생으로 현재는 모교의 영문과 주임 교수이기도 하다. 씨가 처음엔 시인으로 출발했다는 사실이 요사이 문학도들에겐 좀 생소한 일일지 모르겠다. 그만큼 씨는 시인으로서라기보다 영시(英詩)의 소개 및 우리 시의 영역자로, 특히 작금엔 우리 시 비평가로 시단에 혁혁한 모습을 드러냈다. 씨와 같이 고도로 세련된 감식안과 투철한 교양이 밑받침되어 있는 비평의식을 갖는다는 일이 우리 시단에선 희유의 일로 돼 있는 것이다. 씨는 아직 그러나 어떤 뚜렷한 체계적 시 이론을 전개한 적은 없다. 그런 뜻에서 《문학사상(文學思想)》에 현재 연재중인 〈의미(意味)와 음악(音樂)〉은 작년에 씨가 실제 비평서로 발간한 바 있는 《시론(詩論)》의 밑받침이 될 만한 것으로서 그 성과가 주목된다.

씨를 처음 뵌 것은 아마 씨의 첫 역서 《20세기 영시선(英詩選)》의 출판기념회가 서울 어느 빌딩 옥상에서 열렸을 때인가 한다. 이 책이 지금은 절판된 지 오래여서 그 증보판이 기다려지는 것은 비단 필자만의 경우가 아니리라. 우리나라엔 처음으로 소개된 엘리어트의 〈황무지〉를 비롯하여 예이츠, 오든, 토머스 등의 명편이 곧 우리말로도 광망을 번뜩이는 위용을 보인 동서(同書)에 접하자, 당시 아직 학생 신분이던 우리는 거듭 경이의 눈을 떴던 일이 생각난다.

소설가로서는 정한숙(鄭漢淑) 씨를 첫손으로 꼽아야 할 것이다. 현재 모교의 국문과 교수이다. 해방 후 등장한 작가로서 아마 씨만큼 줄기찬 다산(多産)의 작가는 드문 게 아닌가 여겨진다. 그 지속적인 정진에 경의를 표하고 싶다. 한국 문인의 일반적 병폐인 조로(早老)를 면하려면 누구에게나 남달리 노력이 따라야 할 터인데, 씨에겐 어떠한 비방(秘方)이 있는지 궁금하기도 하다.

그런데 씨와는 면식이 있을 정도이다. 언제인가 하이킹 차림의 씨를 한두 번 뵌 일이 있다. 양생법(養生法)으로 씨는 등산을 즐기는 것일까. 아무튼 어쩌다가 다방이나 노상에서 잠깐 대했을 때 느낌으로는 늘 미소를 잊지 않는 분이어서, 아 이 분은 조금도 늙지 않는 타입이로군, 하던 인상을 갖고 있다.

동년배의 작가 시인들로는 아직은 시인이 우세인 편이다. 박재삼(朴在森), 민재식(閔在植), 이종헌(李鍾憲), 인태성(印泰星), 임종국(林鐘國) 제씨 외에 근자에 시집을 낸 분으론 《가난한 축가》의 임근영(林根瑛) 씨와, 뜻밖에 오랜 침묵을 깨뜨리고 《흑인 고수 루이의 북》을 치며 나온 범대순(范大錞) 씨가 있다. 그리고 후배로는 김재원(金在元), 정진규(鄭鎭圭) 양 씨가 눈부신 활약을 하고 있다.

그 중 이미 일가풍을 이룩한 시인으로 민재식 씨와 박재삼 씨의 경우, 양자가 서로 대척적인 입장에 놓여 있음이 주목된다. 전자는 아무래도 외향적, 사회적, 도시적인 발상을 즐기는 데 비해, 후자는 줄곧 내향적, 개인적, 토속적인 관심을 보여온 게 사실이다.

근래 몇 해 동안 민 씨는 내내 침묵 일관이라, 두고 볼 일이지만, 좋은 의미에서 엘리어트 내지 김기림 계열의 문명 비평시가 태무한 시단의 적막을 생각할 때 몹시 아쉬운 느낌을 품게 한다.

박재삼 씨는 여전히 그 눈물 어린 광명의 세계를 추구해 가고 있다. 천사와도 같은 유년시절의 가난과 때(垢)와 살(肉) 속에 비쳐진 삶의 의미를. 우리네 세대에선 가장 유연한 언어의 감각을 가장 순순하게 지니고 있다는 게 씨의 더없는 강점일 것이다.

신인답게 새로운 서정적 발상을 보이는 정진규 씨와 사회적 관심의 날카로운 저항 의식이 담긴 김재원 씨의 작풍도 주목을 끌만하다.

고대의 문과가 신설된 이후 교내에서 처음으로 태동한 문학의 움직임은 《석탑 문학(石塔文學)》의 조직을 들 수 있을까 한다. 대구 피난 시절 가교사에서 불씨는 일어났다. 당시 필자는 개인적 사정으로 가담은 못했지만, 민재식, 이종헌(李鍾憲), 이황(李榥)(작고), 임종국, 그 밖의 동인들이 시작품을 모아 《석탑 문학(石塔文學)》이란 시지를 낸 바 있고, 그 후 이 움직임은 〈고대문학회〉의 모태가 된 줄 안다.

고대문학회는 연 1회 《고대문화(高大文化)》(7집 준비 중)를 내 놓고 있으며 지난 1963년 재교생들의 시지 《고대사화집(高大詞華集)》을 간행한 바 있다. 또 특기할 사항으로는 《이상 전집(李箱全集)》을 간행한 일이다. 이의 숨은 공로자는 임종국 씨지만, 어쨌든 이로써 고대문학회는 널리 독서계 일반에까지 공헌한 셈이다. 또 이들은 《한용운 전집(韓龍雲全集)》의 간행을 준비하고 있다는 소식도 들리고 있다.

이 고대문학회를 음양으로 육성하고 지도해 오신 분은 물론 조지훈(趙芝薰) 교수이다. 그 밖에 고려대학교에 어떤 문학적 풍토가 차츰 형성돼 온 데에 은공을 끼쳐온 분들을 들자면 이인수(李仁秀)(작고), 조용만(趙容萬), 이호근(李晧根), 여석기(呂石基), 구자균(具滋均)(작고), 박광선(朴光善) 제 문과 교수님들의 이름을 빠뜨릴 수 없으리라. 그분들한테서 배웠을 지식이야 말할 것도 없거니와 강의실에서 또는 그 아름다운 캠퍼스의 이 구석 저 구석 도처에 배어 있을 그분들의 하찮은 말투라든가 프로필에서까지 우리는 문학적 교양의 진미(眞味)를 조금씩 배워 가며 은연중 익혔을 터이니 말이다.

순서가 늦었지만 끝으로 필자는 동문 소설가 몇 분에 관한 언급을 해야겠다. 시집 《속죄양(贖罪羊)》의 민재식 씨와 《춘향(春香)이 마음》의 박재삼 씨를 우리는 고대의 자랑으로 여기듯이, 《흑맥(黑麥)》의 작가 이문희(李文熙) 씨를 갖고 있다는 건 우리의 자랑이다. 작가로서의 씨의 강점은 그 치밀하고도 끈질긴 스타일에 있다고 본다.

《흑맥(黑麥)》은 이미 영화화된 바도 있거니와 현대문학사의 신인

문학상도 받고 하여 씨는 그 작가적 역량이 높이 평가되고 있다.

또한 우리는 유능한 작가로서 현재훈(玄在勳) 씨의 이름을 기억한다. 근자에 나온 작가로는 동아일보 장편 현상에 당선하여 그 훌륭한 저력을 과시한 홍성원(洪盛源) 씨가 있다.

한편 평론은 그중 미약한 부분이긴 하지만, 꾸준한 건필의 신동한(申東漢) 씨가 있고, 《문학춘추(文學春秋)》의 추천을 거친 기예의 신인 이광훈(李光勳) 씨의 활동이 기대된다.

"문단에 새 바람을 불어넣으려면 기필 대학에서 엘리트들이 밀고 나가야지. 국문과도 그렇지만 영문과에서 작가나 시인이 나오지 않는다면 섭섭한 일일 걸세."

필자의 학생 시절 모 영문과 교수께서 하시던 말씀이다. 이제 고대엔 국문과나 영문과 말고도 독문과와 불문과까지 신설되었으니, 가위 일세를 풍미할 문인들이 한꺼번에 쏟아져 나올 날도 멀지 않으리라.

이 졸문을 쓰는 데 있어 필자가 주로 참고한 글은 작년도 《시문학(詩文學)》 10월호에 실린 상아탑 문단 《고려대학 편(高麗大學篇)》임을 밝혀 둔다.

(현대문학, 1966. 6.)

공간시낭독회(空間詩朗讀會)

정기적인 월례 시낭독회로서 한국 최초의 공간시낭독회가 발족한 지 어언 3주년을 헤아리게 되었다. 그동안 초청된 시인들은 근 70명에 달하며, 상임으로 구상, 박희진, 성찬경, 조정권이 활동해 왔다.

근자에 이르러선 경향 각지에서 시낭독회가 성행되고 있다. 그 이름만 들추어 보더라도 〈현대시를 위한 실험무대〉〈승려시인 시낭송의 밤〉〈토요일 오후와 시〉〈시를 통한 사랑의 대화〉〈시랑(詩廊) 시낭독회〉. 이상은 서울에서 열리고 있거니와 지방에서는 단연 속초시의 〈물소리 시낭송회〉가 꼽힌다.

80년대에 들어와서 아마 가장 경하할 만한 시단적 현상의 하나라 할 것이다. 우리가 내세웠던 시 낭독 운동의 세 가지 목적, 시의 활성화, 시의 생활화, 국민 감정의 순화 등은 이제 어지간히 선명해진 듯싶다. 그러나 아직도 널리 전파되고 침투되기에는 요원한 감이 있다.

다만 고무적 사실이 있다면, 시를 받아들이는 청중의 태도이다. 종전엔 주로 목독(目讀)을 통해서만 시를 접해 왔던 독자들로서는, 가상하다 할 만한 조용한 탈바꿈이 매우 자연스럽게 이루어진 것이다. 차분하고 진지한 열망의 눈초리, 온몸이 귀로 화한 듯싶은 미동도 않는 자세, 그들은 도대체 무엇이 아쉬워서 그렇듯 열기 어린 반응을 보이는가. 언어의 혼령을 불러일으키는 시인의 발성, 아니 그 일거일

동에서 그들은 무엇인가 공명 공감의 기회를 찾고 있는 듯하다.

시 낭독은 일종의 공간예술이다. 시가 낭독되는 일정한 공간과 시인과 청중, 이 삼자의 합일이 시 낭독의 현장인 것이다. 시를 읽는 시인과 듣는 청중의 호흡이 일치할 때, 언어는 단순한 언어가 아니라 불꽃 튕기는 생명의 전율과 교감의 기쁨을 낳는 촉매의 구실을 하게 된다. 시 낭독은 이렇듯 어디까지나 시인과 청중의 동시적 체험이라는 데에 의의가 있다. 시 낭독의 장(場)은 시인과 청중의 심혼이 만나는 곳, 그리하여 생명의 축제가 벌어지는 장소인 것이다.

물질문명에 현혹되어 정신을 못 차리는, 이 인간 상실의 시대에 나날이 더해가는 영혼의 기갈을 우리는 어디서 달래야 할 것인가? 언어는 타락해서 한갓 소음으로 화하고 말았으니, 우리는 어디서 그 처음의 때묻지 않은 알차고 아름답고 산 언어에 접하게 될 것인가?

그런 아쉬움을 다소나마 채우고자 하시는 분들에게 우리가 자신있게 권하는 장소, 그곳이 바로 소극장 공간사랑인 것이다. 우리는 그곳에서 매월 마지막 수요일 밤 7시에 시낭독회를 개최하여 왔다(단 1월과 7월은 제외). 오는 28일에 있을 3주년 기념 시 낭독회엔 상임 시인 외에 김규동(金奎東), 박이도(朴利道), 감태준(甘泰俊) 세 분이 초청되었으며, 청중 가운데서 뽑힌 동호인 몇 분의 시 낭독도 곁들여질 예정이다.

(경향신문, 1982. 4. 24.)

이중섭의 컷

    화가 이중섭(李仲燮)이 요절한 지도 23년의 세월이 흘렀건만, 오늘날 그의 명성은 나날이 높아만 가고 있다. 그가 살다 간 어려운 시대, 그를 둘러싼 갖가지 일화들, 그리고 무엇보다 그 신선한 경이(驚異)의 그림들은 그가 희유의 천재 화가임을 입증해 주고도 남음이 있다.

    내가 이중섭의 이름을 알게 된 건 시인 구상(具常)의 글을 통해서다. 좀 더 자세히는 1958년, 그러니까 그의 2주기를 맞이해서 구상이 어느 신문에 발표했던 〈화가 이중섭 이야기〉를 통해서다. 나는 감동했다. '아, 이런 진짜 화가가 있었구나. 그것도 동시대에!' 우리의 시대를 비극과 불모의 연속이라고만 여겼던 자신의 단견과 무식이 부끄럽기까지 했다. 이렇게 해서 나는 이중섭 팬이 된 것이다.

    헌 잡지들을 모조리 뒤져 중섭의 사인이 있는 〈컷〉부터 수집하기로 했다. 상당히 모아졌다. 그중 두드러진 것의 하나는 《현대문학》지에 그렸던 목차 컷. 옷을 홀랑 벗은 알몸의 아이가 자기의 몸집만한 게를 끌고 간다. 큰 붕어 두 마리가 뒤를 따르는데, 역시 알몸의 아이가 놓칠세라 겨우 붕어의 꼬리를 쥐고 있다. 하늘로 치켜세운 궁둥이가 유머러스하기도 하고 천진난만하다. 절로 웃음이 머금어지는 무사(無邪)의 소묘(素描).

    나는 멕시코의 화가, 타마요도 좋아한다. 이중섭과 짝지어서 〈시화이품(詩畵二品)〉이란 소품을 썼다(1961). 그 전반이 '이중섭(李仲燮)'이라 제(題)한 다음과 같은 시다. 어떤 특정의 그림 내용을 염두에 두고 쓴 것은 아니었다. 그저 내 나름대로 이중섭 분위기를 자아내 본 것일 뿐.

꿀벌
의 아랫배를
움켜진 아이
발가락 하나는
게에게 물린 채
다른 한 손으로
붕어를 낚는다.
못물에는
휘어진
가지에서
꽃잎이
진다.

1968년 신문회관 화랑에서 내가 〈박희진 시미전(詩美展)〉을 열었을 때, 나는 이 시를 예의 《현대문학》 목차 컷과 매치시켜 출품하였다. 거의 똑같은 내용의 컷 두 개가 대칭적으로 잡지의 목차 양면 상단에 펼쳐져 있었기에, 그걸 각기 이용하여 두 개의 작품을 만들어 내었던 바, 둘 다 팔렸던 일이 생각난다. 하나는 외우(畏友) 성찬경 형이 샀고, 다른 하나는 모 대학 수학교수가 샀다.

그런데 한 이삼 년쯤 지나서일까. 아주 꿈같은 일이 생겼다. 예의 《현대문학》 목차 컷의 진짜를 입수하게 된 것이다. 하루는 박재삼 시인이 말하기를, "내게 이중섭의 그림이 하나 있는데, 유화는 아니고 잡지의 목차 컷으로 그렸던 거라. 그것과 박 형이 소장하고 있는 시집 몇 권하고 바꾸지 않겠어요?" 그는 당시 시집 수집에 열을 올리고 있었던 것이다. 그리하여 교환은 아주 기꺼이 이루어졌다.

허나 그 뒤 박재삼 씨는 못내 그 일을 아쉬워하는 눈치여서, 내게 속았다고 말하는 게 아닌가. 한용운 시집 《님의 침묵》 초판본이 있는 줄 알고 그랬었는데, 가 봤더니 한하운(韓何雲) 시집이었다던가, 운운. 그런 말을 듣고 보니, 그 시비곡절은 짐짓 불문에 붙인다 하더라도, 좀 찜찜한 일이기는 했다. 그래서 미안한 마음이 있었는데, 그걸 조금이나마 덜까 해서, 나는 그 뒤 일본 바둑계의 명인, 세고이 겐사꾸의 진필을 하나 그에게 증정했다.

어쨌든 지금 예의 목차 컷은 내게 소중히 간직되어 있다. 이중섭이 즐겨 다루던 화제, 소를 주제로 한 연작도 훌륭하고, 가족을 주제로 한 연작도 기막히나, 나는 그의 동자(童子)를 주제로 한 그림들을 더 좋아한다. 그것들을 말하자면 동심의 만다라(曼茶羅)다. 그 안에서는 모든 것이—주로 발가벗은 아이들과 꽃과 물고기와 게와 닭과 벌나비 따위—제각기 어지럽게 뒤섞여 놀면서도, 하나로 통해 있다. 다툼이 없다. 상하도, 표리도, 선악도, 경중도, 내 것도, 네 것도, 더러운 것도, 깨끗한 것도 없다. 그러기에 화면엔 구도상(構圖上)의 중심이나 초점이 따로 없다. 특히 그의 은지화(銀紙畵)가 그러한데, 차라리 중심이 도처에 편재해 있다고나 할까. 화면 가득히 행복한 일치감, 환희와 평화, 동심의 놀이가 자유분방하게 펼쳐져 있다. 이 목차 컷도 〈애들과 물고기와 게〉의 그림이다. 채색은 전혀 안 돼 있고, 흰 종이 위에 좀 굵은 사인펜으로 그려져 있는 흑백 소묘에 불과한 것이지만, 여간 즐거운 그림이 아니다. 방향만 다를 뿐 같은 내용의 두 개의 컷이, 잡지의 경우처럼 양면으로 펼쳐져 있지 않고 상하 두 단을 이루고 있어 더욱 흥미 있는 구도의 묘를 얻고 있다. 자세히 보니 연필로 대충 형상을 잡은 다음 그 위에 덧그린 솜씨가 분명한데, 전혀 개칠한 흔적은 없다. 그가 우선 소묘에 능했던 화가임을 알 만하다.

중섭의 그림은 무엇을 화제로 삼았건 간에 아주 발랄한 생기에 넘쳐 있다.

살아서 꿈틀대는 박력과 리듬, 불꽃 튕기는 생명의 연소를 볼 수 있다. 억압에서 자유로, 이산에서 재회로, 빈곤에서 풍성으로, 경직에서 유연으로, 화락에서 화락으로… 그 치열한 생명의 연소는 능히 보는 이의 심혼을 사로잡아 어느덧 맑게 정화해 준다.

(화랑, 1979. 여름.)

그림과 시의 만남

시를 담은 회화

1968년 5월에 신문회관 화랑에서 나는 〈박희진 시미전(詩美展)〉
이라고 좀 색다른 전시회를 벌인 적이 있었다. 시화전하면 누구나
쉽게 알아듣는 말이지만, 그것을 굳이 시미전(詩美展)이라 하여, 새
로운 조어를 내세운 데엔, 당시의 카탈로그 인사말씀에 드러나 있듯,
내 나름의 뚜렷한 생각과 사정이 있었던 것이다. 참고로 여기에 그
인사말씀 일부를 인용해 두는 바이다.

시미(詩美)란 말을 우선 시의 아름다움이란 말로 생각해 봅시다. 시
는 언어로써 하는 예술인만큼 시의 미란 결국 언어미(言語美)가 되겠
습니다. 그러나 언어를 통하는 시가 우리 마음 속에 결정시켜 주는 '심
상'과 그 작용을 따져 본다면, 심상은 모든 감각을 통합하는 마음의 작
용이기 때문에 모든 감각 속에 무애의 출입을 할 수 있습니다. 다시
말해서 회화적인 심상이 있을 수 있고, 조각적인 심상이 있을 수 있고,
음악적인 또는 그 밖의 심상이 있을 수 있습니다.

한편 시미(詩美)란 말을 넓게 생각해 본다면, 시미란 모든 예술분야
에 걸쳐서 항존할 수 있는 하나의 '미의 정령(精靈)'입니다. 시를 담은
회화가 있습니다. 시를 싣고 있는 음악이 있습니다. 그러한 조각이나
사진이 있습니다. 따라서 시와 그 밖의 예술은 서로 밀접한 자매관계에

있다고 해도 과언이 아니겠죠.

저는 원래 그림이나 조각이나 사진에서 시상을 얻는 일이 드물지 않습니다. 이러한 시편에다 그 주제나 발상과 관련 있는 그림이나 조각 따 위 자매 예술과의 빈틈없는 친화(親和)와 상조(相助)의 묘(妙)를 갖게 하여 낱낱의 시가 갖는 본질을 더욱 부각시킨다면 매우 뜻깊은 일 일줄 믿습니다. (하략)

요컨대 시미전(詩美展)이란 말엔 두 가지 뜻이 내포되어 있다. 첫째는 시의 아름다움을 과시한다는 뜻과 다음으로는, 이것은 여느 시화전과는 달리 시와 그림의 결합만이 아니고 조각, 사진 등 자매예술을 포함하는 것인만큼 시와 미술의 결합을 보여 주는 전시회라는 의미가 그것이다. 예컨대 루빈스타인의 연주회에 가서 감명을 받고 쓴 시, 〈그대 마법(魔法)의 십지(十指) 안엔〉에는 루빈스타인의 십지를 벌리고 있는 모습의 사진(당시 '타임'지 게재)을 매치시키고, 〈항아리〉라는 시엔 그 실물 항아리의 사진을 곁들이고, 피카소의 〈노인과 기타〉를 보고 쓴 시엔 바로 그 그림의 원색 복사판을 결부시켰으니, 그야말로 상부상조의 묘를 더할 나위 없이 발휘한 셈이었다.

나는 워낙 졸필이라 시의 필사는 세필(細筆)에 능한 박재곤(朴在坤) 화백이 맡아 주었으며, 그 밖에도 편집, 제작상의 모든 문제를 그는 기꺼이 해결해 주었는데, 그 준비에만 꼬박 반 년의 시간이 걸렸다. 많은 돈을 들일 수는 없었지만, 최선의 성의와 노력을 기울였다. 그래서인지 결과는 대성공이었다. 연일 관람객도 쇄도하였고, 날개 돋친 듯 작품이 팔렸다. 최저 2천5백 원에서 최고 1만 원의 작품값을 대담하게(?) 표시해 놓은 것도 당시로서는 파격적 시도였다.

나는 그걸 지금도 잘한 일이라고 생각하고 있다. 파는 물건인지

안 파는 물건인지, 사려면 어떠한 절차를 거쳐야 입수하게 되는 건지, 관람객에 따라서는 그러한 요령에 익숙하지 못해, 또는 필시 엄청난 값일 터이니 아예 살 것을 기권하고 말자는 경우도 많이 있으리라고 본다. 그런 데 대한 대비책으로라도 값의 명시는 오히려 떳떳하고 바람직한 것이 아닐까 한다. 작품이 안 팔리는 전시회란 삭막할밖에 없다. 하긴 처음부터 안 팔기로 작정한 것이라면 모르지만. 작품이 팔려야 예술의 전달과 보급이라는 소기의 목적이 달성될 게 아닌가. 근 20년의 세월이 지난 오늘날에도, 친지의 서재에 또는 응접실에 여전히 걸려 있는 졸시를 보게 될 때, 나는 다소 흐뭇해지지 않을 수 없다.

당시의 출품작 중 조각과 사진을 제외한 그림만을 헤아려 보니 모두 32점인데, 고흐·피카소·박재곤·성찬경이 3점씩이고, 루소·마티스·천경자가 2점씩이며, 밀레·모네·앙소르·브라크·렘덴·샤갈·포트리에·훈데르트 바서·강희안·김홍도·이중섭·윤명로·전전제(前田齊)·석정무웅(石井茂雄)이 각기 1점씩으로 되어 있다.

그 중 이제부터 앙리 루소와 마르크 샤갈, 그리고 강희안과 김홍도 네 사람의 경우에 한해, 구체적으로 그림과 시의 만남을 이야기해 보려 한다.

꿈과 상상력의 심상 풍경/루소

앙리 루소(1844~1910)의 그림은 별로 난해한 데가 없다. 제재, 형태, 색채, 구성 등 모든 게 명확하고 선명해서 일목요연하다. 그래서 그는 '소박화가(素朴畫家)'라는 말을 듣는 것인지도 모른다. 그러나 한눈에 들어온다고 해서 대뜸 알아버리고 만다고 할까, 싫증이 나는 화가는 아니다. 오히려 그 반대인 것이다. 그만큼 그의 작품이 풍기는 첫인상은 강렬하고 매혹적인 것이어서 두고두고 뇌리에 새겨지게 마련이다.

평생을 두고 수목과 초록에 남다른 집착을 보였던 루소. 만년에 그는 특히 집중적으로 밀림 이미지에 몰두하게 되어 수많은 이국(異國) 풍경을 그린다. 그런데 그는 밀림 지대에 실제로 가본 적은 없었다고 한다. 고작 식물원 온실이 그의 독창적 그림의 원천이었다. 식물원에 다니면서 열대식물을 열심히 사생했다. 그러면서도 그가 그린 그림 속의 열대식물들은 그 어느 것이나 실제의 식물과는 그 모습을 달리했다고 하니, 그의 이른바 사생의 정체가 무엇인가를 한번 되새겨 볼 필요가 있으리라.

우선 루소 자신의 말을 들어보자.

'식물원의 온실에 들어가서 이들 이국(異國)의 기괴한 식물을 보노라면, 나는 마치 내가 꿈속으로 들어가는 것처럼 여겨진다.'

그렇다. 그는 단순한 사생을 일삼는 화가가 아니었다. 육안에 비치는 식물의 외관보다, 그의 꿈과 상상력을 통한 내면의 심상풍경(心象風景)—그것이 그의 이국 풍경을 이룩한 것이었다.

HENRI ROUSSEAU

달이중천에솟아오르자
짙은어둠의덩어리이던숲이좀밝아지자
설설서걱이는나뭇잎은나뭇잎을
풀잎은풀잎을
토하기시작한다

못물엔수은의비단이깔린다
붉은꽃은붉어지고
푸른꽃은더욱푸르러지고
달이암만밝아도밝아지지않는것은
더욱짙어지는어둠으로남는것은
서서피리부는알몸의여인과
고개들며취한듯귀기울이는몇마리배암들과
피리의가락따라요기를발하는건
여인의눈동자다목에감겨늘어진건
빈사의배암이다
일체의것이마술적으로공존해있다
곁에한마리날신한홍학도
서리서리가지에몸틀고도사린배암곁에앵무새도
하나이게하는것피리의가락이여
중천에걸린몽환의거울이여.

〈뱀 부리는 사람〉(1907)도 이국 풍경 시리즈의 하나이다. 처음 이 매혹적인 그림을 보았을 때, 나는 매우 충격적인 감명을 받았다. 도대체 이것이 꿈인가 현실인가, 하고 어리둥절했던 눈이 차츰 그림에 익숙해지자 사물의 윤곽이 서서히 드러났다. 언뜻 보아서는 분간이 안 되게 밀집해 있는 열대식물군(熱帶植物群), 하지만 자세히 들여다보면 잎사귀 하나하나 놀라울 만큼 극명하게 그려져 있음을 볼 수 있다.

그 중에서도 전면에 그려진 어떤 식물은 노란 테두리가 쳐져 있는 것이 루소 특유의 장식적 효과를 두드러지게 과시하고 있다. 하지만 대체로 어두운 느낌을 불식할 수 없는 것은, 달밤 풍경이라 그렇기도 하겠지만, 화제의 중심인 뱀 부리는 여인이 바로 흑인인 까닭이다. 무릎까지 드리워진 긴 검은 머리, 게다가 검은 뱀을 한 마리 목에 늘인 채, 눈의 흰자위가 요기를 발하는 알몸의 검은 여인이 서서 피리를 불고 있다. 중천엔 둥근 달이 떠 있어, 호면(湖面)에 수은(水銀)의 비단을 깔지만, 지금 이 풍경의 압도적 구심점은 피리 소리인 것이다. 검은 이브 같은 여인이 부는 피리에 이끌려서, 홍학(紅鶴)도 한 마리 다가와 서 있고, 나뭇가지 위엔 세 마리 앵무새가, 그리고 검은 징그러운 뱀들이 어디서인가 서너 마리나 슬금슬금 나타나서 고개 들며 취한 듯 귀 기울이고 있다.

나는 속으로 이렇게 소리쳤다. '이 그림은 구석구석 시로구나! 고요 속엔 움직임이, 움직임 속엔 고요가 들어 있다. 밝음 속엔 어둠이, 어둠 속엔 밝음이 숨쉬고 있다. 비단 새들이나 뱀들 뿐 아니라, 풀잎 하나하나, 잎사귀 하나하나, 모든 사물 속엔 리듬이 들어 있다. 시이자 그림이다. 그림이자 음악이다. 그러니까 삼자가 완벽한 조화를 이루고 있는 걸작인 것이다.' 이 그림을 시로 옮길 때, 내가 제일 유의한 것도 그 일체감—다즉일(多卽一)이요, 일즉다(一卽多)의 비밀—애매한 듯 명확하고, 밝은 듯 어둡고, 다양한 듯 하나인 생명의 율동을 어떻게 실감나게, 어떻게 선명히 구상화하느냐에 있었던 것이다.

무중력 상태의 내면 공간/샤갈

루소 하면 녹색이 연상되듯, 마르크 샤갈(1887~1985) 하면 연상되는 빛깔이 청색 계열이다. 하늘빛 같은 맑은 남빛에서 쪽빛, 울트라마린, 프러시안 블루, 또는 보랏빛에 이르기까지. 물론 그 밖에도 황·적·청의 삼원색도 많이 썼고, 갖가지 중간색의 미묘한 기능도 충분히 발휘되어 응분의 효과를 얻고는 있지만, 어쩐지 청색이 제일 먼저 뇌리에 떠오른다.

그런데 청색이란 가장 정화된 인간 심성의, 말하자면 영성(靈性)의 빛깔이 아닐까. 인간의 형이하적, 관능적 열망을 빛깔로 나타내면 홍적색이 되듯, 인간의 형이상적 영성의 지향을 빛깔로 나타내면 청색이 되는 게 아닌가 한다. 그러기에 인간은 저 쪽빛 하늘을 우러러 볼 때, 저절로 마음이 정화되고 겸허해지며, 어떤 근원적 생명에의 향수를 깨닫게 되는 게 아닐까.

어떤 근원적 생명에의 향수—샤갈의 그림은 늘 그런 것을 일깨워 준다. 그것은 빛깔을 통해서뿐 아니라 그가 즐겨 다루는 갖가지 형상 곧 꽃다발, 연인들, 달, 나귀, 러시아의 옛도읍, 천사, 썰매, 고풍스런 괘종시계… 그런 것들을 보아서도 알 수 있다. 왜냐면 그것들은 시간의 도전이나 공간적 제약에선 벗어나 있는 사물의 원형이요, 영원한 생명의 비유인 까닭이다.

생각건대, 샤갈은 시종 자기의 내면 공간에만 충실했던 화가이다. 그 내면 공간을 채우고 있는 것들, 앞에서 말했듯이, 거기엔 물론 본질적이요 근원적이지 않은 것은 하나도 없다. 그것들은 모두가 그의 개인적인 생체험(生體驗)에 뿌리박고 있으면서, 전 인류적 체험으로까지 공유되어 남을 만한, 그러니까 생명의 핵 같은 것들이다. 그런데 그것들이 그의 내면 공간을 채우고 있는 방식,—거기에 바로 그의 강한 개성이 갖는 독특한 참신미와 매력이 있다. 그의 내면 공간, 그것은 다름아닌 무중력 상태이다. 그러기에 그 안에선 모든 사물이 시공을 벗어나서 마술적으로 공존하게 된다. 3차원적인 논리나 질서는 통하지 않는다. 사물 하나하나가 공중에 떠서 제멋대로 놀고 있는 듯하지만, 실은 서로 교류하는, 내밀의 눈짓을 보내고 있거니와 무한히 부드럽고 따스한 친화의 분위기로 충만해 있는 것을 간과해선 안 되겠다.

　시대에 앞서는 게 천재라지만, 1910년대에 이미 샤갈은 이 무중력 상태를 선취한 최초의 화가가 되었다. 나는 그리하여 샤갈을 두고, 꿈과 사랑과 평화를 구가하며, 상상력의 극한을 치닫는, 무중력 상태의 화가라고 생각하고 있다.

　시미전 때에, 내가 시를 붙인 샤갈의 그림은 〈라일락 속의 연인들〉이라는 화제의 것인데, 지금 그 원색판이 수중에 없어, 시만 여기에 소개하기로 한다.

　　라일락 속의 연인들

　　라일락사태났네
　　달빛사태났네
　　라일락꽃에싸여길게누운
　　너무오래서로보아비슷해진연인들은
　　그냥여기흰라일락
　　붉은라일락보랏빛라일락
　　의고향인하늘나라
　　낮도밤도없는신선의나라
　　인양어리어있을따름
　　도처에꿈같은달빛이흐를따름
　　흰라일락에선흰달빛이
　　보랏빛라일락에선보랏빛달빛이
　　풍기네달빛이사랑의비늘돋친연인들몸에서도
　　하늘의일각에도길이땅위에흐르는강물에도
　　달이떠있네은쟁반같은달이

연인들가슴속엔라일락꽃내나는사랑의달이
사랑사랑이이렇게좋은줄을
이대로지금이영원인줄을
사랑사태났네
라일락사태났네

그 뒤에 나는 또 하나 〈연인들과 꽃다발〉(1926)이라는 그림에 시를 붙이게 되었다.

러시아 마을, 교회, 꽃다발, 연인들, 나귀, 바이올린, 천사 따위 샤갈이 좋아하는 모티브가 골고루 등장하는, 감미롭고도 낭만적인 그림이다. 원색판을 유심히 살펴본 독자라면, 시가 거의 그림의 충실한 설명임을 알 수 있으리라. 그리고 샤갈의 공간에선 '모든 사물이 시공을 벗어나서 마술적으로 공존해 있다.'는 사실도 아울러 실감하게 되리라 생각한다.

연인들과 꽃다발

샤갈의 보랏빛 연인들이 포옹하자
키는 순식간에 자라고 자라나서
짙은 군청색 하늘에 닿았네
그러자 지붕들과 교회의 첨탑 위로
이름도 모를 희고 붉은 빛의
거대한 꽃다발이 하늘에 솟아
마을을 덮었네 향기로 채웠네
고요와 평화와 안식에 잠긴 그곳
길가에 잠자던 나귀는 놀라운 듯

큰 눈을 뜨고 두 귀를 세웠건만
저절로 지붕 위의 바이올린은 울렸건만
아무도 몰랐다네 그때 하늘에는
꽃다발 곁의 연인들을 축복하는
흰 천사가 날고 있었음을

물아일여(物我一如)의 조화/강희안

강희안(姜希顏: 1417~1464)에 대해서는 나는 별로 아는 바 없다. 그래서 지금 〈한국인명대사전〉을 찾아보았더니, 벼슬이 호조참의에 이르렀던 문신이었는데, 시(詩)·서(書)·화(畵)에 모두 능하여 삼절(三絕)이라 일컬어졌다 한다.

그의 그림으로 〈고사관수도〉(또는 〈산수인물도〉라 하기도 함) 한 폭을 나는 잊지 못한다. 지본수묵화(紙本水墨畵)인데, 그 크기가 보통 월간 잡지만 하다. 박물관에서던가, 아니면 어느 도록에서던가, 처음 이 그림을 보았을 때, 나는 그만 홀딱 반하고 말았다. 비록 소품(小品)이나 수묵(水墨)의 진수를 대한 듯싶었다. 매우 단순하고 소박한 구도로서, 전문적인 용어로는 '잔산잉수(殘山剩水)'라 하는 모양인데, 절벽 아래 고사(高士)가 도포 소매 속에 마주 넣은 두 팔을 바위 위에 얹어놓고 편안히 앉아 흐르는 물을 바라보고 있다. 빙그레 웃음을 머금고 있는 듯한 고사의 얼굴, 해맑은 피부색, 그 기품 있는 말없는 모습이 고요의 화신 같다. 어쩌면 그것은 쾌적한 달관의 상태도 지나 무심(無心)의 경지를 암시하는 것인지도 모르겠다.

나는 원래 물을 좋아한다. 그것도 흐르는 물, 산골짜기의 흐르는 물을 보고 있노라면 그렇게 마음에 와닿을 수가 없다. '상선약수(上善若水)'[노자]라든가 '지자요수(智者樂水)'[공자], 또는 '물은 만물의 근원'[탈레스]이라는 말들이 참임을 실감하게 된다. 자고로 동양화의 주종을 이룬 것은 산수도(山水圖)일 터인 즉, 물을 빼놓고는 그림이 될 수 없다 해도 과언이 아니리라. 그 중에서도 고사(高士)가 넋을 잃고 폭포를 바라보는 〈관폭도(觀瀑圖)〉라든가, 발을 씻는 〈탁족도(濯足圖)〉, 또는 이런 〈관수도(觀水圖)〉 같은 그림을 나는 각별히 좋아한다.

다시 강희안의 그림으로 돌아가자. 지금 고사는 완전히 자기를 잊고 있다. 어디까지가 고사(高士)의 몸이고 어디서부터가 바위가 되는 건지 분간이 안 될 만큼 고사(高士)와 바위는 한몸이 되어 있다. 그가 쉬고 있는 숨결은 또한 바위의 숨결이다. 그의 체온은 바위의 체온이다. 산수의 정기(精氣), 산수의 고요가 고사(高士)를 정화하여 그의 심신을 한없이 부드럽게, 그리하여 마침내 무심의 경지로 이끌어 간 것일까. 아니면 고사의 고결한 넋이, 청정한 고요가 산수에 스며들어 한층 더 정기를 돋구고 있는 걸까. 그 물아일여(物我一如)의 조화를 나는 한 편의 시에 담아보고 싶어졌다. 〈고사관수운(高士觀水韻)〉은 그렇게 하여 써지게 된 것이다.

高士觀水韻

검은 바위 속엔 선비의 고요가
선비의 가슴 속엔 바위의 고요가
번지어 가고 번지어 들어 와서
하나로 화하여서
있는 건 조화(調和)일 뿐
부드러움일 뿐
바위의 초목도

선비의 수염도 흐르는 물도
하나의 맑음일 뿐
수묵빛일 뿐

탈속(脫俗)과 고담(枯淡)의 경지/김홍도

조선조가 낳은 대표적 화가 둘만을 들라면, 대개 겸재(謙齋: 1676
~1759)와 단원(檀園: 1760~?)을 꼽으리라. 겸재는 주로 산수화에 주
력한 화가이나, 단원은 무소불능하다 할까, 재능을 다양하게 드러낸
화가이다.

그의 적지 않은 산수화 중에서도 제일 좋아하는 산수화 한 점을
뽑으라 한다면, 나는 이 〈소림명월도(疏林明月圖)〉를 들 것이다. 그
런데 수중엔 불행하게도 이 그림의 원색판이 없다. 겨우 옛날 신문에
났던 걸 오려 놓은 게 있을 따름이다. 그래서 지금 빛깔을 확인할
수 없는 게 유감이나, 원래 이 그림은 수묵에 가까운 담채색(淡彩色)
이 아니었던가 한다. '월야산수(月夜山水)'라는 별제(別題)가 말해 주
듯, 잎이 진 숲 사이로 떠오르는 초겨울 달밤 경치를 그린 작품이다.

숲이라 해야 겨우 너덧 그루 잎이 다 떨어진 나목(裸木)이 앙상한
잔가지를 초겨울 하늘에 펼치고 있다. 그래서 소림(疏林)이다. 그런
데 바로 화면 한가운데, 나목(裸木) 가지 사이로 둥근 보름달이 떠
있는 것이다. 만약 이 달이 없다고 하면, 이 그림은 계란의 노른자위
를 잃은 격이리라. 달이, 그것도 한가운데에 위치함으로써, 이 그림은
아연 생채(生彩)를 얻었을 뿐 아니라, 우주로 통하는 공간의 넓이를
지니게 되었다.

몇 그루 나목(裸木)과 아직 중천에 솟기엔 이른 신선한 보름달. 그
밖엔 전경(前景)도 후경(後景)도 없다. 나목의 가지엔 새 한 마리

안 보이고, 풀벌레 소리 또한 까마득하게 제철을 지났으니 들릴 턱이
없다. 다소 쓸쓸한 기분은 들지만, 오히려 볼수록 조촐하고도 훈훈한
정취를 깨닫게 된다. 이러한 정경은 사실상 우리가 아직도 더러 접할
수 있는, 전형적 한국 산수의 일면이다. 그런 의미에서 실경산수(實景
山水)의 하나라 할 것이다.

　얼핏 보면 너무도 단순하고 소박한 구도라, 범수(凡手)라도 능히
그릴 수 있을 것 같겠지만, 그렇지 않다. 원숙기에 접어든 대가의 솜
씨라야 비로소 그려낼 탈속과 고담의 경지인 것이다. 문득, 나는 그
그림 속으로 들어가 보고 싶은 유혹을 받는다. 신운(神韻)이 감도는
호젓한 오솔길을 무심히 거닐다가, 나는 달을 바라보기도 하고 달빛
에 젖은 시든 풀잎을 보기도 할 것이다. 물론 이때 나는 양복을 걸쳐
서는 안 되겠고, 흰 무명바지에 동저고릿바람이 제격일 것이다. 나는
말하자면 '고대의 무드'에 젖어야 할 테니까.

　졸시(拙詩) 〈소림명월운(疏林明月韻)〉에는 '무미(無味)를 맛보리
니'하는 표현이 나오는데, 그것은 노자(老子)의 다음과 같은 구절, '爲
無爲 事無事 味無味'에서 연유된 것이다.

　소림명월운(疏林明月韻)

　숲으로 갈까나
　잎 떨군 나목(裸木)의 숲으로 갈까나
　성긴 나뭇가지 사이
　어느새 둥두렷이
　달 떠오르는
　신운(神韻)이 감도는

숲으로 갈까나
홀로 어슬렁 숲으로 갈까나
흰 무명바지에 동저고릿바람으로
고대(古代)의 기분으로
오솔길의 맑은 고요를 누비다가
선구(禪句)나 생각다가
달빛 받아 숨 쉬는 바위 위에
푸른 이끼 위에
호젓이 앉으리니
무미(無味)를 맛보리니
숲으로 갈까나
잎 떨군 나목(裸木)의 숲으로 갈까나
달 떠오르는
신운(神韻)이 감도는

그림 안의 시, 시 안의 그림

내가 시를 붙인 네 명의 화가 중 두 명은 서양화가이고 두 명은
동양화가이다. 동·서의 그림이 각기 두드러진 특성을 발휘하고 있
다고 보는데, 여기서는 한 가지, 색채에 대해서만 잠시 비교하여 생각
해 보려 한다.

루소와 샤갈의 경우, 우선 그 강렬하고 아름다운 색채에 매료되지
않을 수 없다. 어디서 저런 미묘한 색깔의 조화가 나왔을까. 그들은
노상 색채를 통해 보고, 느끼고, 생각하고, 깨닫고, 상상하고, 칠하고,
표현하고 있는 게 아닐까. 그들은 색채의 마술사인 것이다. 색채의
비밀, 색채의 가능성을 철저하게 자기의 것으로 만들어 갖고 있다.

거기에 비해서 강희안(姜希顔)이나 김홍도(金弘道)의 경우는, 역

시 옛 동양의 화가답게, 전통적 산수화의 화법이나 화구(畵具)의 제약을 기꺼이 받고 있다. 여기서 '기꺼이'라 말한 뜻은 그 담채나 수묵을 가지고도 그들은 도무지 부자유를 안 느끼고 있기 때문이다. 유유자적하고 있기 때문이다. 그러니까 이것은 색채에 대한 그들의 불감증이라기보다 화관(畵觀)이나 화구의 제약에 따른 방법의 차이에 말미암은 필연의 귀결이라 보아야 할 것이다. 만약 이들이 당시에 이미 활발한 문화교류가 있어 서로 상대방의 세계를 알았다면, 어떤 변화가 야기되었을까.

어쨌거나 나는 이제 이 글의 마무리를 지어야 할 계제가 온 것 같다.

그림과 시는 어떻게 만나는가. 내가 취재한 네 명의 화가의 그림을 처음 보았을 때 공통되었던 건, 내가 첫눈에 반했다는 사실이다. 좋은 그림이란, 나에게 있어, 대개는 첫눈에 반하는 그림이다. 하지만 첫눈에 들어왔다고 해도 이내 싫증이 나버리는 그림은 별 볼 일 없는 그림인 것이다. 반면에 첫눈에는 잘 들어오지 않지만, 무엇인가 틀림없이 있다는 직감에서, 조금씩 보는 연습을 쌓아 가면 차츰 그 매력의 비밀을 드러내는 그림도 많은데, 역시 좋은 그림인 것이다.

좋은 그림은 볼 때마다 새로운 느낌을 준다. 볼 때마다 새로운 영감(靈感)을 솟게 하고, 새로운 매혹을 깨닫게 된다. 아무리 보아도 싫증이 안 난다. 무궁무진한 생명의 가락을 지녔기 때문일까. 사랑해도 사랑해도 물릴 줄 모르는 연인의 얼굴처럼 좋은 그림 안엔 꿈이 들어 있고, 사랑이 들어 있고, 가락이 들어 있다. 그것들을 하나로 아름다운 조화 속에 있게 하는 시의 정령(精靈)이 숨 쉬고 있다.

흔히 시 안에 그림이 있다는 말을 하지만, 마찬가지로 좋은 그림 안엔 시가 들어있다. 그림 안의 시와 그것을 보는 내 안의 시가 하나로 통할 때, 그때가 바로 내가 그 그림에 반하는 순간이다. 경우에 따라서는, 나는 그 그림 안의 시를 나의 독특한 언어의 시로 옮기고 싶은 강한 의욕을 품게 된다. 그렇게 되면, 나는 그 그림과 아주 열렬한 사랑에 빠진다. 그림의 포로가 된다는 말이다. 기회가 닿는 대로 보고 또 보고, 보고 또 본다. 내가 그처럼 그 그림에 물리지 않는 비밀을 캐어 보는 작업이 그런 대로 즐겁기까지 하다.

하지만 일단 시가 완성되면, 그것은 독립을 선언할밖에 없다. 시상(詩想)의 동기는 그림에서 얻었다 할지라도, 시는 별도로 활자화될 터인즉 그 스스로의 충족적(充足的) 자율성을 지녀야 하는 것이기 때문이다. 비록 지금 여기 〈계간미술(季刊美術)〉에선 서로 행복한 대면을 허락받고, 상부상조의 드문 조화를 누리고는 있지만.

(계간미술, 37호, 1986.)

나무가 있는 집

뜰에 나무가 있는 집에서 살았으면. 그런데 나무는커녕 풀 한 포기 없는 곳이 우리 집 뜰이다. 장독대가 뜰의 태반을 점유하고 있다. 그 밖의 여지라곤 사람이 다니는 통로에 불과하다. 까맣게 때가 끼고 닳은 땅이어서 도시 흙이라는 실감이 안 난다. 그래도 그 손바닥만한 땅을 온통 양회로 싸 바른 집보다는 낫다고 생각한다.

마당을 양회로 싸 바르다니. 그것은 확실히 악취미라 할 것이다. 그런 집에서 산다는 것은 양말을 벗지 않고 자는 일처럼 내게는 꺼림하다. 자연의 맛은 인공이 가해지지 않은 데 있다. 크리스마스 트리와 같이 장식이 가해진 나무도 그 무렵엔 아름다운 법이지만, 세상의 모든 나무를 그렇듯이 장식해 버린다면 어떻게 될 것인가? 생각만 해도 질식할 것 같다.

자연은 자연이요 인공은 인공이되, 서로 의지하여 하나로 통하는 조화를 성취해야 그 아름다움을 더하게 될 것이다. 저 허다한 명산대찰이나 비원과 같은 고궁의 실례를 들출 것까진 없다. 무료히 길 가다가 아담한 가옥에 잘 어울리는 정원수 몇 그루의 뜰이 있는 풍경만 보더라도 나는 흔히 가벼운 한숨을 짓곤 한다.

지난해 가을, 수유리에 거주하는 어떤 동료의 가정을 심방한 일이 있다. 가옥 자체는 평범한 유형에 속하는 것이어서 별다를 게 없었지만, 역시 부러운 건 그 집의 뜰이었다. 한 칠십 평쯤 된다고 하였다. 잡목이 몇 그루 서 있을 뿐, 온통 잔디가 깔려 있는 것이 더욱 시원하고 널찍해 보였다. 연못을 파고 그 옆엔 멋있는 헨리 무어풍의 조각이라도 하나 곁들이면 어떨까? 그것도 물론 나쁘지 않으리라. 그러나 굳이 그렇게 할 필요는 없을지 모르겠다. 그 집의 뜰에서는 언제나 보다 위대한 조물주의 압도적인 솜씨를 완상할 수 있으니 말이다. 바로 눈 들면 언제나 거기 백운대, 인수봉 등 북한산 연봉의 수려한 굴곡선이 선명하게 드러나 있음이여! 손을 뻗치면 만져질 듯도 싶다. 때마침 가을의 벽공을 등지고 더욱 강렬한 산봉의 정기는 금방, 보는 나의 가슴을 물들였다. 이 집안 사람들은 이렇듯 기막힌 상쾌함을 조석으로 누리다니! 만약 내가 이곳 수유리 뜰의 소유자라면 백만 달러와도 바꾸지 않으리라.

문 열면 푸른 산이 이마에 다가서는 행복은 아예 과분한 것으로 돌린다 하더라도, 뜰에 한 그루 나무라도 있었으면. 감나무, 대추나무 혹은 소나무나 포플러라도 좋다. 또는 목련이나 라일락 같은 꽃나무면 더욱 좋고.

나무가 있으면 결코 나무만을 누리는 게 아니다. 한 그루 나무엔 그 나무만이 갖는 하늘과 별과 바람과 시가 따르는 까닭이다. 실로 삼라만상이 협력하여 한 그루 나무를 있게 하는 것이다. 어찌 나무 뿐이랴만, 나무를 통해서 우리는 각각으로 변해 가는 온 우주의 생명의 맥박을 들을 수 있고, 그 비밀을 엿볼 수 있다. 햇빛에 반짝이는 잎들의 성성함, 혹은 아직 꽃 피기 전의 물오른 꽃봉오리, 살랑거리는 바람의 입김, 잎에서 잎으로 빗방울 듣는 소리… 그 어느 것인들 탐스럽지 아니하랴.

봄 여름 가을 없이, 겨울이면 겨울대로 잎 떨어진 나무의 섬세한 가지 사이 보이는 하늘의 찬 맛도 좋겠고, 눈이 와서 백설에 덮인 모양 또한 그지없는 가경일 것이다.

설사 온종일 방 안에 갇힌대도 창밖에 바라뵈는 나무가 있다면, 나는 능히 견딜 수 있으리라.

뜰에 나무가 있는 집에서 살았으면.

(학원, 1968. 5.)

너절한 이야기

수필과 나

문단에 나온 지도 어언 십여 년, 그동안 대체로 시만을 써왔고 발표해 왔다. 그런데 요즘엔 소설도 써볼 일이라는 생각이 가끔 치미는 때가 있다. 적어도 일 년에 한두 편쯤은 정혼을 기울여서 주옥의 단편을 만들어 보고 싶다. 내게도 어떤 변모의 가능성이 조금씩 싹트고 있는 것일까?

내가 주로 시만을 써온 것은 무슨 시가 문학 중의 문학이라는 따위, 그 우위성(優位性)의 신봉에서 그런 것은 아니었다. 시의 형식을 통하지 않고서는, 나는 내가 추구하는 미(美)와 진실을 달리 담을 길이 없었던 까닭이다.

산문에는 산문 특유의 사고의 치밀도와 문장 호흡이 따르게 마련인데, 나의 체질화된 시작(詩作)의 방법이, 갑자기 시 아닌 산문을 쓰려면 생리적으로 잘 조절이 안 된다. 그래서 산문 한 장을 쓰는데도 나는 여간 신경이 쓰이는 게 아니다. 대단한 고역이다. 시는 설사 고역이라도 보람을 느끼지만 산문은 쓰고 나서 보람을 느껴 본 경우가 거의 없다. 여기저기 엉뚱한 논리의 당착이나 비약이 보이고, 더구나 무잡(蕪雜)한 감정의 '에고'가 천하게 노출되어 있는 걸 보게 되면, 자신이 너절한 걸레 조각 같아 살맛이 없어진다. 그렇다고 수십 매의 산문을 일일이 시의 경우처럼 깎고 다듬고 할 시간적 여유는 없는 형편이니, 활자화되고 나서 번번이 뉘우치게 마련인 것이다. 그래서 산문은 가급적 기피해 온 것도 사실이다.

글을 쓴다는 일의 두려움. 그러나 어쩌면 지나친 자계(自戒)는 공연한 위축을 초래할 우려가 다분히 있다. 죽을까 봐 겁이 나서 아예 수영을 단념해 버리는 경우와 같이.

모험의 용기와 실패의 고배도 마실 줄 알아야 일의 성취를 바랄 수 있으리라. 문필업이 자신에게 주어진 사명일진대, 이왕이면 좀 더 폭넓은 여유와 자세를 지니어 봄직도 한 일이다. 소설이건 희곡이건 또는 수필이건 의욕만 솟는다면 모조리 손대어 보고도 싶다.

시는 이십 대에, 소설은 삼십 대에, 희곡은 사십 대에 쓰라는 말이 있다. 수필도 사십 고개를 넘어서야 제 격(格)을 갖추게 되는 게 아닐까? 말하자면 인생의 산전수전(山戰水戰)을 겪고 난 다음에야 생기는 여유, 자기 충족적인 생활의 운치가 있어야 될 터이다. 그림으로 치면 산수화의 유현미(幽玄味)요, 도자로 치면 백자의 멋이 수필의 맛이리라. 그로 치면 시와 소설의 어중간일 것이요, 정(情)과 지(知)와 기(氣)가 알맞게 어울려서 일언반구에 이르기까지 그 필자의 인품과 교양이 배어 있는 문체를 이룩해야 될 줄 안다.

요컨대 수필은 생활의 향기이다. 생활이 없는 사람, 마음의 여유가 없는 사람에겐 수필을 읽고 싶은 생각이 날 리 없다. 하물며 어떻게 쓸 수가 있으랴. 아무쪼록 애써 마음의 여유를 갖도록 할 일이다. 마음이야 스스로 다스릴밖엔 없는 것이니까. 그리고 생활이 부족할진대, 꿈을 키울 만한 조건을 조금씩이라도 구축해 갈 일이다.

생활이 있어야 수필이 나온다. 풍부한 지식, 세련된 감정, 기지와 유머, 독서와 여행, 아름다운 인간관계, 자연과의 교감, 취미의 깊이, 쾌적한 의식주(衣食住), 원숙한 인생관 등, 그런 것이 우리의 생활을 풍부하게 해 주는 것들이다.

그러나 그러한 조건이 구비된 사람이라 하더라도, 수필에 관심이 없고 보면 수필은 없는 것이나 같다. 그러므로 수필을 즐겨 읽거나 쓰려는 사람이면 우선 관심을 가져야 할 것이다. 나도 한때엔 김진섭, 이태준, 정지용, 이양하 등 제씨의 수필집을 꽤 열심히 읽은 적이 있다.

근래엔 별로 읽은 게 없지만, 그래도 어쩌다가 피천득 씨나 윤오영 씨의 수필을 대할 때엔 짜릿한 감명을 받곤 한다. 피천득 씨의 그 맑고 잔잔하기가 담수(淡水)와도 같은 유연한 서정성과 간결한 문체미(文體美)에 나는 한 심정적 수필이 이룩한 전형을 본다. 한편 윤오영 씨는 주로 그 한적(漢籍)과 국문학 고전의 섭렵에서 오는 해박한 지식에다 고결한 선비다운 기개와 멋이 혼연일치해서, 매우 격조 높은 수필의 신경지를 개척해 놓았다. 전자가 정(情)이라면 후자는 기(氣)다. 전자가 물이라면 후자는 산이다. 하여 두 분은 당대 수필의 쌍벽을 이루었다.

결국 수필은 인간미(人間味) 그대로다. 다른 어떠한 문학의 형식보다 그 인간의 기질과 품위와 교양이 그대로 가장 솔직하게 반영되는 것이 수필일 것이다. 그것이 수필의 매력이 아닐까? 우리는 수필에서 그 필자의 정감이나 사념을 더듬어 보기도 하려니와, 아울러 인간미를 맛보는 것이다.

나는 언제 나다운 수필을 쓰게 될 것인지? 그것은 아직도 많은 시간이 지나야 될 것 같다.

(국세, 1967. 9.)

한국인의 얼은 한국어다

1975년 미국 중서부에 있는 소도시, 아이오와에 체류하고 있었을 때다. 그곳 아이오와 대학교엔 한국인 교수가 칠팔 명 있었다. 그 중 한 분 댁에 초대를 받았다.

"한국에서 시인이 오셨으니, 잘 되었습니다. 평소에 제가 품고 있는 문제를 하나 제기해 보렵니다. 제게 이곳 고등학교에 진학한 아들이 있습니다. 초등학교나 중학교까지도 별 문제 없이 적응을 하더군요. 그런데 고등학교에 진학하면서부터 좀 사정이 달라졌어요. 이성(異性)에 눈뜰 때이기도 하니까요. 주변의 사람들 눈초리에서, 어쩔 수 없이, 한국인으로서의 의식을 강요당하는 모양이죠? 오오라, 나는 '한국인'이었지. 그렇다면 도대체 '한국'은 무엇이고 '한국인'은 무엇인가? 한국인은 미국인과 어떻게 다른 존재인가? 이런 문제의식이 싹트게 되었다는 이야기입니다. 미국은 워낙 여러 민족이 살고 있는, 말하자면 잡종의 나라 아닙니까. 그 중 자기는 황색 인종인 데다가 소수민족에 속한다는 사실을 의식하지 않을 수 없겠지요. 하루는 제게 이렇게 묻더군요. '아버지, 한국인의 얼, 한국인으로서의 긍지가 무엇인지 말씀해 주세요.' 저는 그때 속으로 적지 않은 충격을 받았지요. 글쎄올시다. 시인이 오셨다고 해서가 아니라, 영국인이라면 의당 셰익스피어를 들먹일 것이고, 독일인이라면 괴테를, 불란서인이라면 위고를 내세우지 않겠어요? 어디 문학뿐입니까? 다른 분야까지 들기로 한다면, 수도 없겠지요. 한국에도 이순신, 세종 대왕, 원효, 추사… 이렇게 들 만한 이름들은 있겠지만, 문제는 그분들이 아직은 세계적 공인을 거친 국제적 인물로 부상해 있지는 않다는 점입니다. 미국인 일반에게 세종 대왕 해 봤대야 알아주지 않거든요. 이 문제에 대해서 선생님은 어떻게 생각하십니까?"

우리는 진지한 의견을 나눈 끝에, 결국 '한국인의 얼은 한국어다'라는 결론에 도달했다. 여기 중국인, 일본인, 한국인이 있다고 하자. 서양 사람들이 이들을 외관상 식별하기는 대단히 곤란하다. 한국인을 중국인도 아니요, 일본인도 아니게 만드는 것은 다름아닌 한국어가 아닐 수 없다. 한국어를 모르는 한국인이란 말의 모순이다. 역시 이곳 어느 교수 댁에 놀러 갔을 때다. 거실 분위기는 너무도 흡족했다. 한국의 아름다운 수병풍이 쳐져 있고, 갖가지 귀여운 민속적 장식품들, 게다가 한쪽엔 고풍스런 우리의 가야금까지 놓여 있지 않은가. 그런데 아뿔싸, 그 집의 여주인은 한국말을 한 마디도 못하였다. 하와이 교포 2세지만, 어느 모로 보든지 얼굴은 전형적인 한국의 수수한 주부상이건만, 말은 유창한 영어로만 하였다. 미국인에겐 물론 자기의 남편이나 자녀들하고도…. 분명 그분은 한국인이면서도 진짜 한국인은 아닌 것 같은 느낌이 들었다. 실례의 말이지만, 한국인으로서의 얼은 빠져 있는 느낌인 것이다.

여기에 비해서 아주 대조적인 인상을 받았던 일이 떠오른다. 작년의 일이던가. 체코슬로바키아에서 활약중인 한국 출신 여류 화가, 이기순 여사가 34년 만에 고국을 방문했다. 함께 온 남편도, 장성한 아들도, 아들의 부인도 체코인이었다. 텔레비전에 나타난 그녀의 첫 모습은 일견 체코화돼 있다고 느껴졌다. 그런데 일단 그녀의 입에서

술술 흘러나온 '한국말'이라니! 먼 외국에서 수십 년 살아온 한국인이라고는 믿어지지 않을 만큼 순수하고 아름다운 한국말이었다. 비록 용모는 어쩔 수 없이 체코화되어 있었다고 하더라도, 그녀의 얼만은 쩡쩡 울리는, 순수 한국인의 그것으로서 살아있었음을 느낄 수 있었다.

거듭 말하지만, 한국인의 얼은 한국어인 것이다. 한국인으로서의 자기 동일성, 즉 뚜렷한 주체성을 어디에서나 확인시켜 주는 것은 한국어인 것이다. 외국에서 살고 있는 교포 2세에게 한국인으로서의 얼을 심어 주자면, 무엇보다도 한국어를 가르쳐 주는 일이 급선무일 것이다.

(현대문학, 1986. 8.)

언어의 정화를 위하여

해방이 된 지도 어언 사십 년을 헤아리게 되었다. 일정 삼십육 년의 암흑의 세월보다 더 많은 광복의 세월이 흘러간 것이다. 하지만 아직도 달갑지 않은 일제의 잔재가 남아 있다고 하면 그것은 무엇을 말해 주는 것일까. 그 중 여기서는 일상용어 면의 잔재 몇 가지를 예시하여 반성의 자료로 삼을까 한다.

생각건대 일본의 식민지 정책처럼 교활하고도 악독했던 것은 세계 식민사상 달리 없었다. 특히 1940년 전후해선 그 말기적 발악의 도가 절정에 달했으니, 겉으로는 빛 좋은 개살구 식의 내선일체(內鮮一體) 니 일시동인(一視同仁)을 내세우면서—일본과 조선은 한몸이다. 일본천황은 일본인과 조선인을 똑같이 본다는 뜻—그들은 악랄하게 조선인의 혼을 말살하기 시작했다. 조선어 신문 잡지의 폐간, 전대미문의 창씨개명(創氏改名) 강요, 모든 교육기관·관공서에서의 조선어 금지, 일어 상용 강행, 신사 참배 강권, 근로보국 동원, 강제 징용 징발… 일일이 다 헤아릴 수가 없다. 그리하여 필자를 포함해서, 당시 십 대의 소년들은 잠꼬대에서까지 일본말이 튀어나올 형편이었다.

세종 대왕이나 이순신의 이름은 알 턱이 없었지만, 메이지 텐노오 [明治天皇]니, 도요토미 히데요시[豊臣秀吉]의 이름을 모르는 학생은 없었다. 만약 끝내 민족 해방의 그날이 오지 않았더라면 어떻게 되었을까. 이러한 가상은 생각만이라도 끔찍한 죄를 짓는 것 같은 기분이 든다.

어쨌거나 우리는 거의 90% 일본인이 된 상태에서 8·15해방을 맞이한 것이었다. 광복 후 사십 년, 당시의 십 대가 이젠 어엿한 오십 대로서 이 나라 이 겨레의 지도적 위치를 차지하게 되었다.

어쩌면 한국인으로서의 민족적·역사적 자기 동일성을 회복하는 데에 그만한 세월은 꼭 필요했을 법하기도 하다. 그리하여 이제 절실히 되씹게 된 사실이 있다. 한국인의 얼은 한국어라는 것. 한국어 말살은 바로 한국 혼 말살이며, 따라서 그것은 한국 문화 및 민족 말살로 직결되고 만다는 것. 한국인한테서 영원히 한국 혼을 빼 버려야, 한국인은 일본인의 노예로 전락하게 될 것이 아닌가.

하마터면 그 가장 전형적인 최초의 희생물이 될 뻔했던 오늘의 오십 대가, 그 중에서도 지도급 인사들이 TV나 라디오 등의 공개 인터뷰 장면에서 또는 그 밖의 강의, 연설, 축사, 주례사 등을 뇌는 마당에서 무심코 태연히 일어의 찌꺼기를 토하고 있다면, 과연 어느 누가 그것을 기분 좋은 일이라 할 것인가. 그런데 문제는 듣는 이들까지 별 의식 없이 그 말을 듣고 있다는 사실이다. 그것이 다름아닌 "…마"라는 말인데, 예를 들어보자. "마, 오늘은 날씨도 춥고, 시간도 늦었으니, 마, 이 정도로 토론은 끝내고, 마, 다음 순서로 넘어가는 것이 안 좋겠습니까? 마…" 흔히 이런 식의 말을 할 때, "마"라는 말투는 별 뜻은 없지만, 일본말인 것이다. 한국인이라면 안 쓰는 것이 너무도 당연하다. 젊은 세대에게 오염이 되기 전에 하루 빨리 근절되었으면 좋겠다.

그리고 이것도 식자들이 흔히 쓰는 말투의 하나인데, "아무개의 업적을 높이 사지 않을 수 없습니다." 이 '높이 산다'는 말. 그것이 도대체 무슨 뜻인가? 낮게 산다는 말도 있는가? '다카쿠가우'라는 일본말이 있는데, '비싸게 산다'는 의미인 것이다. 그것을 잘못 직역한데서 생긴 넌센스가 '높이 산다'는 말의 경우이다. 원래 '다카쿠'라는 일본어에는 '높이[高]'라는 뜻과 '비싸게[高價]'라는 뜻의 두 가지가 있다. 하지만 우리말의 '높이'에는 '비싸게'라는 뜻이 전무한 것이다. 따라서 우리는 이렇게 시정하여야 한다. "아무개의 업적을 높이 평가하지 않을 수 없습니다."

언어의 도사인 시인들의 시 중에도 달갑지 않게 잘못 일본말이 쓰이고 있는 경우를 본다. 에컨대 '삐까번쩍'이라는 말. 이것은 일본말과 우리말의 합성어다. '모찌떡' 하는 것과 유사하다. '피카피카'라는 일본말 부사는 우리말의 '반짝반짝' 또는 '번쩍번쩍'이라는 뜻이다. '피카'가 '삐까'의 된소리로 바뀐 다음 '번쩍'과 결부했다. 굳이 그렇게 되어야 마땅한 까닭이 도무지 없는데 말이다.

십 대나 이십 대의 학생들마저 무의식간에, 그것이 일본말인 줄도 모르고 쓰고 있는 말이 있다. '앗사리'라는 말, 또는 "종일 극장 앞을 왔다리 갔다리 하다가 시간을 다 보냈지요." 아마 이런 예는 몇 가지 더 찾을 수 있으리라. '앗사리'라는 말의 우리말 상당어가 없는 것도 아닌데, 왜 어린 학생들이 그런 말을 쓰는지, 어디까지나 책임은 어른들에게 있다고 본다. '왔다리 갔다리 하다가'도 그렇다. 왜 '―리'라는 어미가 붙는가? '우왕좌왕하다가' 또는 그냥 '왔다갔다 하다가'하면 되는데. 분명 그것은 일본말 '잇다리 기다리'의 악영향인 것이다.

적어도 학생이나 교양인들이 말을 함부로 아무렇게나 지껄여선 곤란하다. 말은 우리의 얼이며, 빛이며, 생명인 까닭이다. 잘 가꾸어서 참되고 아름답고 풍성하게 키워가야 할 것이다.

(교육보험, 1985. 6. 20.)

한글과 한자(漢字)의 영원한 혼용(混用)을

작년 초 대만 대중시(台中市)에서 아시아 시인 회의가 열렸을 때, 그곳 시인 두 사람과 서울 시인 네 사람이 자리를 함께 한 적이 있었다. 〈온정삼년(溫情三年)〉이란 이름을 갖고 있는 아주 멋있는 찻집에서였다. 중국식 다구(茶具)와 차 마시는 방법을 그때 우리는 처음으로 알았다. 이야기가 기탄없이 오고가는 가운데, 나도 무엇인가 한 마디쯤 해야 할 형편에 이르렀다. 백추(白萩)라는 그곳 젊은 시인에게 나는 이런 말을 건넸다.

"대중(台中)에 와서 이삼 일 묵는 동안, 제일 감명 깊었던 일의 하나는, 거리의 즐비한 한자(漢字) 간판들을 보는 일이었습니다. 도안화(圖案化)된 한자는 드물었고, 필적의 생동감을 느낄 수 있어 좋았습니다. 더러는 명필(名筆)을 볼 수도 있었어요. 이방에 온 기분이 아니라, 형제지국에 온 느낌이 들더군요."

그러자 그 대만 시인은 나를 거듭 정시(正視)하더니, 이런 불만을 토로하는 것이었다.

"저는 그동안 서너 번 서울에 가 본 적이 있습니다. 그때마다 여간 불편하지 않았어요. 간판의 글씨가 다 한글로만 돼 있으니 말입니다. 한글 전용이 민족주의랄까 국수주의적 추세에 비추어서 불가피한 것인지는 모르겠습니다. 그러나 한글 옆엔 영문(英文) 표시라도 해 놓을 일이라고 생각합니다. 적어도 올림픽을 개최할 만한 세계적 도시라면, 국제성을 고려해야 하지 않겠습니까?"

그의 말은 충분히 납득되고도 남음이 있었다. 나는 그래서 이렇게 답변했다.

"맞는 말씀예요, 한글 전용이란 졸속한 결정이 얼마나 끔찍한 후환(後患)을 낳았는지, 아직은 미처 진단이 잘 안 되고 있는 실정입니다만, 일부 식자들은 진작부터 깊은 우려를 표명해 왔습니다. 아마 앞으로 조만간 사태가 시정될 날이 오리라 믿습니다."

한·중·일 삼국은 자고로 한자문화권(漢字文化圈)에 속해 왔다. 삼국의 문화는 제각기 강한 독자성을 지니고 있으면서 또한 상호침투적 연관 관계에 있다고 보는데, 그 매체가 한자(漢字)인 것이다. 삼국의 식자들은 한자(漢字) 하나로 모든 게 통했다. 의사소통에서 문화적 교류에 이르기까지, 그러나 한자(漢字)의 읽는 방식은 저마다 다르게 진전되었으며, 같은 한자(漢字)라도 한어화(韓語化)한 한자는 한국의 문자로, 일어화(日語化)한 한자는 일본의 문자로 보아야 마땅하다. 마치 같은 로마 문자라도 영어화한 문자는 영국의 문자가, 불어화한 문자는 불란서의 문자가 된 것이나 같다. 그런데 일찍이 영국인이나 불란서인이 로마 문자는 자국의 것이 아니니 되돌려 보내고 새롭게 자국의 고유한 문자를 발명해 쓰자는 운동을 일으키고 있다는 말, 들어본 적이 없다. 아마 그런 생각을 하는 자가 있다면, 머리가 돈 사람으로나 취급받게 될 것이다. 마찬가지로 한국인이 한자는 우리 것이 아니니까 폐지하기로 했다고 하면, 말도 안 되는 바보짓이라고 비웃음 받기 십상일 줄 안다.

한·중·일 삼국은 지금까지 그래 왔듯 앞으로도 긴밀한 유대를 지니리라. 아니 그 유대는 더욱 강화될 추세에 있다. 그런 판국에 유독 한국만이 한자 폐지를 감행한다는 건, 시대에 역행하는 문화적 쇄국주의라 할 것이요, 국제적 고아 신세를 자초하는 꼴밖엔 안 되리라.

서울은 조선왕조 오백 년의 수도지만, 건물로서 남아 있는 것이라곤 남대문, 동대문과 몇 개의 고궁을 헤아릴 정도다. 그나마 남았으니, 얼마나 다행인가. 서울역 쪽에서 남대문을 바라보면, 우선 그 육중하고도 잘 균형 잡힌, 장려한 건축미에 반하게 된다. 과연 저만하면 국보 1호로 삼을 만하다는 생각이 든다. 다음으로 내가 빼놓지 않고 살피게 되는 것이, 남대문의 원명인 숭례문(崇禮門) 석 자다. 다른 문의 편액(扁額)은 글씨가 가로로 쓰여 있는 것이 상례인데, 이것만은 세로로 쓰여 있는 것도 시선을 끌지만, 그보다도 그 필적—양녕대군이 썼다고 함—의 아름다움, 거기에, 순간, 번쩍 정신이 드는 것 같은 기운(氣韻)을 깨닫는다. 남대문뿐 아니라 동대문을 지날 때도, 또 덕수궁, 창경궁, 창덕궁 등 고궁 앞을 지날 때도 내가 부지중 살피게 되는 것이 정문에 걸려 있는 편액의 필적이다. 대한문(大漢門), 돈화문(敦化門), 홍화문(弘化門), 흥인지문(興仁之門), 모두 명필이라는 생각을 하게 된다. 한자의 매력을 새삼 확인하게 된다고 해도 좋다. 만약 한글 전용이라고 해서 그러한 편액의 필적까지 한글로 바꾼다면 어떻게 될 것인가? 조상을 욕보이고 자신의 얼굴에 먹칠을 하는 야만의 짓이라고 규탄을 받으리라.

그런데 물론 사정은 다르지만, 그와 유사한 경우가 발생했다. 하나는 파고다 공원의 정문으로 새로 건축한 문의 편액이 '삼일문'으로 쓰여 있음이요, 다른 하나는 '광화문'의 경우이다. 둘 다 공교롭게 고 박정희 대통령의 필적인데, 여기서는 특히 후자의 경우를 언급해 보려 한다.

광화문은 본래 경복궁 정문이다. 그걸 일제(日帝)가 심술 사납게도 몽땅 헐어 내고 그 자리, 즉 경복궁 앞에다 여봐란듯이 조선총독부 (朝鮮總督府) 건물을 세웠다. 영원히 이 땅에 일본의 지배권을 뿌리 박겠다는 듯이. 그 건물 형태도 일본 일자(日字)란 걸 간과하지 말 일이다. 그것이 해방 후엔 중앙청으로 둔갑하였다가, 오늘날엔 다시 박물관으로 탈바꿈한 것이다. 어쨌거나 이 나라 대통령들이 그 건물을 좋아했을 리는 없다. 그래서 박정희 대통령 시절, 그 건물 앞에다 광화문을 복원하고, 편액을 새로 단다는 것이, 아뿔싸, 한글로 '광화문' 해 버렸다. 나는 그 '광화문' 필적을 볼 때마다 기분이 언짢다. 그렇지 않아도 일제(日帝)의 아성(牙城)이던, 침략의 복마전(伏魔殿)인 구 총독부 건물의 건재로 착잡한 심사인데 설상가상 격의 울적을 겪지 않을 수 없다. '광화문'의 필적은 다시 본래의 '光化門'으로 바꿔야 할 것이다. 생각해 보라. 빛이 화해서 된 문이라니! 세상에 그처럼 멋지고 황홀하고 뜻있는 말이 어디에 있겠는가. 하지만 한글로는 유감스럽게도 그러한 뜻이 드러날 수가 없다. 지금 이 나라는 단군 이래 미증유의 국력 신장기를 겪고 있다. 선진국 대열에 들어설 날도 머지 않은 이때, '세계의 빛은 이미 한국의 수도인 서울, 광화문(光化門)에서 뿜고 있었구나!' 하는 걸 우리 내국인뿐 아니라 외국인들까지 실감할 수 있도록, '광화문'의 필적은 다시 '光化門'으로 환원돼야 할 것이다.

백두산(白頭山), 묘향산(妙香山), 금강산(金剛山), 설악산(雪嶽山), 도봉산(道峰山), 태백산(太白山)과 같은 산 이름이나 법주사(法住寺), 해인사(海印寺), 화엄사(華嚴寺), 불국사(佛國寺), 월정사(月精寺), 선운사(禪雲寺)와 같은 절 이름은 또 얼마나 멋있는가. 명동(明洞), 압구정동(鴨鷗亭洞), 안암동(安岩洞), 삼선동(三仙洞), 명륜동(明倫

洞) 등의 이름도 그러하다. 그러나 그것들이 한글로 표기되면, 뜻은 달아나고 소리만 남게 된다. 아무래도 좀 답답하다는 느낌이 든다. 익숙해지면 전혀 신경을 안 쓰게 되겠지만, 그러나 이때 사람의 두뇌는 어떻게 되는 걸까? 우리의 의식(意識)은 분명히 한 차원 낮아진다고 해도 과언이 아니리라. '방학동'이란 동명을 접했을 때, 나는 갈피를 못 잡았다. 여름방학의 방학(放學)일 리도 없고… 궁리 끝에 짐작은 갔었지만, '방학동(放鶴洞)'이란 뜻임을 확인하자 미소가 떠올랐다. 학을 놓아 주는 동리의 주민들은, 그러면 어김없이 신선(神仙)들이겠구먼.

일전에 어느 전시장에 갔었는데, 그림의 제목이 그냥 〈정〉이라고만 표시되어 있었다. 正, 淨, 靜, 情, 이 중의 어느 하나일 터이지만, 왜 이런 답답한 일을 저지를까? 한글 전용으론 동음이의어(同音異義語)의 분간이 어려운 게 이만저만 심각한 문제가 아니다. 가령 '신기'할 때, 그것은 다음 어느 것이 맞겠는가? 新奇, 神技, 神器, 神機.

우리가 흔히 쓰는 한자성구(漢字成句)로 아주 기막힌 표현이 많은데, 그걸 그냥 한글로만 표기하면 어떻게 되겠는가? 혼(魂)은 빼 버리고 껍질만 남기는 꼴이 아닐까? 예컨대 기상천외(奇想天外), 신출귀몰(神出鬼沒), 천의무봉(天衣無縫), 산자수명(山紫水明), 지성감천(至誠感天), 전광석화(電光石火)… 이런 표현들을 한번 음미해 볼 일이다. 한자(漢字)는 표의문자(表意文字)인 만큼, 글자 하나하나에 세계가 들어 있다. 사물의 구조(構造)와 혼(魂)이 들어 있다. '소(笑)'에는 웃는 얼굴이 들어 있고, '수(水)'에는 흐르는 물이 들어 있다. '시(詩)'란 언어(言語)의 사원(寺院)임을 알 수 있다.

다음엔 괄호 안에 한자(漢字)를 넣어 이해를 돕는 일, 거기에 대해서 생각해 보자.

현행하는 모든 사전류, 국어사전이건 백과사전이건 또는 그 밖의 각종 학술사전을 펴 볼 때, 괄호 안의 한자(漢字)를 모조리 빼 버린다면 어떠한 혼란이 야기되겠는가? 한글만으로도 내용을 능히 파악할 수 있노라고 장담할 사람은 아무도 없으리라.

그렇다면 다음의 가공할 사실들이 분명하게 드러나지 않겠는가?

1)한자(漢字) 없이는 사전의 편찬이 불가능하다.

2)사전 없이는 학문 연구가 불가능하다.

3)한자(漢字)를 모르는 한글 세대(世代)는 사전을 펴 봐도 수박 겉 핥기에 그치게 된다. 그들에게는 괄호 안의 한자(漢字)가 전혀 도움이 안 되기 때문이다.

한글 세대(世代)의 실상에 대해서 우리는 깊이 반성하고, 책임을 통감해야 되리라 본다. 그들은 딱하게도 부모의 성함, 본관, 본적, 현주소는 물론 자기의 이름조차 한글로밖엔 표기를 못한다. 족보도 그들에겐 무용지물(無用之物)이다. 즉 우리의 역사적, 전통적 문화와는 단절이다. 대학을 졸업한 지식인이라면서, 신문에 나오는 제한된 한자나마 해독을 못 한다. 머리가 이만저만 퇴화(退化)해 있지 않다. 한글만으로는 의미의 파악력이 약화되기 때문이다. 의미를 파악하는 정확도도 흐려지고, 속도도 느려진다. 연상(聯想), 추리(推理), 비교(比較), 분석(分析), 상상력(想像力)에서 많은 제한을 받게 됨으로써 사고의 기능이 단순화되고 둔화될밖에 없다. 설사 머리가 기민하게 움직인다 하더라도, 그것은 매우 제한된 범위 내의, 그것도 반복된 훈련에 의한 결과에 불과하다. 그들과 대화를 나누어 보면 사고의 방식이 직선적이며 단순해서, 흑백논리적(黑白論理的)이란 것을 알게 된다. 한마디로 지나치게 경직되어 있다. 게다가 정서도 메말라 있어, 매사에 격렬성(激烈性) —나는 군이 급진적(急進的)이라는 말은 안 쓰겠다—을 띠게 마련이다.

근본적으로 중고등학교 때의 교육이 잘못된 탓임에 틀림없다. 특히 한글 전용이 잘못이다. 초등학교 때부터 한자(漢字)를 가르치자. 중고등학교를 나올 때까지 최소한 천오백 자에서 이천 자는 가르치자. 한글과 한자(漢字)는 둘 다 우리의 문자인 것이다. 한글만이 우리의 것이라 우기는 어리석음, 그 소아병적(小兒病的)이고 근시안적(近視眼的)인 치졸(稚拙)함을 청산하자.

한자(漢字)는 세계 최고의 표의문자(表意文字), 한글은 세계 최고의 표음문자(表音文字), 그 두 문자를 자유롭게 혼용하면서 상호 보완적 상승작용으로 우리의 글은 천상천하(天上天下) 무비(無比)의 훌륭한 글로 대접을 받으리라. 길이 세계에 광명을 뿜으리라.

끝으로 한마디, 한글 세대(世代)에게. 지금이라도 늦은 건 아니니, 한자(漢字)를 배우라. 사람은 배울수록, 머리는 쓸수록, 깊어지고 좋아진다. 안 그러면 어떻게 이웃 나라 중국, 일본의 젊은이들과 어깨를 맞대면서 지적(知的)인 경쟁을 감당할 수 있겠는가?

한글과 한자(漢字)의 영원한 혼용으로 길이 이 땅에 세계에 관절하는 문화(文化)를 꽃피우자. 우리의 후손에게 후환(後患)이 없도록 이제 우리는 민족적 영단을 내려야 한다.

(해인, 1989. 11.)

살아 봐야 아는 인생의 길목에서

 '인간칠십고래희(人間七十古來稀)'라는 말이 요즘은 통용이 안 된다. 칠십, 팔십을 넘기고도 노익장을 과시하는 인간이 많이 늘었기 때문이다. 그러나 결국 죽게 마련인 게 인간인 것이다.

 아무리 의학이 발달한다 하더라도 인간이 생사의 굴레를 마음대로 조정할 수 있는 날이 오리라고는 여겨지지 않는다. 설사 죽지 않게 된다고 하더라도 청춘의 삶을 지니지 않는 한, 누가 노쇠의 연장을 구가하랴. 식물인간의 영생(永生)보다는 차라리 연부역강(年富力强)할 때의 꽃다운 죽음을 원하는 이의 심정도 알 만하다.

 하긴 남녀노소 누구를 막론하고 청춘을 마다하는 사람은 없다. 인간에게 왜 청춘은 그렇듯이 매혹적인 것일까? 아마도 그것은 무엇보다도 청춘의 아름다움 때문일 것이다. 한 폭의 명화나 자연의 풍치에는 더러 둔감한 사람이 있지만, 인간이 지닌 미에는 누구나 깊은 관심과 열망을 갖는다. 예부터 사람들은 늙지 않으려고 얼마나 많이 몸부림쳐 왔던가. 그런 의미에서 도교(道敎) 사상은 오늘날에도 여전히 뿌리 깊이 잔존해 있다고 보아야 할 것이다. 중년기 이후의 현대 남성에겐 소위 '정력제'가, 그리고 여성에겐 '성형수술'이나 '화장품' 따위가 지대한 관심사의 하나로 되어 있음이 사실이다.

 청춘의 연장을 갈망하는 나머지 늙어서까지 갖은 약물 치료를 통해 얼굴에 주름살이 하나도 없는 여인을 우연히 본 적이 있다. 건강한 혈색과는 거리가 멀었고, 자세히 살펴보니 얼굴이 부어 있었다. 눈에는 잔주름이 생길까봐 크게 웃지도 못하는 모양이 측은하기도 했다. 더구나 목덜미의 주름살만은 나이를 속일 방도가 없었던지 일견 역연해서 정말 실색하지 않을 수 없었다. 늙는다는 일을 그렇게까지 두려워해야 할 이유가 있을까?

인생 팔십을 잠시 사계절에 비유해 보자. 이십까진 봄으로, 사십까진 여름으로, 육십까진 가을로, 팔십까진 겨울로 간주할 수 있으리라. 사계절은 저마다 다른 계절과는 바꾸어질 수 없는 독특한 특징들을 지니고 있다. 그리고 그것들은 필히 겪어 봐야 비로소 알 수 있는 진미(珍味)인 것이다.

사십까지의 봄과 여름은 좋았다 치자. 그렇다고 그 뒤에 오리라 예견되는 가을과 겨울은 조락과 삭막의 내리막길이니까 싫다고 하는 생각은 어리석고 시건방진 단견이다. 계절은 겪어 봐야 진미를 알듯이, 인생도 살아 봐야 비로소 알 수 있는 것이기 때문이다. "아무리 걸출한 천재라 하더라도 요절한 자에게는 머리가 숙여지지 않는다. 그것은 설익은 과일과 같아서 제철에 무르익어 떨어지는 과일과는 비교가 안 된다."는 어느 작가의 말이 생각난다. 그렇다, 우리는 긴 호흡으로 인생의 변화를 성실히 수용해서 두루 맛보아야 무르익어 떨어지는 선종(善終)의 축복을 누리게 될 것이다.

인생은 사십부터라는 말이 있다. 사십 이후의 얼굴에 대해서는 바로 본인이 책임질 수밖에 없는 것이라는 말과 함께 매우 뜻깊은 시사를 던져준다. 이것은 다름 아닌 사십이 인생의 크나큰 전환점이라는 뜻이겠다. 나는 언젠가 다음과 같은 일행시를 쓴 적이 있다.

마흔 살이란 탄생의 요람과 죽음의 관(棺)이 더불어 뵈는 나이

이렇게 보면 사십이 인생의 피크인 것이다. 사십까지는 오르막길이라 볼 수 있다. 십 대의 동경과 불안과 기대… 거기에 이어지는 이십 대의 고뇌와 방황을 거쳐, 삼십 대에 조금씩 다져진 입장이 차츰 풍진세파 속에서도 겨우 확고해지는가 싶은 때가 사십 고개이다.

거기까지 얼마나 파란만장의 힘겹고 숨찬 역경이었던가. 뒤를 돌아볼 겨를도 없이, 그저 앞으로, 앞으로만 내달아 온 역정이었음에 틀림이 없다. 하지만 정상에 도달하자마자 이젠 내리막길이란 것을— 죽을 날이 멀지 않았다는 의미에서—실감하게 될 줄은 몰랐다.

지금까지 그렇게도 더디 가던 시간이 그야말로 쏜살처럼 가는 걸 알겠다. 그래도 다소나마 마음의 여유가 생기게 된 건 인생의 산전수전을 그런 대로 겪을 만큼은 겪어낸 탓이리라. 자기 나름대로의 인생관 확립과 가치의 판단으로, 이젠 남은 반생을 좀 더 알뜰히 뜻깊게 가꾸어야겠다는 결심을 다지는 때도 사십인 것이다. 그러한 의미에서 사십은 확실히 가장 중요한 인생의 전환기다. 앞으로의 새로운 삶을 선고하는 제2의 탄생이라 볼 수도 있다. 그 삶은 철두철미 스스로의 의지와 자각에 의해 설계되고 추진될 터이므로 더욱 보람찬 것으로 될 것이다.

인생의 후반인 가을과 겨울을 조락과 삭막의 계절로만 보아서는 곤란하다. 오히려 풍요로운 결실과 안식의 선종(善終)을 위한 예지의 시기로 보아야 할 것이다. 내리막길이라는 어감이 안 좋다면 인생의 수확기, 정리기라고 부르는 게 좋으리라.

여기 한 노인의 얼굴이 있다. 머리털은 세었으나 곱게 늙은 품위 있는 얼굴에는 한 가닥 무구한 미소가 떠도는 듯, 온화한 인품을 말해

준다. 노인답지 않게 음성은 거의 마르지 않고 있어 윤기가 있다. 그의 눈빛은 깊이 사리에 통달한 사람만이 갖고 있는 맑음과 총기로 차 있는 것이다. 몸은 비록 늙었지만 그의 정신은 여전히 투철해서 조금도 늙었다는 생각이 안 든다.

늘 끊임없이 공부하는 사람, 심신을 닦는 사람, 그리하여 나날이 새로운 삶을 누리고 있는 사람은 이렇듯이 늙어도 늙지 않는 것인지도 모르겠다. 그는 언젠가 자신의 생애를 다음과 같이 피력한 적이 있다.

吾十有五而志于學 三十而立 四十而不惑
五十而知天命 六十而耳順 七十而從心所欲不踰矩

그의 이름은 공자(孔子)이다. 공자는 그야말로 대기만성형의 성자임을 알 수 있다.

거듭 말하지만 인생은 살아 봐야 아는 것이므로 이왕이면 오래오래 사는 쪽이 바람직한 것이다. 그런데 공자는 칠십의 나이로 족했을지 모르지만, 우리 같은 천골에겐 어쩌면 무한의 시간이 드는 게 아닐까 모르겠다.

그렇다고 지상에서 영원히 살고 싶은 생각은 없다. 무르익은 과일은 저절로 떨어지듯, 내가 무르익어 저절로 떨어지지 않을 수 없게 되는 그 순간까지만 살고 싶을 따름.

(월간조선, 1981. 12.)

한국의 가을

올 여름은 유난히 무더웠다. 하늘과 땅이 더불어 지글지글 염열(炎熱)을 뿜는 데다 바람 한 점 없는 날엔 가만히 있어도 진땀이 흘렀다.

그런데 다행히 나의 거처에선 북한산이 멀지 않아 걸어서 십 분이면 숲속에 닿는다. 녹음에서 쉴 수 있다. 녹음의 정취는 매미 울음이다. 골수에까지 와닿는 시원함이 더위를 잊게 한다. 참으로 이 매미 울음이 없다고 하면 녹음의 맛은 반감하고 말 것이다. 가을의 정취는 귀뚜라미 울음으로 돋구어지듯, 여름엔 매미 울음이 있기에 더욱 여름다운 멋과 시정(詩情)을 풍기는 게 아닐까.

그 매미 울음이 어느덧 들어가고, 고추잠자리가 나타나면 가을이다. 한국의 가을이다. 조석으로는 기온이 내려가서 잠들기 쉬워진다. 그리하여 사람들은 어느 날 문득 가을을 깨닫는다. 하늘은 높푸르고 공기가 맑아 있다. 볕은 따갑지만 후덥지근한 맛이라곤 없어서 견딜 만하다. 어디선가 솔솔 미풍이 불어온다. 보니 그 미풍을 타고 가볍게 허공을 스치는 것이 있다. 고추잠자리들.

유년시절을 시골에서 보낸 이는 이런 때 필시 고향의 전원을 떠올리게 될 줄 안다. 무르익은 오곡백과—도시인들은 그것들을 말하자면 함께 모아놓은 추석 차례상에서나 보게 될 터이지만, 시골 사람들은 그렇지 않다. 그것들을 하나하나 원래 있게 마련인 자리에서 보게 되는 것이다. 들판의 황금 벼이삭을 필두로, 밤은 밤나무에, 감은 감나무에, 대추는 대추나무에 열려 있는 모습을 볼 수 있다는 것, 그리고 울타리엔 늙은 호박이 덩그렁 남아 있는 모습을 볼 수 있다는 것은 여간 흥겨운 일이 아니다. 바지랑대로 익은 감을 따고, 가시에 찔려가며 밤송이를 까는 재미, 더구나 그것들을 튼튼한 이빨과 정결한 혀로 맛보는 재미야 말해 무엇하랴.

가을을 흔히 천고마비(天高馬肥)의 계절이라 한다. 하지만 어찌 살찌는 것이 말뿐이겠는가. 우선 인심이 살찌게 마련이다. 먹을 것이 풍성하고 보고 듣는 주변의 모든 것이 알차고 아름답고 신나는 것들이라, 마음은 자연 넉넉해지고 후해질 수밖에 없다. 뿐만 아니라 무엇인가에 대해 감사하고 축복하고 싶은 생각이 들게 된다. 올해도 무사히 한 해의 풍요한 수확을 가져다 준 천지신명과 조상의 은혜에 감사하고 이웃과 더불어 이 아름다운 금수강산에 사는 보람을 나누고 싶어진다.

그런 의미에서 이 땅의 추석은 역시 으뜸가는 명절이라 할 것이다. 밤, 사과, 배, 대추, 감 따위의 탐스런 과일에다 햇곡식 밥에, 떡에, 온갖 산해진미가 깃든 반찬을 차려놓고, 가족이 조상께 정성껏 차례를 올리는 모습, 또는 성묘하는 광경을 바라볼 때, 누가 그것을 인간 본연의 미풍양속이라 아니할 수 있으리오.

오늘은 추석이라
일 년에 단 한 번 이 묘지가 꽃밭이 되는 날

이것은 나의 시 〈마아리 묘지〉의 한 구절이지만, 미상불 추석의 묘지는 볼 만하다. 특히 공동묘지의 경우, 묘지 전체가 울긋불긋한

하나의 꽃밭으로 화하기 때문이다. 서로 조응(照應)하는, 생자와 사자가 둘이 아님을 깨닫는 자리, 그리하여 참으로 의미심장한 축제의 장이 열리기 때문이다. 나는 그것을 〈마아리 묘지〉의 마지막 연에 이렇게 노래했다.

거울 속처럼 화안히 열린
청자 하늘 아래 함빡 피어난 크나큰 꽃이어라.
아, 온갖 눈물의 보석들로 엮어진 이곳,
환희의 바다, 이 인생의 종착역에서
오늘 생자는 사자를 서러워하는 게 아니라
서로 조응하는 죽음과 목숨이, 기실은
하나의 것임을 깨닫고 도연해지는
축제의 날, 승천의 날이로다.

미각의 계절, 가을엔 여러 가지 맛있는 음식을 맛볼 수 있어 좋다. 토란국이라든가, 쇠고기 사이사이 송이가 끼어든 산적은 특히 별미라 할 것이다. 나는 떡도 좋아하는 성미인데, 이 땅의 가을을 대표할 만한 떡을 하나 들자면 송편이 될 줄 안다. 송편처럼 모양과 맛이 귀엽고 담박하고 향기롭기까지 한 떡이 있을까. 아낙네들이 정성껏 빚어 만든 모양도 예쁜 데다 팥, 밤, 콩 따위 송편 속에 들어가는 것에 따라 맛에 다소 차이가 생기는 것도 재미있는 일이다. 하지만 무엇보다 송편의 송편다운 매력은 바로 그것이 여느 떡과는 달리 솔잎과 더불어 쪄낸 떡이란 데에 있다고 본다. 송편에 솔잎 자국이 없거나 향기로운 솔잎 냄새가 안 난다면, 송편은 제 구실을 다한다고 볼 수 없다.

가을은 또한 색채의 향연을 만끽할 수 있는 계절이라 할 것이다. 논에는 벼이삭의 황금빛이 볼 만하고, 마당엔 널려 있는 고추의 새빨간 빛깔이 눈부시다. 벽공을 등지고 가지가 찢어지게 주절이 열린 주황색 감들이나, 홍옥빛 대추들은 햇빛을 받고 윤이 치일칠 흐르고 있다. 닭의 볏과도 같은 빨간 맨드라미, 마지막 열정인 양 타오르면서도 어딘지 속절없는 붉은 칸나꽃, 노란 해바라기, 그런가 하면 산뜻한 패랭이와 청초한 들국화, 애련한 코스모스, 인생의 황혼을 연상케 하는 갈대나 억새꽃들, 또한 저 짙어가는 단풍으로 나날이 달라지는 산색의 아름다움, 만산홍록(滿山紅綠)이니 산자수명(山紫水明)이란 말의 뜻을 새삼 곰곰이 음미해 볼 일이다.

한국의 가을, 그 이모저모를 구석구석 드러내어 찬미하자면 좀 더 많은 지면을 요하리라. 뿐더러 그것이 웬만한 능력으론 그리 쉽게 되는 일도 아니다. 아마도 그러한 찬미의 능력은 쓰는 이의 심신 또한 얼마나 투철히 맑고 겸허하고 넓고 깊게 무르익어 있느냐에 비례할 것이다.

(제일생명보험, 1988. 가을.)

북한산과 더불어

    지난해 오월부터 나는 이곳 쌍문동 서향집에서 살게 되었다. 여름의 뙤약볕을 어떻게 견뎌낼 것인가 하고 처음엔 망설였지만, 전망이 너무 좋아 살기로 작정했다. 응접실과 서재가 서향이 되는데 벽이라곤 거의 없고, 천정에서 바닥까지 온통 투명한 유리창인 것이다. 그 거대한 유리창 너머로 북한산 산세가 일목요연하게 한눈에 들어온다. 열두 폭 병풍처럼 펼쳐져 있다.

    성긴 빗방울
    파초 잎에 후두기는 저녁 어스름
    창 열고 푸른 산과
    마조 앉아라

    이것은 지훈(芝薰)의 절창, 〈파초우(芭蕉雨)〉의 한 연(聯)이다. 예전에 이 구절을 읽었을 때에 받았던 감명에는 일종의 절망적인 선망조차 없지 않았었다. 나는 언제 이런 창을 갖겠는가? 그런데 나는 이제 마음만 내키면, 서나 앉으나 눕거나 거닐거나 산을 대할 수 있게 된 것이다. 그것도 어디 보통 야산인가. 속칭 정일품(正一品) 산이라는 북한산인 것이다.

북한산도 보는 위치에 따라 천차만별이나, 나의 거처에서 보이는 그것은 백운대를 중심으로 좌우에 만경대와 인수봉을 거느린 삼 형제의 모습이다. 바위산만이 갖는 험준함이, 장중함과 수려함을 함께 하여 산 중의 산인 양 웅혼한 모습을 과시하고 있다. 세 개의 걸출한 개성을 지닌 암봉이 서로 조화를 이루어서 완벽한 왕좌를 견지하고 있다. 우편 산세를 더듬어 나가면 이윽고 오봉과 또 하나 다른 명산, 도봉으로 이어지고, 좌편 산세는 길고 완만하게 뻗어 나가다가 보현·문수의 양봉에 이른다. 그 아래 평지가 구기동이요 평창동이며 명륜동, 성북동, 정릉이다. 경복궁, 창덕궁, 창경궁 등의 궁궐이 다 북한산 산세 끝에 세워진 것임을 알 수 있다. 무학 대사의 선견지명에 의해 오백 년 사직은 그 궁궐이나마 남았다 할 것이다.

　이곳으로 이사 와서 새로이 생긴 버릇의 하나지만, 그저 멍하니 넋을 잃고 산을 바라보는 시간이 많아졌다. 볼 때마다 새롭게 보이고 싫증이 안 난다. 산색이란 것이 시시각각으로 변하는 것임을 새삼스럽게 실감하게 되었다. 날씨에 따라, 빛과 그늘의 희롱에 따라, 또는 풍우상설에 따라 산색은 민감한 반응을 나타낸다. 비가 올 때 좋지 않겠느냐는 사람이 많은데, 구름이 자욱하고 비가 몹시 쏟아질 때엔 산이 온통 보이지 않게 된다. 그러다가 서서히 개기 시작할 때, 산이 여기저기 그 초록의 능선을 드러내고 골마다 안개가 뭉게뭉게 일게 되면 미상불 멋있는 산수화 한 폭이 아닐 수 없다. 만산홍록의 가을 산이 좋은 거야 말해 무엇하랴. 하긴 아직 사계절의 순환을 두루 겪은 것은 아니어서 어느 철, 어떤 날씨, 어떤 경우의 산이 제일 멋있다고 단언할 수는 없다. 사실 북한산의 진미를 알자면 일 년은 너무도 부족한 시간이다. 적어도 십 년쯤은 두루 안팎으로 살피고, 맛보고, 넘나들며, 산의 정기를 숨 쉬어야 되는 게 아닐까.

그동안 겨우 한 번의 백운대 등반, 그리고 십여 번의 능선 타기 산행, 산행이라기보다 그것은 차라리 산책인 셈이지만, 그 정도로 북한산을 아는 체한다는 것은 부끄러운 일이리라. 그래서 나는 두고두고 산과 서서히 깊은 우애를 나누어 보려 한다. 그런 의미에서 눈앞에 의연한 북한산은 나의 미래, 무궁무진한 보고의 하나라고 생각하고 있다. 북한산을 볼 때마다 나는 다시 젊어져야 하며, 의욕적으로 살아야 하고, 아니 시시각각으로 새로워질 수 있게 부단히 공부해야 된다고 다짐한다.

지금 보니 북한산은 아주 희한한 광경을 이루었다. 아침의 금빛 햇살을 함빡 받고 백설에 살짝 덮인 백운대, 인수봉, 만경대 삼 형제가 그 은빛 위용을 과시하고 있다. 봄이 멀지 않았음을 암시하듯, 물기를 머금은 청자색 아름다운 하늘을 배경 삼고.

(한국문학, 1987. 3.)

제 3 부

評 說

극기와 집중의 구도자적 시학

崔 東 鎬
(문학평론가)

1.

박희진의 『꿈꾸는 빛바다』는 그의 초기 시집 『室內樂』(1960)에서 30편, 『靑銅時代』에서 52편, 『微笑하는 沈默』(1970)에서 20편, 『빛과 어둠의 사이』(1976)에서 26편을 정선한 시선집이다. 그러므로 이 시집은 최근 『詩人아 너는 先知者가 되라』(1985)에 이르기까지 열 권의 시집을 간행한 박희진의 시에 있어서 20대 중반에서 40대 중반까지의 초기의 시적 탐구와 그 성과가 집약된 선집이라 할 수 있을 것이다.

그러나 특이한 것은 이 시집을 읽으면 읽을수록 필자에게 가중되어 온 중량감이다. 이 중량감은 박희진이 시에 바친 헌신적인 자기 집중에서 비롯되는 것인 바 趙芝薰이 『실내악』의 서문에서 지적한 것이 바로 이 중량감이 아닌가 한다.

박희진의 詩를 읽으면 그의 詩心의 바탕과 공부의 열력(閱歷)과 앞날의 지향(志向)을 이내 알 수 있다. 우리 詩의 올바른 전통(傳統)

을 계승(繼承)하여 그 자세(姿勢)는 안정되었고 外來語의 진수(眞髓)를 체득하여 그 촉수(觸手)는 날카로운 바 있으니 그 융합(融合)의 지점에 새로운 서정(抒情)의 기치(旗幟)를 꽂고 야심(野心)이 자못 발발(勃勃)하다.

조지훈이 지적한 이 발발한 야심이 그의 시에서 읽을 수 있는 어떤 중량감으로 필자에게 다가온 것이리라.

그러나 더욱 인상적인 것은 자료 수집을 위해 수유리의 그를 방문했다가 만난, 그의 거실 벽에 붙은 실물 크기의 초상화였다. 유화로 그려진 이 초상화에서 필자가 받은 느낌은 퓨리탄이 가지는 금욕적인 모습의 섬뜩함이었다. 어금니까지 꽉 다문 입이 그런 강인함을 풍기게 하였는지는 모르지만, 꿈꾸는 듯한 눈빛과 단단한 의지가 돋보이는 이 초상화에서 박희진 시의 한 개성이 풍겨 나오고 있었음은 기묘한 일이 아닐 수 없었다.

그리하여 이 시집에 수록된 그의 시 세계를 한마디로 요약하여 「극기와 집중의 구도자적 시학」이라 부를 수 있으리란 생각이 들었다. 극기란 청교도적 금욕주의의 강인함을 뜻하며, 집중이란 극기를 바탕으로 한 시에의 열중일 터이며, 그의 시가 나아갈 길이란 구도자적 자기 세계를 추구하는 시적 일관성일 것이다.

2.

박희진의 시 세계를 극기와 집중의 구도자적 시학이라 했을 때, 우리에게 제기되는 문제는 다음 두 가지이다. 첫째로 그는 누구인가 하는 것이며, 둘째가 그의 시는 무엇을 지향하는가 하는 문제일 것이다.

시인으로서 그는 누구인가.

　배경은 없었다. 빛도 아니요 어둠도 아닌
　박명의 그늘 속에서 그는 우두커니 앉아 있었다.
　처음 난 그를 눈뜬 소경이 아닌가 했었는데
　먹빛 눈동자는 분명 움직이고 있는 것이었다.

　재조가 속으로 엉겨 있는 사나이, 거미가 은실을
　뽑아 내듯이 그는 핏속에 깃들어 있던 말을 캐내어
　황홀한 얘기를 짜내는 것이다. 거의 그것들을
　단숨에 써낸다. 그런 때 그는 신들린 사람이다.

　그는 대체로 말이 적었다. 술에 취해도
　몇 마디 아니면 그저 씽긋 웃는 게 버릇이다. 변화란
　그의 엿보지 못할 내부에서만 일어난다는 듯이.

　우리는 서로 이방인일까. 허지만 단 한 번
　뜻밖에 그가 내게로 꺽이우듯 쓰러져 왔던
　사실을 기억한다. 그가 과음으로 정신을 잃었을 때.
　　　　　　　　　　　　　　　─「조용한 사나이」 전문

　이 작품은 잘 다듬어진 시는 아니다. 그러나 시인으로서 박희진의
자화상을 찾아볼 수 있는 단서를 제공해 준다. 작중의 나와 그는 한
개체의 두 분신이다. 나 속에 있는 그는 누구일까. 그는 내부를 엿보
기 어려운 사람이다. 말이 적다. 재조가 속으로 엉겨 있다. 그러나
시를 쓸 때는 신들린 사람이다. 나와 그는 이방인인가. 아니다. 나는

그이고, 그는 나이다. 핏속에 깃들어 있던 말을 캐내어 짜내는 황홀한 애기가 그의 시이다. 바로 시에 신들린 사람, 그가 시인으로서 박희진이다.

그러나 역설적인 것은 그가 시에 신들리면 신들릴수록 그는 시에 절망하게 된다. 그의 추천완료작 「觀世音像에게」를 읽어보면 완미한 시에 대한 열망과 미에 대한 절망이 복합되어 있음을 알 수 있다.

당신 앞에선 말을 잃습니다
美란 사람을 絶望케 하는 것
이제 마음 놓고 죽어가는 사람처럼
절로 쉬어지는 한숨이 있을 따름입니다

觀世音菩薩
당신의 모습을 저만치 보노라면
어느 명공의 솜씨인고 하는 건 통
떠오르지 않습니다

다만 어리석게 허나 간절히 바라게 되는 것은
저도 그처럼 당신을 기리는 단 한 편의
完美한 詩를 쓰고 싶은 것입니다 구구절절이
당신의 지극히 높으신 덕과 고요와 평화와
美가 어리어서 한 궁필의 무게를 지니도록
그리하여 저의 하찮은 이름 석 자를 붙이기엔
너무도 아득하게 영묘한 詩를
                    — 「觀世音像에게」·Ⅱ 전문

이 시에서 우리는 박희진 시의 지향점을 알 수 있다. 덕과 고요와 평화와 미가 함께 어우러진 관음상과 같은 세계에 대한 간절한 열망이 그의 시적 이상이라 할 수 있겠는데, 역설적인 것은 그의 이 열망이 간절해지면 간절해질수록 그는 절망에 빠지게 된다는 사실이다. 「美란 사람을 절망케 하는 것」이라고 단정적으로 말한 그가 말을 잃는다는 것과 完美한 시를 쓰려고 한다는 것은 얼마나 모순된 것인가.

그러나 그의 극기는 여기서 비롯된다. 극기란 이 절망과의 싸움이며 또한 자기 자신과의 싸움이기 때문이다. 이 상극적인 갈등이 그의 첫 시집 『室內樂』을 강력하게 지배하고 있을 뿐 아니라 이 갈등과 극기의 변증법적 지양은 그의 시의 핵심적인 주제일 것이다. 『室內樂』에 수록된 「彌阿里墓地」, 「墓地」, 「骨과 香水」 등은 음울한 빛을 뿜어내는 죽음으로 가득 차 있는데, 이는 관능적이며 악마적인 세계의 탐구일 뿐만 아니라 그 탐욕적 세계의 극복이란 명제를 시사하는 것이라 하겠다. 특이한 것은 그의 시에 드러나는 관능적 세계가 무덤과 해골과 뼈로 드러난다는 점인데, 이는 50년대 그가 체험했던 6.25동란의 처절한 기억이 발발한 청년의 관능에 부딪힌 결과 섬광처럼 일어나는 시적 형상화가 아닌가 한다. 참으로 살고 싶다는 생각과 참으로 죽고 싶다는 생각이 그에게는 하나로 존재하고, 여기서 뿜어내는 에너지가 그의 시적 열망으로 변용된다는 것은 그의 시를 해명하는 흥미로운 단서가 될 것이다.

美란 사람을 절망케 한다
詩도 마찬가지
때로는 정말 죽고 싶다는 생각이 있기에

나는 참고 살아온 것일까
　　　　　　　　　　　　— 「哀歌」 제1연

　그는 생이 갈수록 모순에 빠지는데 어떻게 사는가는 묻지 말자고
한다. 그가 말하는 골수에 맺힌 오뇌란 시와 미에 대한 절망일 터이
며, 이 절망이 그로 하여금 삶을 갈수록 가혹한 모순에 직면하게 하는
것일 터이다. 그렇다면 그의 절망과 모순의 근본 이유는 무엇인가.
그것은 인간이 운명적으로 거느려야 하는 죽음일 것이다.

　　그 가슴에 죽음을 지녔기에
　　오 아름다운 슬기의 인간이여
　　그대는 미소하는 침묵으로 대답할 따름
　　　　　　　　　　　　— 「哀歌」 제4연

　가슴에 죽음을 지녔기에 아름답고 슬기로운 인간이라면, 그 인간
의 아름다움과 슬기로움은 모순적인 것일 수밖에 없다. 누가 영원히
살기를 원하리요, 아니 영원히 살기를 원한다 하더라도 그럴 수 없는
인간이기에 아름답고 슬기로워야 한다는 것은 얼마나 인간적인 고뇌
일 것인가. 박희진이 지닌 시와 미에 대한 절망도 사실은 이와 같은
지극히 인간적인 고뇌로부터 출발하는 것임에 틀림없다. 그의 고뇌
가 비롯되는 지점에서 본다면 관념적인 어투로 토로되는 그의 시적
진술의 대부분이 지극히 인간적인 휴머니즘에 기초되어 있다고 말하
지 않을 수 없다.

　　오늘은 왜 이리 기분이 좋은가

이　햇빛과
　바람에　설레이는　푸른　그늘과
　나무통만　있으면
　나는　행복한　디오게네스
　　　　　　　— 「디오게네스의　노래」제1~5행

　햇빛과　그늘과　나무통만　있으면　행복한　디오게네스는　모든　세속적
인　욕망을　버린　구도자의　상징적인　모습이다.　시기와　욕심에　사로잡
힌　사람들이　대낮에　등불을　켜고　헤매는　그를　미쳤다고　욕하지만　그
는　행복하다.　그는　욕심에　사로잡힌　인간이　아니라　진정한　인간을
찾아서　헤매고　있기　때문이다.　박희진의　인간주의는　이　행복한　디오
게네스에서　약여하게　확인된다.
　그러나　디오게네스적인　행복에　잠기기보다는　그는　더　깊은　절망에
빠지고,　절망에　빠지면　빠질수록　더욱　열정적으로　시의　세계로　나아
가고자　한　것은『室內樂』의　세계일　것이다. 「잠을　기리는　노래」에서
‘슬기의　꿈을　베풀기도　하는　너. 잠이여,　오라.’고　한　것은　살의　목마름을
부드러이　풀어주는　잠에　기댐으로써　시적　탐구의　긴장에서　이완의　시간을
갖는다.　제2시집『靑銅時代』는『室內樂』의　내적　세계의　어둠에서　벗
어나　한층　밝은　세계로의　전진을　담고　있다.

　그것은　살아있는　오월의　지도
　내　소생한　손바닥　위에　놓인.
　신생의　길잡이,　완벽한　규범,
　순수무구한　녹색의　불길이죠.
　삶이란　본래　이러한　것이라고.
　병이란　삶　안에서　쌓이고　쌓인　독이　터지는　것,

다시는 독이 깃들지 못하게
나의 살은 타는 불길이어야 하고
나의 피는 끊임없이 새로운 희열의 노래가 되어야죠.
　　　　　　　　—「恢復期」 제2연

　시와 미에 절망하고 삶을 부정하는 단계까지 나아가려 했던 부정적 인식이 건강한 삶으로 치유되는 뒤바뀜을 노래한 시가 위의 「恢復期」이다. 시에 대한 탐닉과 관능에 대한 병적인 거부가 일방적으로 치달린 결과 「잠을 기다리는 노래」에 빠져들었던 그가 삶을 긍정하는 밝고 건강한 세계로 되돌아옴을 위의 시는 노래하고 있다. 그것은 '사는 기쁨에서 절로 살이 소리치는' 생의 향연과도 같은 세계일 것이다.

　이젠 정말 행복한 시만을 쓸 일이다
　눈보다 희고 빛나는 시를. 읊는 이마다
　피가 맑아지고 어금니에 향기가 일게 되는.
　　　　　　　　—「새해의 十四行詩」 제4연

　어둡고 깊은 내면 세계에의 응시보다는 빛나고 밝은 세계를 바라보며 즐겁고 행복한 시를 쓰겠다는 그의 결의는 『室內樂』과 『靑銅時代』의 차이점을 드러내 준다. 물론 「HENRI ROUSSEAU」나 「品」과 「RHAPSODY」와 같은 시에는 아직도 짙은 관능이나 해골의 심상이 드러나지만, 타골, 릴케, 윤동주 그리고 공자와 안회, 장자, 대수선인 등이 등장하면서 그의 시적 탐구는 더욱 더 실존하였던 인간에의 탐구로 향하게 된다. 그리하여 「STILL LIFE」에 이르면 '말은 무력하다, 시를 포기하라.'고 속삭이는 병, 연적, 항아리, 필통, 관음상, 염주 등의 사물을 새롭게 인식한다.

'너희들은 참으로/ 그 하나하나가 고요한 中心이다.'라는 시적 인식은 사물의 존재에 대한 새로운 눈뜸을 의미하며, 내면에서 소용돌이치는 추상적 세계에의 응시보다는 실존하는 인간과 사물에 대한 관심으로 그의 시적 시각이 변모하게 된다.

시집 『微笑하는 沈默』에 이르면 이와 같은 인간주의적 시 세계는 더욱 구체화 된다.

> 그분의 용모엔 무량의 고요가 깃들어 있다
> 백발은 성성해도 영아의 무구함이
> 주름살은 그대로 늘 입가에 미소로 감돌고
> 그분이 소리내어 웃는 일은 없다
>
> 그분의 말씀은 침묵의 향기라
> 듣는 이들은 온몸 온마음으로
> 꿀벌이 알몸을 꽃 속에 비벼대듯
> 그분의 말씀에 어느덧 도취한다
> — 「方 안드레아 神父」·Ⅰ 제1~2연

미소하는 침묵을 지닌 方 안드레아 신부에게서 박희진은 이상적인 인간을 발견한다. 영원한 핵심 속에 살며, 나날이 새로워져 더는 죽을 것이 없어진 성자적 인간 方 안드레아 신부에서 그는 믿음 없는 시대에 사는 한 인간의 드높은 경지를 확인하는 것이다. 그것은 『室內樂』에서 노래한 「觀世音像에게」와 「哀歌」에서부터 그가 추구하고 동경하던 한 인간의 모습이었던 것이다. 여기서 우리는 박희진의 시가 추구하는 것이 무엇인가에 대한 의문을 떠올릴 수 있다. 미에 대한 절망과 더불어 언어에 대한 절망을 처절히 체험한 그의 시가 나아갈 길이란 구도자적 인간상의 추구였던 것이며, 이 구도자적 인간상의 추구에서 시적인 것과 인간적인 것의 추구가 사물에서 인간으로 향하게 된다고 할 것이다. 박희진에게 있어서 내면의 탐구가 추상적이며 절망적인 것이라면, 외적 실재에 대한 탐구는 구체적이며 긍정적인 것이라고 판단된다. 물론 이 양자의 방식은 선택적인 것은 아니다. 오히려 그가 외적 실재를 통해 내면의 깊이를 탐구한다는 점에서 본다면 그것은 접근 방법의 차이일 뿐이다. 이는 20대의 열정과 30대의 지혜로움의 차이이기도 하다.

　그는 이 시기에「方 안드레아 神父」만이 아니라「曉峯大宗師頌」이란 장시를 쓰게 되며, 안익태, 한동일, 김영욱은 물론 구빈스타인, 피아티골스키, 니카놀자바레타 등의 음악가들과 조지훈, 이호근과 같은 은사에 대한 시들을 쓰게 되는데, 이는 인간 긍정의 시들이며 그 시 속에서 삶의 긍정적 의의를 발견하기도 한다.

　「海律」에서 노래하고 있는 바대로 '무량의 고요를 풍기는 율동이/ 예술의 極點임을/ 꿈과 사랑의 본질임을' 깨달은 그는「東海의 詩帖」에서는 빛으로 충만된 꿈꾸는 빛바다를 노래하게 된다.

　　솔밭 위에는 하늘을 나는 바다
　　해변의 묘지 속엔 영혼의 불길바다
　　밤의 바다 위엔 靑紅의 꽃잎바다
　　시인의 가슴속엔 꿈꾸는 빛바다
　　　　　　　　　　　　　　　　　　—「東海의 詩帖」· 7전문

꿈꾸는 빛의 바다가 시인의 가슴속에 출렁거릴 때, 그의 시는 삶의 아름다움과 부드러움으로 가득 차게 된다. 그가 方 안드레아 신부에게서 또는 효봉대종사에게서 발견한 성자적 삶의 인식 속에서 그는 삶을 새롭게 긍정하게 된 것이다.

박희진의 시가 추구하는 인간주의는 제4시집 『빛과 어둠의 사이』에 이르면 더욱 보편화된다. 「金선생님과 뜰」과 같은 시를 읽을 때 우리는 박희진의 시가 종교적 구도자만이 아니라, 우리가 일상에서 만날 수 있는 인간과 함께 하고 있음을 알게 된다.

> 서울에서도
> 아아 화곡동
> 金선생님 뜰에는
> 안식이 있다.
> 하늘로 날아갈 듯
> 두 날개 펴고 있는 香나무가 있다.
> ―「金선생님 뜰」 제1~ 6행

金선생님의 뜰에는 명상이 있고, 삶과 죽음이 하나로 피어난 꽃이 있고, 마음에서 돌로, 돌에서 풀잎으로 통하는 길이 있다. 이 모든 것과 함께 있으므로 金선생님의 얼굴에는 주름이 안 생긴다. 명상과 침묵이 있는 곳에서 말은 부끄러운 것이 되리라. 이 평범한 값의 인식이야말로 첫 시집 『室內樂』 이후 그가 추구하던 시적 인식의 귀결점일 것이다. 시란 무엇이며, 미란 무엇인가, 또한 언어란 무엇인가. 그는 金선생님의 뜰에서 명상과 침묵 그리고 안식을 깨닫는다.

아마도 박희진이 「金선생님 뜰」을 쓸 즈음에 이르면 천상적인 것과 지상적인 것의 조화도 그 나름으로 인지하였으리라 생각된다. 아

름다움이 그를 절망케 하고 시가 그를 절망케 하였어도, 끝내 그가
도달한 지점은 추하고 더러운 것과 고상하고 신성한 것을 하나로 만
드는 교차점이 아닌가 한다.

> 지상의 소나무는 하늘로 뻗어가고
> 하늘의 소나무는 지상으로 뻗어와서
> 서로 얼싸안고 하나를 이루는 곳
> 그윽한 향기 인다 신묘한 소리 난다.
> ― 「地上의 소나무는…」 제1연

　지상의 소나무와 하늘의 소나무가 서로 얼싸안고 하나를 이루는
곳에서 그윽한 향기가 나고 신묘한 소리가 난다. 그 합치점이 예술의
극점이며 꿈과 사랑의 본질임을 그는 자각하게 된 것이며, 「東海의
詩帖」에서 읽을 수 있었던 바, 시인의 가슴속에서 꿈꾸는 빛바다가
출렁거리는 지점인 것이다. 이와 같은 시적 인식은 「彌阿里墓地」와
같은 짙은 죽음의 세계로부터 천상과 지상의 결합을 통해 삶을 긍정
하게 되는 20여 년간 그가 사물에서 인간으로 향하는 내적인 자기연
소를 고통스럽게 치러야 했던 시적 도정의 결과였다고 할 것이다.

3.

　박희진의 인간주의적 시적 탐구가 이와 같은 긍정적 세계에 도달
하기 위해서 그는 치열한 자신과의 싸움을 치러야 했다. 우리는 그것
을 장시 「빛과 어둠의 사이」에서 역력히 확인해 볼 수 있다. 1973년
에 발표된 480여행의 장시 「빛과 어둠의 사이」는 박희진이 당시까

지 이룩한 시적 성과의 압권이다. 이미 1965년에 670행의 장시 「混沌 과 創造」가 지닌 시적 성과를 훨씬 능가하는 장시를 썼다는 점에서 「빛과 어둠의 사이」는 주목의 대상이 된다. 무두 16개의 연작시의 내용을 간략히 요약하면 다음과 같다.

1. 시대의 어둠과 삶에의 절망
2. 사랑의 언어와 불멸의 희망
3. 창세 이전의 혼돈과 타락한 세계
4. 생명의 근원인 빛과 진리의 언어인 시
5. 끓어오른 탐욕과 허영의 도시
6. 영혼을 일깨워 주는 그분의 말씀
7. 번뇌의 수렁을 헤매는 나
8. 진정한 자아의 실현
9. 타오르는 갈애의 흐느낌
10. 영혼의 목마름과 새로운 태어남
11. 대낮의 어둠과 영혼의 고갈
12. 정진과 발심의 용기
13. 취약한 마음과 진구렁의 오뇌
14. 도적놈의 마음을 쳐부숴라
15. 핏속에서 깨어나는 영혼
16. 눈물이여 법열의 구슬이여

위와 같은 시적 전개를 살펴보면, 우리는 위의 시가 어둠과 빛의 교직으로 짜여진 정신의 교향악과 같은 장시임을 알게 된다. 1-3-5-7-9-11-13까지는 어둠을, 2-4-6-8-10-12-14는 빛을 노래하 며, 15에 이르러서는 핏속에서 깨어날 줄 모르던 영혼이 홀연히 무명의 비늘이 떨어지고 영혼의 불을 밝히는 전환을 이루며, 16에서는 빛과 어둠으로 결정된 한 방울의 이슬에 대한 찬미와 더불어 480행의 장시는 대단원을 이룬다.

> 눈물이여, 눈물이여, 은총의 이슬이여
> 법열의 구슬이여, 신비의 극치여
>
> 너야말로 육체와
> 영혼의 합일을 증명하는 명백한 존재
> —「빛과 어둠의 사이」·16 제1~2연

영혼과 육체, 삶과 죽음, 내면과 외면의 변증법적 승화가 어둠에서 빛으로 나아가는 시적 성취를 우리는 이 시에서 확인할 수 있다. 이 변증법적 승화란 극기적 자기 성취로서, 미에 절망하고 시에 절망하고 언어에 절망하던 그가 이전의 모든 인간적 고뇌를 시적 언어로 표현한 것이라 알 것이다. 그것은 눈물이며 은총이고 동시에 법열이며 신비일 것이다. 필자가 박희진의 시에서 느낀 중량감이란 바로 이처럼 어둠에서 빛으로 나아가려는 온갖 인간적 열정을 통어하여 시에 투신한 결과 그의 시가 갖는 무게일 것이다. 거기에는 경박함보다는 둔중함이, 기민함보다는 일관성이, 감각보다는 정신이, 재빠른 자기변신보다는 억센 자기고집이 함께 하여 그의 절망과 고뇌를 극복케 하였으리라 믿는다.

장시「빛과 어둠의 사이」이후, 아마도 그는 자신의 시와 자신의 철학에 자긍심을 갖게 되는 듯하다. 이 자긍심은 모국어에 대한 믿음과 예찬으로 시화된다.

자랑스럽구나
너를 가진 기쁨이여
너 한국어, 구원의 믿음이여
티 하나 묻지 못할
金剛의 언어여!

너 한국어, 무한한 가능성
풍요하고도 휘황한 미래여!
— 「한국어를 기리는 노래」·5제4~5연

　　모국어를 가진 기쁨, 그 모국어에서 구원의 믿음을 찾고 풍요하고
휘황한 미래를 노래할 수 있는 시인은 행복하다. 이 행복을 언어에
절망하던 그의 참담한 시적 고행에 비추어 보라. 모국어를 金剛의
언어라 찬탄할 때 그의 시도 금강의 언어로 쓰여질 것이다. 물론 그의
이 행복은 영원한 것이 아니다. 아마도 그는 또다시 절망할 것이고,
혁신을 통해 끊임없이 새롭게 태어날 때 생명력을 갖게 될 것이다.
　　그러나 분명한 것은 장시 「빛과 어둠의 사이」에 이르러 박희진은
확고한 자기 세계를 구축하였으며, 그 문학적 성과에서 볼 때 「빛과
어둠의 사이」는 한국 현대시의 형이상시의 중요한 성과의 하나로 받
아들여져야 된다는 사실이다. 그것은 이 장시를 쓰기까지 20여 년
동안 고통스러운 방황과 절망 속에서도 극기와 집중의 구도자적 일
관성으로 시에 헌신해 온 그에게 마땅히 되돌려져야 할 찬사일 것이
다.
　　이 소론을 마무리하면서 필자는 그의 첫 시집 『室內樂』에 수록된

「序曲」의 일절을 인용하고자 한다.

　저의 생명이 익어서 찰 때까지
　저의 피는 아직도 맑지 않습니다
　아 황홀히 맑은 그리움에
　　　　　　　　—「序曲」제3연

　이렇게 허한 마음으로 무릎 꿇고 있는 그에게서 우리는 그의 시가 나아갈 새로운 지평을 본다. 맑은 피와 황홀한 그리움으로 그의 생명이 익어갈 때, 그의 시는 「빛과 어둠의 사이」를 넘어서는 더욱 성숙한 시로 나아갈 것이라 생각되기 때문이다.

(문학예술, 1991. 9.)

詩心과 恒心

成 贊 慶
(시인·성대교수)

I.

금이 간 두개골에 달빛이 스민
미친 사람도 잠이 들면야 어둠에 싸인
핼쑥한 박꽃처럼 보이기도 하나니. 무간지옥에나
떨어질 도적도 저 참호 속 주검을 파먹는
두더지 병사들도 눈이 감기면야 잠든 얼굴에
죄는 없어라. 어느 造化의 손길이었더뇨.
이 가련한 눈도 귀도 없는 흙덩이 안에
그 태초의 숨결을 불어넣으신 것은.

II.

千里眼도 자기의 잠든 얼굴은 못 보나니.
잠든 얼굴의 신묘함은 때로 죽음을 생각게
하누나. 진정 사람들은 때로 얼마나 잠들 듯이
죽기를 원하였더뇨. 그 본연의 흙덩이로
돌아가도록 점지받았기에 참고 살아가는

어진 목숨에게 잠이란 즐거운 죽음의 연습이리,
밤마다 주어지는. 이슬을 털고 꽃잎이 벌어지듯
새벽이면 열리는 그 무구한 눈망울을 위하여.

III.

그 무엇이 탐스런 것이뇨. 그것을 위해선
침식을 잊고 목숨조차 돌보지 않는. 그래도
지구는 돌고 있다는 엄연한 참이뇨. 義를
위해선 독배도 사양 않는 지극한 착함이뇨,
아름다움이뇨, 그 기막힘에 눈물을 솟게 하는.
허지만 사람은 오직 순수한 지속만으론 살 수가
없나니. 높은 산정에 올라간 사람은 내려오게
마련이라. 마음은 간절하되 육신이 약함이여.

IV.

핏발진 눈을 부릅뜨고도 조는 초병에겐
총탄의 위협도 잠의 유혹을 물리치긴 어렵거늘.
가장 무서운 고문은 그러므로 잠을 못 자게
앉도 서도 못 하는 틀 속에 사람을 가두어 두는 것,
어느 지독한 목숨이 이런 고통을 견뎌 내랴.
잠을 못 자면 미치거나 죽겠기에. 피곤한 사람에겐
잠이 약이어라. 진정 마음 놓고 곯아떨어진
사람을 보면 절로 부러운 느낌도 이나니.

V.

오라 잠이여, 목숨의 자양이여. 한껏 부드러이
씨거운 살의 목마름을 풀어 주곤 어둠과 함께

사라지는 감로수. 너를 마셔야 피가 잘 돌아
슬픈 인연들이 얼싸안은 팔다리엔 진한 모란의
향기가 흐르고. 아기들은 자라나니 너의 품속에서,
밤에 자라나는 식물들처럼. 또 새우등의 늙은이에겐
백발을 하나 더 늘게도 하나, 미래를 점치는
슬기의 꿈을 베풀기도 하는 너. 잠이여, 오라.
　　　　　　　　　　—박희진, 「잠을 기리는 노래」 전문

　朴喜璡 詩人과 나와는 평소에 서로 呼兄을 하기도 하고 또는 이름을 부르기도 하지만, 어느 경우이건 간에 마음속에 깊이 경애하는 감정을 품고서 그렇게 하고 있다. 허나 이 자리는 사석과는 다를 것이므로 역사적인 사실을 다루는 경우처럼 朴 詩人의 이름 다음에 경칭을 붙이는 일은 생략하기로 한다.

　내가 여기에 뽑아 본 희진의 「잠을 기리는 노래」는 내가 평소에 마음 속 가장 깊은 곳에 품고 있는 시로서, 희진의 첫 시집 『室內樂』의 맨 끝에 놓여 있으며, 이 시를 쓴 시기는 1958년 9월 15일로 돼 있다. 그러므로 희진의 시작 초기에 속한다고 볼 수 있겠으나, 희진은 상당히 조숙한 시인이며, 일찌감치 시의 문체(文體)를 확립해서 일가(一家)를 이루었으며, 한편 최근에 와서도 희진의 젊은 시절 이래로 지녀 온 시적 정열이 도무지 가시지 않고 있다는 점으로 볼 때에, 희진의 시가 약 40년을 헤아리는 희진의 긴 시적 편력의 어느 시기에 속하는가 하는 것에 특별한 뜻이 있는 것은 아니라고 여겨진다. 그렇기는 하지만 이 시에는 역시 희진의 그 청순한 '시적 원형질' 같은 것이 맑게 드러나 있다.

　이 시를 보고 우선 느끼는 것은 그 차분하고 똑고른 호흡(리듬)의

일관성이다. 매우 균제돼 있고 세련되어 있는 문체다. 들떠 있는 데라
곤 없으면서도 깊은 비극적 정서를 짙게 또한 맑고도 미묘하게 결정
(結晶)시키고 있다. 어디까지나 이를테면 '정공법(正攻法)'에 의한 창
작(創作)이다. 요즈음 뭣인가 신기한 궁리를 하지 않으면 시로서 약
하다고 생각하는 경향이 퍼지고 있는 것이 아닌가 싶다. 그런 생각을
가진 사람에게는 이러한 정통적인 시가 눈에 잘 띄지 않을는지 모르
겠다. 그러나 그러한 착각에서는 빨리 벗어나야 할 것이다. 오히려
'신기(新奇)함'만을 노리는 경향이 퍼지면 퍼질수록 이러한 시가 그
'고전성(古典性)'으로서 더욱 뚜렷한 척도가 되며, 오히려 힘과 무게
를 발휘하게 될 것이다. 읽어보면 볼수록 깊은 뜻이 드러나며, 음미하
면 음미할수록 아름다움이 배어나오는 그 점이 시가 갖는 '고전성(古
典性)'일 것이다.

　이 시는 보는 바와 같이 모두 5절로 돼 있으며, 각 절은 각각 8행으
로 돼 있는, 엄밀한 균제에 의한 일종의 정형시(定型詩)라 할 수 있다.
여기서 또 생각나는 일이 정형시는 소위 닫혀있는 시이고, 그렇지
않은 시는 열려있는 시라는 천박한 고정관념이다.(이것 역시 요사이
유행이다) 열려 있어야 한다는 것은 시인의 마음을 열어 놓아야 한다
는 뜻으로 생각해야 할 일이며, 그렇다고 해서 시인의 스스로에게
부과하는 훈련마저 거둬들여도 된다는 뜻은 아닐 것이다. 남에겐 관
대하고 자기 자신에게는 엄격한 기준을 세우는 일, 이것이 정형시가
갖는 참 뜻일 것이다. 우주적 깊이를 갖는 「바흐」의 음악이 음악의
형식이 엄밀히 통제돼 있다고 해서 닫혀 있는 음악인가.

　이 시에는 박희진의 삶에 대한 깊은 통찰과 역시 깊은 비극적 체험
이 시화(詩化)돼 있다. 넓은 의미에서 희진의 시가 늘 그러하듯이 '신
비스런 삶의 모습'에 대한 찬미이기도 하다.

제1절은 '잠'이 지니는 신비성. 삶의 근원적 비극성이 제시됨으로써 담담하게 시의 주제를 전개하기 시작한다. 사실 생각해보면 '잠'처럼 신비한 것도 없다. 꿈의 요람으로서의 '잠'은 예술사조로서의 이른바 '초현실주의'와도 깊은 관계가 있다. '금이 간 두개골에 달빛이 스민/ 미친 사람도 잠이 들면야 어둠에 싸인/ 핼쓱한 박꽃처럼 보이기도 하나니…'의 첫 3행이 '초현실주의'적인 분위기를 자아내기도 한다. 그러나 희진이 늘 그렇듯이 '초현실주의'에 휘말려 버리는 일은 없다.

제2절에서는 잠의 신비성 비극성이 더욱 깊이 있게 부각된다. '잠'이 왜(그 자비스러움에도 불구하고) 그토록 비극적인가. 그 까닭은, 다름 아닌 '즐거운 죽음의 연습'일 것이기 때문이다.

제3절에서는 '義'와 '진리'와 '美'에 대한 묵상이 펼쳐진다. 이러한 것이 더 없이 좋고 옳고 아름다운 것이기는 하지만, 아뿔싸, 사람의 육신은 그 좋은 것들을 다 견디어 내지를 못한다. 사람의 육신의 슬픈 숙명이다. '게쎄마니 동산'에서 잠에 곯아떨어진 제자들을 보고 예수도 한탄하는 수밖엔 없다. 그러한 인간의 육신을 어루만져 주는 것이 바로 매일 매일 되풀이 찾아오는 '잠'이다.

제4절에서는 그러나 그러한 '잠'조차도 거부되는 삶의 단면이 그려진다. 삶의 비극성은 이와 같이 바닥없는 심연이어서 더욱 처절할 수밖에 없다.

제5절에서는 '아기들'을 자라게도 하고, 노인의 '백발을 하나 더 늘게도' 하고, '미래를 점치는/ 슬기의 꿈을 베풀기도 하는' '목숨의 자양'인 잠을 더욱 찬미함으로써 시 전체를 마무리하고 있다. 이렇게 해서 이 시는 결국 삶에 대한 눈물겨운 찬미가 되는 것이다. 또한 이 시가 쓰일 당시(1950년대)의 짙은 사회적 비극성이 이 시 전체에

배어 있기도 하다.

박희진의 시를 볼 때 나는 언제나 깊은 산간의 바위에서 스며 나오는, 차고 맑은 물의 맛을 연상한다. 그것은 이렇다 할 맛이 따로 없는 무미(無味)이면서도 기실 가장 깊은 맛을 품고 있는 맛이기도 하다. 또는 단정하게 쓴 해서(諧書) 내지는 행서(行書)를 연상하기도 한다. 이미 말한 바와 같이 희진의 시는 어디까지나 시의 '정공법(正攻法)'에 나오는 시이다. 이렇다 할 요란스런 궁리는 없으면서도 읽으면 읽을수록 깊은 뜻이 아름답게 스며나온다. 시어는 선명하면서도 투명하다. 은유는 자연스러우면서도 꼭 들어맞으며 미묘하다. 정말 맑은 물맛이다.

박희진은 이러한 詩心과 흔들림 없는 항심(恒心)으로써 40년을 두고 오로지 시를 위해서 정진에 정진을 거듭해 왔다. 생명을 불살라서 써낸 시는 그것이 그대로 '정신가치(精神價値)'이다. 이제 박희진의 시의 세계는 높고 큰 산맥처럼 우리 앞에 놓여 있다. 나의 생각으로는 현대의 우리의 詩史가 좀 더 성숙해져야 할 것으로 여겨진다.

(문학예술, 1991. 9.)

朴喜璡 素描

李 聖 善
(시인)

朴喜璡 시인은 1955년 『文學藝術』지에 조지훈, 이한직의 추천으로 시단에 등단했습니다. 이어 1960년 첫 시집 『室內樂』을 비롯하여 『靑銅時代』, 『微笑하는 沈默』, 『빛과 어둠의 사이』 등에서부터 이번 受賞 시집 『北漢山 진달래』에 이르기까지 열두 권의 시집과 두 권의 시선집을 상재하여 현재 한국시단의 중진 시인으로 활약하고 있습니다.

이미 첫 시집 『室內樂』 서문에서 조지훈은 〈박희진의 시를 읽으면 그의 시심의 바탕과 공부의 열력과 앞날의 지향을 이내 알 수 있다. 우리 시의 올바른 전통을 계승하여 그 자세는 안정되었고, 외래어의 진수를 습득하여 그 촉수가 날카로운 바 있으니 그 융합의 지점에 새로운 서정의 기치를 꽂고 야심이 자못 발발하다〉라고 아주 적절한 평가를 내렸거니와, 박희진 시인이야말로 동양과 서양의 정신을 두루 섭렵하고 이 양 세계의 예술 속에서 그 진수의 언어와 정신만을 선택하여 자신의 시세계를 구축하고, 마침내 오늘에 동양적 정관미(東洋的 靜觀美)의 '고요'에 도달한 드문 시인이라고 말할 수 있습니다.

그가 동양정신에 시의 뿌리를 두고 성장하려 했다는 것은 그의 첫 시집 『室內樂』이 나오기도 전인 1959년에 이미 저 타고르의 『기탄 잘리』를 번역해 출간한 사실만 보더라도 충분히 짐작할 수 있습니다. 뿐만 아니라 그전 1956년 『文學藝術』지에 발표한 시 『觀世音像에게』를 읽어보면 그가 불교적 세계관을 통한 完美의 詩, 영묘한 예술을 얼마나 꿈꾸고 있으며, 이를 위한 혼신의 노력이 어떠하였는가를 충분히 알고도 남게 됩니다. 그는 출발부터가 관음상 같은 동양의 정관미(靜觀美)에 매료되었던 것이 사실입니다.

그러나 그렇다고 해서 그가 동양으로부터 출발하여 동양으로라는 단순 회귀의 길을 택하지만은 않았습니다. 그의 미에 대한 절대의식이나 完美의 야심은 한쪽인 동양만의 것이 아닌 그것을 넘어선 곳, 서구의 로댕의 예술이나 릴케의 시 혹은 비너스에 감동되고, 시인이나 종교뿐만 아니라 화가가 음악에 이르기까지 두루 깊이 접근하고 그 마력에 심취하였으며, 아울러 그 흐름을 다시 동양 불교의 선(禪)이나 장자의 사상과 접근시켜 그 만나는 지점에서 울리는 신비의 언어로 자신의 시세계를 구축해 왔다고 볼 수 있습니다.

다시 말하면 朴喜璡 시인은 그의 시를 동양과 서양, 빛과 어둠, 혼돈과 창조의 변증법적 승화를 통하여 그 위에 황홀한 우주적 연꽃을 피우려고 노력해 왔던 것으로 여겨집니다. 우주란 바로 이 대립의 카오스적 심연으로, 확실히 그의 시 전체에서 아니 소품에서조차도 우리는 우주적 눈빛과 무게를 느끼게 됩니다.

그러나 이러한 시적 도정은 시인으로 하여금 그리 쉬운 길을 걷게 하지는 않았습니다. 절망과 오뇌의 가혹한 절벽에서 다시 허공으로 한 발짝 더 몸을 던지지 않으면 안 되는 길이었습니다. 왜냐하면 완미

(完美)의 예술이란 그곳이 신의 땅이 아니고 인간의 세계에서 이루려 할 때 실은 그 성취가 불가능하기 때문입니다.

朴喜瓘 시인이 일생을 극기와 인내의 수도자적 길을 택하여 시를 쓰며 살아온 까닭도 이런 연유에 있지 않은가 합니다. 이런 절망의 땅에서 그의 예술을 가능케 하기란 자기를 극복하고 초월하는 외에 달리 방법이 없다는 것을 미리 깨닫고 살아온 그이 삶이라 하겠습니다.

그에 관한 자료를 찾기 위하여 그의 집을 방문했던 한 평론가는 "그를 방문했다가 만난 그의 벽에 붙은 초상화에서 필자는 참으로 퓨리턴이 가지는 금욕적인 모습에 섬뜩함을 느꼈다. 어금니까지 꽉 다문 입이 그런 강인함을 풍기게 하였는지는 모르지만, 꿈꾸는 듯한 빛과 단단한 의지가 돋보이는 초상화에서 朴喜瓘 시인의 한 개성이 풍겨 나오고 있음은 기묘한 일이 아닐 수 없었다.

그러하여 그의 시세계를 한 마디로 요약하여 '극기와 집중의 구도적 시학'이라 부를 수 있으리란 생각이 들었다. 극기란 청교도적 금욕주의의 강인함을 뜻하며, 집중이란 극기를 바탕으로 한 시에의 열중일 터이며, 그의 기사 나아갈 길이란 구도자적 자기 세계를 추구하는 시적 일관성이다."라고 쓰고 있습니다.

이 역시 朴喜瓘 시인의 시가 절대미(絕對美)를 위한 진정한 헌신이며, 그의 삶이란 이를 이루어 나가기 위한 무혈의 투쟁임을 말한 것에 다름 아닙니다.

그러나 그렇다고 해서 그의 시가 초극을 위한 딱딱한 관념에만 매달렸다는 뜻은 아닙니다. 오히려 그 반대로 그의 시는 율동과 향기와 감성으로 넘치고 있습니다. 그가 「海律」이라는 시에서 고백하였듯이 '무량의 고요를 풍기는 율동이/ 예술의 極點이고/ 꿈과 사랑의 본질임'을 깨닫고, 빛으로 충만된 꿈꾸는 빛바다를 지치지 않고 노래해 왔습니다.

이렇듯 그의 시적 관심은 일면성이 아니라 다양에 있으며, 초극하되 굳지 않은 언어로 시를 썼습니다. 朴喜瓘 시인은 이 점을 어느 글에서, 자신의 삶은 그저 단순하고 한정된 어떤 것이 아니라 자신 안에 채워진 양극성, 즉 공포와 희망, 어둠과 빛, 육체와 영혼의 갈등과 고뇌를 시화(詩化)하고, 또 시에 이 극적 긴장과 놀라운 다양성을 부여하는 것이 시적 과제라고 술회한 바 있습니다.

하여튼 朴喜瓘 시인의 시는 그 부드러움 혹은 너그러움과 함께 대립되는 우주 음양의 변증법적 융합 및 승화로 여겨집니다. '침묵과 무궁동' '유한과 무한' '오뇌와 황홀' '불과 얼음' '해골과 장미' 등 완전 반대되는 언어의 세계가 서로 부딪치며 울리는 소리 안에 신묘한 음성과 빛이 창조됩니다. 동시에 놀랍게도 독특한 서정이 풍기면서 시에 우주적 은총과 유려미, 장중미의 중량감이 실리게 됩니다.

이러한 모습은 그의 시를 삶과 죽음의 대립을 초월한 어떤 완성된 길, 말하자면 성(聖)에 도달하려는 노력으로도 해석할 수 있습니다. 성(聖) 이란 악의 세계도 아니지만 선(善)의 세계도 아닙니다. 그렇다고 선악의 통합은 더욱 아닙니다. 이 두 세계를 두루 안으로 거느리고 동시에 뛰어 넘어 도달한 지관(止觀)의 경지가 바로 그것일 것입니다.

朴喜瓘 시인의 시가 일면 아주 고요하고 또 다른 면으로 아주 성스러워 보이는 일단이 그의 시가 이 경지에 도달한 때문으로 보입니다.

따라서 혼돈된 대립의 세계에서 극기의 힘으로 문을 열고 한 마리 벌레가 껍질을 깨어 나비로 변신하듯, 그의 시는 이제 우주정신의 본체인 고요에 도달했다는 평가를 해도 좋을 것입니다.

근래 그가 지향하고 있는 투명한 기쁨이라든가, 예술로서는 천품(天品)이라 할 수 있는 소나무에 깊이 경도되어 있는 것도 그의 시와 삶이 이미 이런 달관과 고요의 경지에 당도해 있음을 증명해 주는 것이라 하겠습니다.

시인 朴喜瑾 은 그의 집 서창에 그림처럼 가득 담겨진 북한산까지도 이제 빛과 어둠의 결정체로 이루어진 한 방울 법열의 눈물로 보고 있는지도 모릅니다. 극기와 집중의 구도자로서, 겸허한 거사로서 북한산과 마주 앉아 어느덧 산도 사라지고 그도 사라진 높이에 들었다 하는 것이 아주 적절한 표현일 것입니다.

일생 독신으로 지내며, 세속의 온갖 욕망과 유혹으로부터 벗어나 오로지 꿋꿋이 시에만 헌신해 온 그의 시인적 자세와 업적이야말로, 허명으로 어지럽게 얼룩진 이 시대를 빛나게 씻어주는 위대한 성취로 평가받아야 마땅하다고 생각합니다.

(문학예술, 1991. 9.)

고독의 세계에서 타오르는 초록의 불길

- 박희진의 초기 시를 중심으로

김 인 호
(문학평론가)

1.

1955년 조지훈의 추천에 의해 『문학예술』에 등단한 박희진은 반세기 가까이 17권의 시집을 상재하면서 아직도 문단의 중추로서 왕성한 시작(詩作) 활동을 하고 있다. 『60년대 사화집』의 동인으로서, 또는 『공간 시낭독회』의 산 증인으로서 문학사에 자리매김된 그는, 무엇보다도 다양한 시세계를 통해 '고독한 구도자' 혹은 '미의 사제(司祭)'다운 풍모를 우리에게 보여준다. 고희가 다가오도록 평생을 시와 함께 살아온 그는 시 속에서 자유에 대한 열망, 자연에 대한 친화력, 또는 탈속(脫俗)의 경지 등을 보여줌으로써 우리 범속한 사람들에게 인간이 지녀야 할 '본연의 삶'을 일깨워 주는 것이다. 그러나 그것은 삶의 기준 같은 것에 그치지 않고 그 너머의 세계를 지향하는 투명함으로 빛난다.

박희진은 선배 시인으로 정지용과 조지훈, 그리고 외국 시인으로는 릴케, 발레리, 타고르 등에 심취했다.1) 그런 고전적인 전범을 지닌

---

1) 박희진은 「〈실내악〉과 〈청동시대〉」(『世代』. 1965년 11월호. 206쪽)라는 산문에서 그

시인들의 정신은 일관되게 그의 시세계에 흐른다. 그런 점에서 그가 『문학예술』 추천완료 소감에서 말한 내용은 지금도 음미해 볼 만하다.

> 낭만의 바탕에다 상징주의적—주지적이란 뜻의—수법을 써서 신고전적 격조를 갖출 것, 아마 억지로 표현을 하자면 나 자신의 시작 기준이란 이렇게 되는 게 아닐까 한다. 어쨌든 내가 꿈꾸는 시란 순수 투명한 결정을 지니면서 그 안에 어떤 새로이 이해된 생에의 예지가 깃들어 있기를 바라는 것인데, 나는 아직도 이러한 욕심에 합격되는 시는 단 한 편도 못 쓴 것 같다. 안고수비(眼高手卑)라는 말도 있거니와 내 지나친 욕심 때문일까.[2]

실제로 그는 평생 동안 시와 삶의 '격조'를 지키려고 노력했다. 조지훈이 선후평(選後評)에서 말하듯, 그는 "우리 시의 올바른 전통을 계승하여 그 자세는 안정되었고, 외래시의 진수를 체득하여 그 촉수는 날카로워"[3] 보인다. 그러면서도 그러한 것들을 융합하는 새로운 품격을 지닌 시들을 산출해 낸다. '투명한' 언어를 찾으려는 그의 시작 행위는 생활세계의 여러 모습을 노래하더라도 거기에 그치지 않

밖에 김소월과 서정주의 시를 각별히 좋아했다고 밝히고 있다. 그리고 릴케의 『말테의 수기』와 싸르트르의 『문학이란 무엇인가』를 자신에게 가장 심대한 영향을 미친 책으로 꼽는다. 그는 말하기를, "내 본래의 말테적인 내향적 지향이 전쟁이란 가멸한 사실을 겪고 나서 내게 사회와 역사에 대한 의식을 몹시 尖銳化시킨 것이 후자(싸르트르)의 저서였다. 생명의 존엄성과 정신이 극도로 위축될 수밖에 없는 이 현대적 조건 안에서도 실존은 가능한가? 릴케의 실존과 싸르트르의 그것과의 이질적 괴리에 내가 전연 맹목은 아니었다 할지라도 한때 그것들은 마치 아무런 당착이 없는 듯 내 안에 병존했고, 그 갈림길을 나는 철없이 왕래하였다."(위의 글, 207쪽)

2) 박희진, 「당선소감」, 『문학예술』, 1956. 1. 「〈실내악〉과 〈청동시대〉」, 『세대』, 1965년 11월호, 208쪽 재인용.

3) 조지훈, 「詩選後評」, 『문학예술』, 1956. 1.

고 그것을 빛나게 한다. 아무리 범속한 것들을 노래하더라도 그가 노래한 '빛과 어둠의 사이'나 '혼돈과 창조'에는 '생에의 예지'가 담긴다. 한 시인이란 평생 무수한 형식적·정신적 변형을 거치지만, 결국 그는 그러한 초기의 세계 인식에 충실하면서 그것을 보완해 나가는 변형을 거친 것이다. 특히 박희진에게서처럼, 전후의 황폐한 현실에서 살아남으려던 정신세계가 일관되게 지켜지면서 점차로 증식되는 것도 드문 경우에 해당된다.

박희진은 언어에 집착한다. 언어에서 삶의 진실을 찾는다. 그리고 그는 언어에서 투명한 정신을 찾을 수 있다고 믿는다. 그러한 신념 없이 시에 집착했다면 결국 그는 시에서 어떤 통찰도 얻어내지 못했을 것이다. 시를 '빛의 寺院'(『빛과 어둠의 사이』)으로 생각한 그의 통찰은 어떤 기쁨도 찾아내지 못했을 것이다. 즉 그는 언어에 철저히 매달림으로써 거기에서 자신의 '존재 이유'를 발견해 냈다. 그리고 그것이 어떤 울림을 내는가를 관찰했다. 그래서 그는 언어의 시각적 효과(문자적 측면)에만 사로잡히지 않는다. 낭독을 통해서 얻어낼 수 있는 언어의 리듬감이나 울림에도 관심을 기울인다. 그것은 『창세기』에서 울리던 태초의 '말씀'을 들으려는 것처럼, '소리'로서의 울림을 시에 담으려는 노력으로 나타나기도 한다. 그는 『청동시대』의 한 시 속에서 "실상 나는 처량할만치/ 말에 대한 執念 하나로 살아 왔단다"(STILL LIFE)라고 말하거나, 평생을 '빛처럼, 눈물처럼 치솟는 언어들'(「혼돈과 창조」)을 붙잡기 위해 살아왔다는 고백을 하기도 한다. 결국 그는 시를 노래하기 위해, 그런 기쁨을 찾기 위해 평생을 살아온 셈인데, 그것은 정신을 맑게 함으로써, 혹은 고행과도 같은 고독을 마다하지 않음으로써 얻게 된 삶의 결과이다.

그의 말처럼 "모든 언어가 다 인간의 정신적 기능의 소산"[4]일 수 있다. 그렇다면 인간의 문화사나 역사도 그런 언어의 결과물일 수 있다. 특히 언어 중의 언어인 시의 언어는 "인간정신의 새로운 발견, 새로운 가치, 새로운 창조"[5]에 보다 적극적으로 이바지하는 것이기에, 시에 철저할 때 인간의 정신을 절대적인 차원에 올려 놓을 수 있게 된다. 언어 자체에 대한 천착을 통해 선험적 이데아의 세계에 도달할 수도 있는 것이다. 그는 그런 바램을 안고 구도자적 태도로 시를 쓴다. '이데아의 등불'을 발견하고자 노력하면서 완전한 미(美)나 완전한 시를 추구하는 것이다. 그러나 그것은 쉽게 찾아지는 것은 아니다. 타락한 현실에서 오염된 언어는 설혹 어떤 모더니즘적인 실험을 하더라도 쉽사리 본래의 가치를 찾아낼 수 없는 것이다. 그래서 그는 어떤 언어적인 실험을 하는 것보다는 내면의 고독 속에 파묻히는 것을 더 좋아한다. 자신의 내면에 고요히 들어가지 못하는 한 '절대미'를 발견할 수 없다고 생각하며 투명한 정신 속에서 '언어의 광맥'을 캔다. 그런 성찰의 과정을 거친 그가 단순하고 평이한 시어를 쓴다고 해도 그것은 단순히 일상의 언어에 그치지 않는다. 그것은 혼란 속에서 건져 올린 투명한 언어, 혹은 존재를 붙잡을 수 있는 언어가 된다. 그가 형식적 변형을 시도하다가도 결국에 단순하고 평이한 시어나 시형식으로 돌아가는 것도 그런 연유에서다. 설혹 그가 어떤 틀에 얽매이더라도, 혹은 사행시사 소넷 등 정형시에 가까운 시를 쓰게 되더라도, 그것이 시에 구속되었다는 것을 입증해 주지 못하는 것도 그 때문이다. 오히려 그것은 자유에 대한 그의 열망을 보여준다. 그가 「사행시에 관하여」라는 글에서 말하는 것을 살펴볼 때 그것은 보다 분명해진다.

---

4) 박희진, 「시와 시인」, 『心象』, 1980년 3월호, 98~99쪽.
5) 박희진, 「시와 시인」, 위의 책, 98~99쪽.

전범이란 하나의 정립된 가치 기준이다. 가급적 불필요한 방황과 협잡과 방자를 억제하고 완벽성을 실현해 갖기 위해 정형시를 쓰고자 하는 시인의 경우, 제약은 차라리 기꺼운 자승자박인 동시에 자유롭게 되기 위한 필수조건이라 보아야 할 것이다. 따지고 보면 자유시라는 것도 전혀 제약을 벗어나 있는 것은 아닌지 모르겠다. 어떤 의미에서─설사 쉬르레알리슴의 자동기술법이라고 하더라도─표현된 언어란 결과적으로 볼 때 선택된 언어임에 틀림이 없다. 따라서 시를 쓴다는 것은 혹종의 제약, 즉 취사선택, 즉 비평의 의식, 즉 질서에의 의지가 작용하는 것이라 본다. 하여간 적어도 시인 자신의 영혼의 구조라는 근원적이요 무의식적인 선험적 제약마저 시인이 스스로 벗어날 수는 없지 않겠는가.6)

이런 태도로 박희진은 '영혼의 구조'로서 시의 '이데아'를 찾아나선다. 그것은 그가 지닌 선험적 구조일 수도 있다. 그런 점에서 그는 주관적 삶의 세계를 넘어, 삶의 전범, 질서에의 의지, 혹은 자연이나 우주의 근원적 구조를 붙들고자 시도한다. 절대미는 모더니즘적 실험 속에서만 존재하는 것이 아니라 평이함 속에 들어 있을 수 있다는 단호한 판단을 하게 되는 것이다. 본고에서는 『실내악』(60), 『청동시대』(65), 『미소하는 침묵』(70), 『빛과 어둠의 사이』(76) 등의 시집을 중심으로 해서 그의 의식이 어떻게 변천되고 증폭되는가를 살핀다.

2.

자신을 '멸하거나', 자신을 '비워두지' 않으면 갈 수 없는 세계. 동굴의 어둠을 응시하며 자신의 내면에 침잠하지 않는 한 찾을 수 없는

---

6) 박희진, 「사행시에 관하여」, 『사행시 삼백수』, 위의 책, 338쪽.

세계. 그 세계를 찾으면서 시적 화자는 '봄날의 밝음'이나 '가을의 푸르름' 속에서도 '어두움'을 느낀다. 아무리 세상이 밝아도 번뇌나 아집에서 벗어나지 못하는 한 '나'는 몸에서 고개를 드는 어둠을 막을 수 없다. 탐욕이 '뱀대가리처럼 고개를 들' 때 "하찮은 일상사, 존재하지도 않는/ 허깨비와/ 밑천도 못 건지는 수렁 속 싸움"(「빛과 어둠의 사이」)에 말려들 수밖에 없는 것이다. 그것은 "멸할 수 없는 이데아"(「당신은 이제」)를 찾지 못했기 때문이다. 화자의 친구는 '종군'을 함으로써 그것을 붙잡으려 하고, 화자는 자신의 내면에 빠져들어감으로써 그것을 붙잡고자 한다. 누가 더 올바른 방법을 택했는가에 대해서 의견이 분분할 수 있지만, 화자는 그의 친구가 추구하는 이데아가 '지새는 달처럼/ 허나 그것은 빈 하늘로 사라질 겝니다.'(「당신은 이제」)라고 말하며, 자신의 방법이 더 옳다고 생각한다. '종군'은 삶에 대해 참여할 수는 있어도 언어와 멀어지기 때문에, 종군을 통해서 삶의 위안을 받더라도 시의 구원에 이르지 못한다는 것이다. 반면에 언어에 몰두하는 것은 소극적인 삶의 태도로 보이지만 '이데아의 불빛'을 발견하기에 더 효과적인 방법일 수 있다는 것이 그의 생각이다.

그는 종종 기도의 형식을 선호한다. 그에게 기도는 자신의 내면에 직접적으로 들어갈 수 있는 명상의 한 방법이다. 특히 자신의 내면을 비워두는 일은 기도의 좌정(坐定)에 들지 않고서는 이루기 힘들다. 그가 '고요한 중심'에 이르는 것은 그 과정들을 다 거친 뒤에 이루어진다. 그래서 그는 고독마저 기꺼이 감내한다.

봄/ 죄인처럼/ 무릎을 꿇고 앉아 있겠어요/ 눈을 꼬옥 감아야 되겠지요/ 삼가 어지러운 마음을 모아/ 잊었던 당신만을 그리어 보겠어요/ 시드른 나무에 봄물이 오르듯이/ 제 야윈 가슴에 그리움이 고이면/ 이 눈이 얼굴을/ 다시 활활 타오를지요/ 저는 그러나 울지 못해요/ 저에겐 세상이 너무 밝더군요/ 그래서 이렇게 어지러운 모양예요/ 저는 매일/ 추악해지는 얼굴을 보고/ 간신히 살아있는/ 자기의 목숨을 숨쉬고 있지요/ 허나 이젠 이렇게/ 두꺼비처럼 있기도 싫어요/ 저는 말하자면/ 차라리 영영 멸하여 버렸으면 좋겠어요/ 진정 곱고 아쉬운 그리움에/ 스스로의 목숨이 타는 줄도 모르고/ 밤을 지키다 사라져 버리는/ 촛불과 같이/ 저에게 다시 그리움을 주세요/ 이 눈이 얼굴이/ 활활 타오르는 그리움을 주세요.

— 「무제」 전문

    화자는 '죄인처럼 무릎을 꿇고' 기도하며 '잊었던 당신의 모습'을 떠올린다. '당신'은 화자의 눈과 얼굴을 언젠가 활활 타오르게 할 존재이다. 겨울의 황막함 속에서는 당신에 대한 생각마저 할 수 없었는데, 봄의 기운 속에서 다시 당신에 대한 그리움이 '봄물 오르듯이' 고여 든다. 그것은 죽은 것처럼 보이던 '시드른 나무'에 생명의 입김을 불어넣고, 화자인 '나'가 살아 있다는 것을 일깨워 준다. 그러나 아직 화자는 당신을 만날 준비가 되어 있지 못하다. 시작 연보에서 보여주듯 「무제」를 쓴 1952년 3월의 상황은 전쟁의 뒤끝이라 화자에게는 너무 혼란스러웠던 것이다. 아직 화자는 시를 쓸 여력을 지니고 있지 못하다. 또한 '당신의 입김'은 화자의 내면에까지 이르지 못했다. 당신의 모습은 쉽게 떠오르지 않는다. 하지만 당신을 생각할 수 있었던 것만으로도 회생의 여지는 발견된다. 아직 세상이 너무 어지러워 '나'를 찾을 시간이 주어지지 않았지만, 비로소 나는 기도라도 할 수 있게 되었고, 언젠가 돌아올 당신을 '기다릴' 수 있게 된 것이다. 그것은 화자에게 힘을 준다. 아직 봄날의 '밝음' 속에서 '눈을 꼬옥 감아도'

내면의 어둠을 몰아낼 수 없지만, 당신을 기억했다는 사실만으로도 언젠가 시를 쓸 수 있게 된 것이다. 하지만 화자의 정신은 아직 맑지 못하다. 자신의 모습이 자꾸 '추악해지는' 것처럼 느껴지는 것이다. 과감히 세상으로 나가지 못하기에 자신이 '영영 멸하여 버렸으면 좋겠다'는 생각이 들기도 하는 것이다. 그러나 그런 바램은 소극적인 자포자기가 아니라 점점 더 자신의 내면으로 침잠하여, 자기 자신을 비워두겠다는 의지의 다른 표현이다. 그럴 때 '내면의 밤'을 지켜주는 '촛불'의 의미는 중요해진다. '스스로 목숨이 타는 줄도 모르고/ 밤을 지키다 사라져 버리는' 촛불은 자신의 내면에서 찾아낸 빛으로서 '절대미'나 '이데아'를 표상하게 되는 것이다. 즉 그 촛불을 생각함으로써 화자는 삶에 대한 강한 의지를 회복하고 자신의 삶을 내적으로 강화시키게 되는 것이다. 화자는 촛불과 같은 그리움으로 시를 쓰리라고 다짐한다. 그는 구원의 시간을 기다릴 수 있게 된 것이다.

> 이 햇빛과/ 바람에 설레이는 푸른 그늘과/ 나무통만 있으면/ 나는 행복한 디오게네스/ 어제는 대낮에 등불을 켜들고/ 내가 거리를 헤매었더니/ 놈들은 내가 미친 줄로 알았것다
> ― 「디오게네스의 노래」 중에서

그러나 '어지러운 세상'에서 세속적인 모든 욕망을 버리는 일은 쉽지 않다. '시'에 귀의하기 위해서 자기 자신을 버리는 일은 더욱 어렵다. 그러나 화자는 절박하다. 세속의 삶에 연연해 하다가는 시를 영원히 놓치고 말게 될지도 모른다는 위기감이 드는 것이다. 그래서 화자는 봄날의 밝음 속에서 각박해지기만 하는 세상 속으로 디오게네스처럼 '등불'을 들고 나간다. '미친 놈'이라는 조롱을 견뎌내야, 그런

만큼의 자기 확신이 있어야 찾을 수 있는 것이 행복이다. 화자는 아무도 자신을 이해해 주지 않는 '자기확신'을 시험한다. '햇빛' '그늘' '나무통'만으로 행복을 누리려 한다. 그러면서 사람들이 까마득히 잊고 있는 '대낮의 어둠'에 대해 등불로 맞선다. 아무도 들어주는 이 없지만 등불로 이데아의 세계를 밝히자고 대드는 것이다. 그 등불은 대단히 미약하고 위태롭다. 하지만 그는 그것이 예전에 천하의 알렉산더를 골려줄 수 있었던 대단한 것이라는 것을 잘 알고 있다. 물론 화자는 그런 위력을 추구하는 것이 아니라 디오게네스가 발견한 삶의 희열을 추구한다. 그러나 그러한 것은 아직 관념 속에서만 이루어진 것들이다. 즉 화자는 시를 쓰고자 하는 열망과 자신이 추구해야 할 이데아의 불빛을 발견하기는 했지만, 아직 완전히 자유롭지 못한 것이다.

그러나 '등불'이나 '촛불'의 발견은 차츰 시인의 마음을 회복시켜 준다. 그것은 아직 '대낮의 어둠'을 치유하는 것이 되지 못하더라도 차츰 자신의 내면의 어둠을 몰아내게 된다. 등불은 존재의 이면을 들여다보게 해주는 것이다. 그러다보니 그것은 "밤을 지키다 사라져 버리는 촛불"(「무제」)에서 "밤이면 다시 환히 밝는 죄그만 나라"(「등잔불은」)로 나아가게 되고, 그리하여 어둠을 지키는 파수꾼 역할을 하게 된다. 이런 관념의 과정을 거쳐서 그는 시를 쓸 수 있는 힘을 회복한다. 내면의 어둠 속에서 고독을 즐기며 이데아의 세계로 들어가게 되는 것이다. 그리하여 그것은 「虛」로 나아간다. 밤하늘의 어둠을 수놓은 '찬란한 보석(「虛」)'을 발견하기 위해 마음을 비우고, 구차한 현실에 연연해 하지 않고, '별빛'을 맘껏 노래할 수 있게 된다. 그렇게 등불을 찾거나 마음을 비우는 일은 자신을 '살아 있게' 해 준다. 그것은 거의 종교적인 귀의처럼 보인다. 그러나 그것은 시의 이데아에 대한 귀의이지 그 이외의 것은 아니다.

새는 온전히 새이면서도 새가 아니듯이/ 돌은 온전히 돌이면서 돌
이 아니듯이/ 이 몸도 온전히 진정한 이 몸으로/ 실현이 되면/ 나 아닌
것으로, 무아로, 무아로/ 안 보이게 되리/ 그러면서도 도처에 있게 되리
/ 삼라만상이 있는 그대로의/ 모습을 드러내는/ 거울로 되리
— 「빛과 어둠의 사이」 8장 중에서

그는 '아집의 허울'을 벗어던지고 '자유무애의 진정한 몸'을 되찾는
다. 그것은 그를 어디에도 구속받지 않게 하고 세상의 모든 것들을
'있는 그대로' 보게 한다. 그리하여 그는 '새로운 별'로 태어난다. "잠
시나마 영원에 씻겨내리는 희열"(「빛과 어둠의 사이」)을 발견하게
된다. 그리고 '무아의 거울'을 지니고서 시를 쓰게 된다. 나아가 '새'를
보면서 새 너머의 본질을 발견하게 되고, 자신의 내면을 비추어 보면
서도 자신을 넘어선 본질적인 세계를 보게 된다. 그리하여 삼라만상
을 맘껏 춤추게 만든다. 시를 노래하는 기쁨에 떨게 한다.

3.

박희진은 이데아의 세계를 발견하는 일을 '본연의 삶'이라고 생각
한다. 그가 '虛'나 '滅' 혹은 '비움'과 같은 용어를 사용하는 것도 허무
의식에 빠진 것이 아니라 '본연의 삶'에 들어가는 과정에서 나타나는
것들이다. 곧 그가 그리워하는 세계는 외부에서 얻어지는 것이 아니
라 내면의 세계에서 얻어지는 것이다. 그는 한국전쟁 뒤 1953년까지
간신히 1년에 한두 편의 시를 쓰다가 다음 해 2월 「虛」를 쓰면서 그
내면적 삶을 거의 온전히 되찾게 된다. 마침내 그는 전쟁의 혹독한

체험을 극복해 내어 '별빛'을 찾아내고, '오롯한 사랑'을 불태우는 "온
전한 처음의 모습대로 스스로 아늑한"(「등잔불은」) 등불을 찾아내
고, 현실의 배고픔을 견디며 시를 쓸 수 있게 된 것이다.

> 밤이 되어 찬란한 寶石들이 어둔 하늘을 繡놓을 때엔 배가 고파도
> 견딜 수 있어라. 실상 이렇게 琉璃와 같은 가슴의 壁을 넘나드는 透明
> 한 슬픔은 내 아무런 生에의 執着을 지니지 않음이니 아 이대로 돌사람
> 처럼 꽃다운 하늘 아래 端坐하여 虛할 수 있음이여 나는 아노니 이윽고
> 내 夜氣에 젖어 차디찬 입가엔 그 은밀한 얇은 波紋이 새겨질 것을.
> ─ 「虛」전문

그는 구차한 현실 속에서 밤하늘의 별을 바라본다. 현실의 배고픔
을 잠시 잊게 해줄 정도로 아름다운 별빛은 '가슴의 벽'을 열어주는
'투명한 슬픔'으로 다가와 '생에의 집착'마저 버리게 한다. 그렇다고
그것이 죽음의 욕망을 말하는 것은 아니다. 박희진은 "美에 절망"
(「관세음상에게」)하고 "시에 절망"(「哀歌」)하지만 그것은 다분히
역설적인 의미에서이다. 그것을 불교적 의미로 자아를 버리고 마음
을 비워두는 것이라고 말할 수 있지만, 오히려 거기에는 '미'와 '시'에
대한 강한 열망이 담겨 있다. '별(이데아)'은 너무도 멀리 떨어져 있다.
하지만 부처님(돌사람)처럼 마음을 비운(虛) 사람에게 그것은 그렇
게 멀리 있는 것이 아니고, '부처님의 미소(은밀한 얇은 波紋)'를 통해
가까이 접할 수 있다. 그리하여 화자는 '배가 고파도' '밤의 찬 기운(夜
氣)'을 견딜 수 있게 된다. 마침내 그는 자신을 '멸'하고서 '시의 이데
아'를 찾아내어 세상에서 살아갈 수 있는 방법을 찾아내게 된 것이다.
그래서 이제는 아무리 삶이 힘들어도 별을 보며 살아가고, 시를 쓸

수 있게 된 것이다. 조각가가 '돌의 죽음'에 '영원한 삶'을 새기듯, 그는 세속의 욕구를 딛고 서서 '가슴의 벽'에 시를 새기게 되는 것이다.

　그리하여 그는 구체적인 미적 이데아를 찾아 나서게 된다. 그가 맨 먼저 발견한 것은 예술품으로서 '관세음상'이다. 그때 그것은 돌이라기보다는 이데아의 현현으로서 나타난다. 「觀世音像에게」에서 나타난 '영원의 미'는 그가 평생을 거쳐 도달하고 싶은 바로 그러한 미의 세계였다. "石蓮이라/ 시들 수도 없는 꽃잎을 밟으시고/ 환히 이승의 시간을 초월하신 당신이옵기/ 아 이렇게 가까우면서/ 아슬히 먼 자리에 계심이여". 그것은 가까이 있으면서도 멀리 있는 것이며, 그러면서도 영원히 시들지 않는 것으로서 '이승의 시간'을 초월한 절대미의 세계이다. 이미 돌조각이나 조각가의 작품이 아나라 '미적 완성'이 이루어낸 해탈의 세계였다. 또한 그것은 어느 '바다물결'이나 어느 '바람결'도 미칠 수 없는 세계로서 그대로 하나의 '영원'이었다. "해의 마음과/ 꽃의 薰香을 지니셨고녀/ 항시 틔어 오는 靈魂의 거울 속에/ 뭇 星辰의 運行을 들으시며 그윽한 당신/ 아 꿈처럼 흐르는 구슬줄을/ 사붓이 드옵신 손가락 하나 움직이지 않으시고…"(「관세음상에게」). 화자는 자신의 감동을 더 이상 언어로 표현해내지 못한다. 그러나 그것은 미적 절망이 아니라 '뭇 성신의 운행을 듣'는 미적 깨달음에 대한 환희의 표현이다. 그런 표현을 그는 다시 자신의 내면에 대한 고백으로 계속한다.

　　당신 앞에선 말을 잃습니다/ 美란 사람을 絶望케 하는 것/ 이제 마음 놓고 죽어가는 사람처럼/ 절로 쉬어지는 한숨이 있을 따름입니다// 관세음보살/ 당신의 모습을 저만치 보노라면/ 어느 명공의 솜씨인고 하는 건 통/ 떠오르지 않습니다// 다만 어리석게 허나 간절히 바라게 되

는 것은/ 저도 그처럼 당신을 기리는 단 한 편의/ 完美한 詩를 쓰고
싶은 것입니다 구구절절이/ 당신의 지극히 높으신 덕과 고요와 평화와/
美가 어리어서 한 궁필의 무게를 지니도록/ 그리하여 저의 하찮은 이
름 석 자를 붙이기엔/ 너무도 아득하게 영묘한 詩를
— 「觀世音像에게」 중에서

　시적 화자의 바램은 극명하다. 그 도달하지 못할, 다시 말해 '사람
을 절망케' 할 정도의 '美'를 이루어내고 싶은 것이다. 즉 '관세음상'과
같은 시를 쓰는 것이다. 그는 어느 '명공(名工)'의 솜씨 같은 건 떠오
르지도 않는 관세음상, 그 미적 완성물을 보며, 자신도 그러한 세계에
들어가고 싶은 것이다. 그러나 '완전한 미의 구현' 혹은 '덕과 고요와
평화'를 지니는 것이 쉬운 일은 아니다. 그러나 그는 그런 미적 구현
체를 발견한 것만으로도 삶의 지향점을 찾게 되고 거의 '완전한 미'를
이루게 된다. 「관세음상에게」는 그래서 절망의 시가 아니라 축복의
시가 된다. 그것을 노래할 수 있는 시어를 발견하는 것만으로도, 그런
마음의 상태를 갖게 되는 것만으로도, 그것은 축복이 된다. 그래서
'미란 사람을 절망케 하는 것'이란 말은 '절망'으로 그치지 않고 '덕과
고요와 평화와 美'를 지니는 현상학적 '에포케(판단중지)'의 상태가
된다. 그래서 그는 '영묘한 시'를 쓰는 꿈을 지니게 되고, 그와 유사한
상태의 시를 쓰게 되는 것이다. 사실 그의 시는 실제의 '관세음상'보
다 더 아름다울 수 있다. 그것은 그의 시가 세속적인 삶을 이미 뛰어
넘었음을 보여준다. 그는 생활세계에 있지만 '미(美)의 사제(司祭)'가
됨으로써 '지평' 너머의 세계를 보게 된 것이다. 그런 점에서 '虛'나
'滅'의 상태에 들어가는 그의 시는 생활세계에 있으면서도 미적 이데
아를 붙잡게 된다. 아름다운 자연, 훌륭한 인간, 완벽한 예술품 등은

그런 점에서 에포케의 순간을 전해주는 축복의 매개물이 된다. 그것들은 그를 '내면의 공간'에서 벗어나 절대미의 세계에 들게 한다. 그는 그런 식으로 전쟁의 불안에서 벗어나 다시 태어난다. 달리 말해 그는 득도하게 된다. 그렇게 해서 그의 시는 기운이 생동(生動)하는 황홀의 경지를 보여준다. 때로는 그러한 모습이 종교적인 경건함으로 보이기도 하지만, 그것을 탓할 이유는 없다. 미의 완성을 보는 순간에는 경건해지기도 할 만한 것이니까.

그러나 그 '투명한 미'에 대한 추구를 불교의 해탈로 보아서는 안 된다. 그는 불교에 귀의한 것이 아니라, 불교적 세계의 힘을 빌어 자신의 고독을 치유하고, 자유를 실현하고, 시에 자신의 삶 전체를 걸었을 뿐이다. 시를 '숙명'으로 받아들이면서 '시와 삶의 일치'를 통해 '존재'로 다가갔을 뿐이다. 그러나 그런 시는 그의 내면에 꿈꾸는 빛바다(「동해의 시첩」)가 있어야만 가능해진다. 고독 속에서 '빛바다'를 발견할 때 시는 영글어지고 스스로 빛을 발하게 되는 것이다. 그럴 때 그는 사물에 이름을 붙여주고, 대화를 나누고, 미소를 주고받을 수 있게 된다. 그렇게 함으로써 영원의 세계에 들어서게 되는 것이다. 그런 시의 '신비스런 속성'을 통해 자연과 화해하고 지평 너머의 세계를 보게 된다. 「바위와 나비」에서 노래하듯 '바위'를 '즈믄해의 잠'에서 깨어나게 하고, 그런 숭고한 '예술미'를 노래할 수 있게 된다. 「序曲」은 그러한 미의식을 보다 적절히 보여준다.

때로 새벽이면 虛한 마음에서/ 당신을 향해 무릎을 꿇는 時間을 갖습니다/ 그것은 당신을 위해서인지 혹은 저 自身을/ 위해서인지 아직 잘 알 수는 없습니다// 마는 이렇게 무릎을 꿇을 만한 자리가 있고/ 한 열매가 그 껍질 안에 들어 있듯이/ 제가 그 안에 들어가 있을 空間이

있음이여/ 저는 여기서 기다려야겠습니다// 저의 生命이 익어서 찰 때
까지/ 저의 피는 아직도 맑지 않습니다/ 아 恍惚히 맑은 그리움에//
스스로 고여 오는 저 새벽의 우물물처럼은/ 제가 온전히 저 自身을
實現할 때에만/ 또한 제게도 푸른 숨결이 돌아올 것입니다.

— 「序曲」 전문

　여기서도 '虛한 마음'은 자기 자신의 내면으로 들어가거나 이데아
의 세계로 들어가는 계기가 된다. 하나의 열매가 그것을 둘러싼 '껍질'
이 있기 때문에 결실을 맺을 수 있는 것이라면, '나'를 둘러싸고 있는
'내면의 껍질'은 소중한 것이 된다. 이데아의 세계도 그 껍질이 없다
면 어떤 '열매'도 얻어낼 수 없다. 그래서 내면의 공간은 화자에게
소중한 공간이 된다. 내면의 '밀실'에서 성숙해지고 생명을 얻어야
'저 자신을 실현할' 수 있는 것이다. 하지만 아직도 '나의 피'는 맑지
못하기에 꾸준히 내면의 거울을 닦아내야 한다. 그런 가운데 서서히
고여드는 '우물물처럼' 내면의 '푸른 숨결'을 고이게 해야 한다. 그것
이 그에게 시를 쓰게 만든다. 황폐해진 그의 내면을 치유시켜 주는
것이다.

4.

　박희진에게 "고독의 내면화의 길은 모든 참되게 살려는 시인들의
숙명적 방식이다."[7] 그것만이 텅 빈 군중적 인간, 기계적 인간을 벗
어날 수 있게 해준다. 또한 "문명과 인간과의 모순이 노정되고 통로
가 차단된 근대"[8]적 정신에 생명을 불어넣게 한다. 그는 〈체험—망

---

7) 박희진, 「未完의 謝辭」, 『思想界』, 1961년 百號 紀念特別增刊, 420쪽.
8) 박희진, 「未完의 謝辭」, 위의 책, 420쪽.

각─기억(되살림)〉의 방식을 통해, 물리적 시공을 넘어선 존재를 만나, 그 세계를 내면화한다. 즉 "보이는 것은 안 보이는 것으로, 안 보이는 것은 보이는 것으로 화함으로써 시간은 탈락(脫落)되고 새로이 열려오는 그의 '세계 내 공간 Weltinnenraum'에 있어서는 일체의 실재가 마술적으로 공존하"[9]게 되는 것이다. 그렇게 해서 그의 시는 전쟁의 죽음을 딛고 일어나 생의 환희를 찾게 된다. "시 안에 있는 말 하나하나가 무량광명(無量光明)을 터드릴 만큼 일대 화엄경을 이르게"[10] 한다. 그는 구도의 고행쯤은 달게 받아들인다. 인간과 자연, 아니 우주와의 화해를 이룰 수 있는 일이라면 그쯤은 얼마든지 견딜 수 있는 것이다. 그래서 그는 오히려 '묘지'를 찾는다.

이 출렁이는 草綠에 덮인 무덤의 흙처럼/ 다정한 것은 없다. 피는 삭아서 꽃들의/ 色素되고, 아프고 뒤틀리던 살은 썩어서/ 힘줄이 풀어지면 꿀보다 단 어둠을 빨아,/ 해골은 더욱 蒼白해 갔다. 검붉은 흙 속에서/ 해골은 드디어 흙으로 同化되고, 피와 살만으론/ 어찌할 수도 없던 骨髓의 懊惱에도 終焉은 있어,/ 일체의 矛盾이 溶解된 지금, 한때의 苦患은/ 백금의 불길로, 죽음에 취한 흙은 살아 있다./ 살아서 탄다. 타서 춤추는 흙은 노래한다.// 墓地는 바다. 아지랑이처럼/ 永遠이 설레이는 草綠의 물결. 꺼지지 않는/ 불길의 도가니. 찢어진 하늘에선 피못이 쏟아지건/ 벼락이 떨어지건. 이 不滅의 祭壇을 뚫고,/ 번갈아 뜨고 지는 해와 달만이 무한을 이어가고/ 그리고 밤이면 별들이 이롱지는/ 죽음과 목숨이 쳇바퀴 돌 듯 꼬리를 물고,/ 맴도는 이곳. 가장 치열한 自然의 燃燒/ 城. 소리없는 靈魂의 讚歌

— 「미아리 묘지」 중에서

9) 박희진, 「未完의 謝辭」, 위의 책, 422쪽.
10)박희진, 「실내악과 청동시대」, 위의 책, 209쪽.

박희진에게 묘지는 단순히 죽음을 나타내는 공간이 아니다. 음울한 빛을 뿜어내는 죽음의 세계가 아니라, '꿀보다 단 어둠을 빨아' 들여 흙이 되고, '영원이 설레이는 초록의 물결'이 이루어지는 곳이다. 그는 전쟁의 폐허 속에서 솟아나는 생명을 '묘지'에서 발견한 것이다. 이 도저한 모순은 삶의 원리이기도 하다. 삶과 죽음이 교차되는 곳에서 그렇게 생명이 잉태되는 것을 그는 깨달았던 것이다. 그래서 그는 묘지를 무서워하지 않고 거기에서 무한한 다정함을 느낀다. 다시 말해서 그는 자신의 내면이 암담한 무덤 같은 곳인 줄만 알았었는데, 기실 그곳이 바로 생명의 터전이 되기도 한 것을 깨달은 것이다. 그래서 그는 살이 썩어 흙이 되는, 그러면서 삶의 모든 오뇌가 사라지고 삶의 모순들이 용해되는 '영혼의 찬가'를 무덤에서 듣게 된다. 그러자 흙은 불타고 노래하고 춤추게 된다. 그렇게 해서 묘지는 생명이 시작되는 곳, '죽음과 목숨이 쳇바퀴'처럼 순환하는 곳이 된다. 묘지에서 들끓는 생명은 더욱 큰 빛을 발하게 된다. 생명은 묘지를 '불멸의 제단'으로 만드는 것이다. 곧 묘지는 삶의 끝이 아니라 '영원의 시작'이 이루어지는 긍정적인 공간이 되는 것이다.

> 골수에 밎힌 오뇌만 없다면야/ 무덤 속에서나마 잠들 수 있을 것을/ 누가 영원히 살기를 원하리오// 그 가슴에 죽음을 지녔기에/ 오 아름다운 슬기의 인간이여/ 그대는 미소하는 침묵으로 대답할 따름
> ― 「哀歌」 중에서

인간의 한계를 인식하고 죽음마저 하나의 섭리로 받아들일 수 있을 때 그는 '슬기로운 인간'이 된다. 시를 위한 '오뇌'는 '미소하는 침

묵'으로 극복이 되고 그는 다시 태어날 수 있게 되는 것이다. 그는 가슴에 '죽음'을 지녔기에 다시 태어나게 되는 것이다. 그렇게 해서 묘지는 '생명의 바다'가 된다. "뭍이 다한 곳에/ 永遠이 펼쳐져/ 있는 것을/ 보았다"(「바닷가에서」)에서 볼 수 있듯이, 바다를 육지의 끝이 아니라 '영원의 시작'으로 생각하게 되고, 묘지 또한 그렇게 생각하게 되는 것이다. 그와 마찬가지로 '새벽의 묘지'는 '신랑을 맞이하는 신부와도 같이' 새로운 '수줍음'에 떨거나 '설레임'을 갖게 된다. 거기서 '죽음은 아무데도 보이지 않는다'. "죽음을 감추고 부풀어 오른/ 여인의 乳房처럼"(「미아리 묘지」) 또 다른 생의 지점이 오히려 발견된다. 여기서 성묘하러 온 '산 사람(生者)'은 '死者'를 서러워하는 것이 아니라 "서로 昭應하는 죽음과 목숨이, 기실은/ 하나의 것임을 깨닫고 陶然해지"(「미아리 묘지」)게 되고, 그리하여 마침내 성묘하는 날은 '祝祭의 날, 昇天의 날'이 된다. 그런 점을 보고서 혹자는 "이 작품은 인간적인 고뇌를 동반하고 있지 않다. 낭만적인 환상이 죽음과 어둠의 무게를 가볍게 만들고 있을 뿐"[11]이라고 말하지만, 그것은 시적 화자가 맹렬하게 찾고 있는 재생의 의지를 보지 못한 데에서 나온 견해일 뿐이다. 죽음을 초월한 미적 세계가 그렇게 묘지 위에서 충일된 것을 보지 못한 것이다.

끓는 대낮엔 미친 초록의 희열만 남는다. 바다처럼 퍼진다. 뭇 주검에 취하다 못해 드디어 흙은 자줏빛 불길 되어 치솟고 있다. 그 초록의 바다를 뚫고, 태양의 둘레를 감도는 기운. 죽음은 없었다. 마치 太初의 카오스인 양 하나로 들끓는 하늘과 흙에 틈이 벌어지면 태양은 쓰러지고 밤이 밀려온다. 식은 초록 속에 별이 눈뜬다. 이슬이 피어난다. 墓碑

---

11) 이병헌, 『전통서정시의 위상과 1950년대 박희진 시』, 358쪽.

에 아롱지는 그 눈물 속에 새벽이 밝아 온다. 장밋빛 시간 이 초록을 적신다.

— 「묘지」 1

이제 「미아리 묘지」가 「묘지」에 이르면 어둠마저 찾아볼 길이 없다. '죽음은 없었다'고 단정적으로 말하거나, '초록의 희열'이나 '태양의 둘레를 감도는 기운'을 노래하게 된다. 그리고 태양의 불길이 식은 '초록' 속에서 '별'이 눈뜨는 것을 발견하게 된다. 그것을 보며 시적 화자는 감동적으로 눈물짓는다. 초록과 별과 이슬이 일치되는 가운데 '새벽'이 밝아오고 화자는 '장미빛 시간'을 되찾게 된다. 그렇다면 그것은 이데아를 만난 환희의 송가가 된다. 「빛과 어둠의 사이」에서 '감동의 눈물'은 '이슬'이 되고 나아가 그것은 하나의 우주가 되듯, 초록과 별과 이슬은 이데아가 된다. 그러자 이제 화자는 '묘지의 내면'을 깊숙이 침잠해서 연을 날리는 아이들의 모습을 바라보고 '婚家의 냄새'를 맡는 여유를 지니면서, '죽음'을 초월한 이데아의 세계에서 세상을 내려다본다. 그러자 '잠들지 못한 영혼'마저 위로받게 된다. '육체를 빠져나간 영혼'을 귀향시켜 주고, 생활세계에는 '꽃이불'을 덮어주게 된다. '부재'를 넘어서 발견된 '靑紅의 별'이 세상을 덮는다. 그것은 "무덤들 잔디 우에/ 하늘은 고운/ 꽃이불 되어/ 어둠을 덮노라"(「偶吟」)에서 볼 수 있듯 완전히 내면의 '어둠'을 극복하게 한다.

얼음이 녹아 잿더밀 뚫고 초록이 소생한다. 돌아온 태양에선 아직 주검의 냄새가 나고, 가시지 않은 검은 傷痕은 축축한 비로, 오래 잠자던 흙 속의 해골들은 기지갤 편다. 순간 새로운 균열이 지면 스미는 흙물. 불이 켜진 듯 뼛속에 서걱이는 懊惱는 아지랑이. 地熱 더불어 눈뜨는 초록의 자양이 된다. 이젠 조찰히 씻기운 저 눈부신 黃金 열매를 향해 자라는 시간이라. 얼음이 녹아 잿더밀 뚫고 초록이 소생한다. 새들이 지저귄다.

— 「묘지」 4

그러자 이제 생활세계에도 폐허의 '잿더미'를 뚫고 생명의 '초록'이 소생한다. '흙 속의 해골'들은 기지개를 켜고, '뼛속에 서걱이는 오뇌'는 아지랑이가 되어 축제의 장을 연다. '해골'이나 '오뇌'마저 '초록의 자양'이 되어 봄날의 잔치에 참가하는 것이다. 그것을 축복하듯이 '새들이 지저귄다'. 그렇게 해서 "해변의 묘지 속엔 영혼의 불길바다/ 밤의 바다 위엔 靑紅의 꽃잎바다/ 시인의 가슴속엔 꿈꾸는 빛바다"(「동해의 시첩」)가 자리 잡게 된다. 묘지는 "또 하나 다른 우주의 상처에서/아물 길 없이 꿈틀거리다가/ 이 지구 한 모퉁이로/ 쏟아져 고인 靈液일지도"(「바다」) 모르는 '녹색의 바다'가 된다. 그것은 '美의 절망'을 넘어서 찾아낸 희열의 세계이다. 삶의 '가혹한 모순(「哀歌」)을 극복하여 "순간은 영원이 되고 영원은 순간으로 몸서리치는 것"(「슬픈 戀歌」)이라는 인식을 이루어낸 이데아를 깨닫는 순간이 된다. 그렇게 해서 생명의 불길은 본격적으로 타오르게 된다.

5.

이데아를 찾고 삶의 희열을 되찾은 박희진은 이제 따뜻한 마음으로 생활세계에서 '진정한 인간'을 찾아 나서게 되고, 자연이나 예술품을 노래하게 된다. 그것은 '존재에 대한 새로운 눈뜸'이 체득되었기에 이루어지는 세계이다. 『청동시대』에서부터는 거의 『실내악』의 어둠을 지우고 한층 밝은 세계로 들어서는 것이다.

그것은 살아있는 오월의 지도/ 내 소생한 손바닥 위에 놓인/ 신생의 길잡이, 완벽한 규범,/ 순수무구한 녹색의 불길이죠/ 삶이란 본래 이러한 것이라고/ 병이란 삶 안에 쌓이고 쌓인 독이 터지는 것/ 다시는 독이 깃들지 못하게/ 나의 살은 타는 불길이어야 하고/ 나의 피는 끊임없이 새로운 희열의 노래가 되어야죠.

— 「恢復期」 중에서

이제 『실내악』의 「무제」에서 누리지 못하던 '봄'을 「회복기」에서는 누리게 된다. 봄이 '완벽한 규범'이 되고, '녹색의 불길'로써 '삶 안에 쌓이고 쌓인 독'을 터뜨려 치유해 주고, '나의 피는 끊임없이 새로운 희열의 노래'를 부르게 된다. 그래서 그것은 생활세계를 긍정적으로 바라보는 희망의 노래가 된다. "눈보다 희고 빛나는 시를. 읊는 이마다/ 피가 맑아지고 어금니에 향기가 일게 되는."(「새해의 십사행시」) 시를 쓸 수 있게 된다. 화자는 예전의 공동묘지 터에서는 "달빛을 받아 폭 폭시시 터지는 꽃망울"(「체험」)이 되고, 유월의 '장미'에서는 '예수 그리스도'(「장미와 녹음」)의 냄새를 맡기도 한다. 혹은 '앙상하게 잎 떨린 겨울나무'(「하늘의 그물」)가 '밤이면 한 아름 별들을 낚'는 것을 발견하기도 한다.

이 씨거운 불모의 땅,/가슴 누르는 어둠을 뚫고/ 태양을 만나려던 갈망은 이루어졌건만,/ 꽃들은 떨고 있다./ 여전히 사모의 김이 일고 있는/ 알몸의 수줍음, 미진한 사랑으로// 꽃들은 조용히 고개를 들어 태양을 바라본다./ 〈아직 마음을 놓아선 안 돼. 얼마나 줄기찬/ 작업의 끝이라고!〉 하며 꽃들은 큰 눈을/ 뜬 채, 허나 점점 퇴색해 갔다. 꽃들이 진다./ 꽃들이 진다. 허나 동시에/ 무수히 남은 꽃망울들은 또한 일제히/ 태양을 향해 줄달음치려고 들끓고 있었다.
— 「꽃들은 일제히 태양을 향하여」중에서

전쟁의 폐허 속에서 내면으로 침잠하여 '태양(이데아)'을 만나려던 갈망은 이루어진다. 그러나 여전히 태양에 대한 사모의 마음이 다한 것도 아니고, 태양과 마주하는 '알몸의 수줍음'이 사라진 것도 아니다. 절대미에 대한 사랑은 끝이 없고 언제나 미진할 수밖에 없기 때문이다. 그것이 화자를 더욱 분발하게 한다. 그러나 이제 꽃들이 지더라도 그는 절망하지 않는다. 하나의 죽음 뒤에는 또한 무수히 준비된 '꽃망울'이 있다는 것을 발견한 것이다. 그리고 그 이데아에 대한 열정은 삶을 다할 때까지 '들끓을' 수밖에 없다는 것을 깨달은 것이다. 그래서 그의 시에는 삶의 아름다움과 부드러움으로 충만하게 된다. 천진무구한 「이중섭」과 「초록의 시」를 노래하게 된다. 그러나 무엇보다도 그의 시는 천상적인 것의 아름다움과 지상적인 것의 아름다움을 조화롭게 노래한다.

지상의 소나무는 하늘로 뻗어가고/ 하늘의 소나무는 지상으로 뻗어와서/ 서로 얼싸안고 하나를 이루는 곳/ 그윽한 향기 인다 신묘한 소리 난다
— 「지상의 소나무는」중에서

지상의 소나무와 하늘의 소나무가 얼싸안는 지점에 이르러 그는 이데아의 '그윽한 향기'를 맡고 '신묘한 소리'를 듣는다. 그것은 「체험」에서 꽃망울 위에 피어나는 '두어 방울의 이슬'을 발견하는 것과 같다.

특히 「빛과 어둠의 사이」에서 오뇌의 핏속에서 깨어난 영혼이 '三

千大千世界/ 그 정수가 모여서 피어난 한 떨기 꽃'이 되거나 '빛길의 덩어리, 궁극의 귀일처'인 한 방울의 '이슬'을 만나게 된 것과 같다. 그것은 저절로 얻어진 것이 아니다.

"모순의 덩어리인 인간만은 산 채로 죽어야/ 시시각각으로 죽고 또 죽어야/ 비로소 동시에 시시각각으로 되살아나기 마련"(「빛과 어둠의 사이」)인 과정을 거친 후에야 간신히 얻어지게 된 세계인 것이다. 그래서 '이슬'이, "말하여질 수 있는 모든 언어가/ 말해진 다음에야 샘솟는 언어"(「빛과 어둠의 사이」)로 이루어진 '신비의 극치'라는 것을 깨닫게 된다.

그리하여 '이슬'은 '육체와 영혼의 합일'을 증명하는 형이상학적 세계로 승화된다.

> 銀魚떼, 金魚떼가 우글거리는/ 꿈속의 바다는 뭇 휘황한/ 별들이 沐浴하는 욕탕인가./ 혹은 온갖 빛깔로 피어난/ 涅槃의 꽃밭인가, 죽은 이들의/ 영혼이 맑은 이슬로 맺히는.
> — 「꿈속의 바다」 중에서

이런 '이슬'의 형이상학적인 체험을 한 뒤로 그에게 모든 사물은 '투명한 시'의 제재가 된다. 그로 인해 그는 자연과 우주의 섭리를 시의 행간에 담게 된다. 바다는 '별들이 목욕하는 욕탕'이 되거나 '열반의 꽃밭'이 된다. 그 바다는 이슬의 '이데아의 세계'에서 나온 바다이다. 그리하여 이슬이 바다가 되거나 초록의 불길을 담게 되기도 한다. 또한 모든 삼라만상은 이슬이 되기도 하고 바다의 생명을 지니게 되기도 한다. 그렇게 해서 그의 시는 이슬의 투명성을 획득한다.

하지만 그가 이슬의 투명함만 좇는 것은 아니다. 그는 시의 행간에 인간의 호흡을 놓치지 않는다. "인간 안의 자연과 밖에 있는 자연이 하나로 통했을 때, 인간의 자아는 우주적 자아로 확충될 수 있습니다. 삶의 뜻과 기쁨과 보람을 최대한으로 실현할 수 있습니다."[12] 그는 인간이 없을 때 자연과의 밀접한 친화관계도 의미가 없어진다고 말한다. 천지 자연 속에 구석구석 스며있는 신령한 힘, 초자연의 섭리를 발견하는 것도 인간을 인간답게 만들어 주지 못할 때 아무런 의미를 지니지 못한다고 생각한다. 그런 점에서 그는 '이데아'나 '이슬'의 추상적인 세계에만 갇힌 것이 아니라 생활세계에서 누릴 수 있는 '본연의 삶'을 찾아낸다. 그가 '道自身生(도는 스스로 몸에서 나온다)'[13]을 주장하는 것도 '우주로 통하는 시계를 열려'는 것만이 아니라 휴머니즘의 궁극적인 세계를 추구하는 것이라고 말할 수 있는 것이다. 그것이 설혹 불교의 해탈의 경지를 추구하는 것 같더라도, 그가 '투명한 언어'를 추구할 때, 그것은 굳건히 지상에 발을 딛고서 막힌 지평을 뚫으려고 하는 것이지, 천상으로 날아가려는 것이 아닌 것이다. 그리하여 그의 미의식은 추상을 향한 현실도피가 아니라 삶을 노래하는 것이 된다.

그큰화면은/ 초록일색뿐/ 그래도유심히들여다보았더니/ 좀진한초록에선말넘새도나고/ 좀엷은초록에선/ 紅潮를 띄운어린이볼넘새도/ 그리고물넘새도/ 나는건확실했어.
　　　　　　　— 「초록의 시」 중에서

박희진은 평생을 시를 구원처럼, 혹은 종교처럼 생각하면서 독신으로 살아온 시인이다. 그는 '다양한 변모 속에서도 그것을 하나로

---

12) 박희진, 「본연의 삶」, 『북한산 진달래』, (서울: 산방, 1990), 177쪽.
13) 박희진, 위의 책, 『북한산 진달래』, 自序.

꿰뚫는 일관성'14)을 지니고 '자기 추구'에 골몰하면서 시를 써왔다. 그런 그가 '초록의 불길' 속에서 형이상학적 세계만을 발견하는 것이 아니라 '말 냄새'도 '어린이 볼 냄새'도 '물 냄새'도 맡아내는 것을 '이 슬'의 세계에서 다시 평화로운 생활세계로 돌아오는 것을 말해준다. 그의 '투명한 시'는 성스러운 세계에서 가져온 '무량의 고요를 풍기는 율동'(「海律」)을 보여주면서도 그것을 '인간의 세계'에서 빛나게 함으로써 우리를 매혹되게 만드는 것이다.

필자는 여기서 박희진의 시 전모를 밝혀낼 자신이 없다. 양적으로 나 질적으로 너무 방대해서 그것은 불가능하다. 다만 필자는 그가 자신의 내면 속에서 구도자적인 태도로 이데아를 추구했다는 것을 밝혀냈을 뿐이다. 그는 시작(詩作)을 통해 "자신의 실존과 자유의 극대화"15)를 도모하기도 했지만, 그 외에도 그가 자연에 대한 유별난 관심을 갖고서 생태학적인 세계관을 펼쳐나가고 있고, 나아가 천지인 삼재(天地人三才)를 통해 우주적 세계관을 시 속에 아우르려는 노력을 하고도 있다. 그러나 필자는 본고에서 그의 다양한 정신세계와 시 형식을 이해할 단서를 마련한 것으로 만족할 뿐이다.

(문학과 창작, 1992. 2.)

---

14) 박희진, 「본연의 삶」, 위의 책, 180쪽.
15) 박희진, 「본연의 삶」, 위의 책, 180쪽.

군자산 정기 받은 영성의 은자(隱者)

- 박희진론

김 경 식
(시인, 평론가)

1. 들어가며

박희진은 1931년 12월 4일 연천에서 출생하여 2015년 3월 31일 오후 7시 서울에서 영면에 들었다. 아호는 수연(水然), 당호는 호일당(好日堂)이다. 경기도 영평군 영평읍(현 포천군 창수면)에서 연천군 연천면 지혜동리(현 차탄리)로 분가한 할아버지, 몽파(夢坡) 박래찬(朴來贊)은 성균관 진사였으며, 육필 한시집 「몽파집(夢坡集)」상·하권을 펴낸 바 있다.(현재 상권만 남아 있음). 할머니 전주 이씨(全州 李氏)가 낳은 2남 1녀 중 장남인 아버지 박염하(朴濂夏)와 용담이 친정인 어머니 이군자(李君子)의 11남매 중 셋째 아들(유아기 이후 생존 7남매 기준)로 태어난 박희진은, 연천 중앙심상소학교 1학년 때 아버지가 자녀 교육을 위해 서울 관훈동에 집을 장만해 데려감에 따라 서울 수송 초등학교로 전학하였다. 고모가 통현리 팔판서 김진억 씨 댁으로 출가했으므로, 같은 집안으로 출가한 소설가 한무숙(연천에 묘지가 있음)과는 사돈관계였던 셈이다. 외가로 금학산 안양사 터 아래 율리리 614번지에 살던 소설가, 수연산방(壽硯山房) 주인 상허(尙虛) 이태준은 외가의 5촌 아저씨였지만 만나지는 못하였고, 상허의 누이동생 선녀의 아들딸인 김충열, 김명렬(전 서울대 영문과 교수·수필집 『문향(聞香)』 작자), 김경렬, 김영숙(성악가·인천교대 음악교육과 교수), 수연산방에 살던 상허의 누님 정송의 딸인 이애주(전 서울대 교수·중요무형문화재 승무 예능보유자) 등이 6촌간이다. 철원군 묘장면 대마리(산명리)가 바라다 보이는 곳에 상허 문학비와 흉상이 서있는데, 언젠가 박희진은 흉상을 어루만지며 필자에게 문학비와 흉상을 세우면서 아무 연락도 없었던 데 대한 섭섭함을 표한 적이 있다. 그는 할아버지와 외가의 성향을 골고루 받았는지도 모르겠는데, 당대의 형제나 조카들은 문학에 무감각하여 시 한 줄 읽어줄 피붙이 하나 없다며 섭섭함을 토로한 적이 있다. 하지만 누님 박희중의 딸인 김경년(전 미국 버클리 대학 교수)은 시인이자 번역가로서 국제 펜클럽 한국본부 회원으로 활동하고 있다.

해방 전까지 방학 때마다 서울역에서 일일 4회로 운행되는 경원선 완행열차표를 1원 90전을 주고 사서 3대가 함께 살고 있는 군자산 아래 읍내리(수레울, 차탄리) 본가에 부친과 3형제가 와서 유년의 추억을 만들며 오고갔다.

수송 초등학교를 졸업하고 1944년 보성중에 입학하면서 철학자 김규영(金奎榮, 1919~2016, 전 한국철학회 회장·대한민국학술원 회원)과 인연을 맺었다. 첫 시집에 『실내악』에는 '내게 처음으로 생(生)에의 외경(畏敬)을 깨닫게 하신 김규영 스승께'라는 헌사가 붙어 있다.

1945년 8월 14일 조선총독은 일본 패전에 관한 성명을 발표하고 다음날 중학 2학년 때 광복이 되었으나, 8월 20일 서울 상공에서 B29기로 남한 지역에 미군이 진주할 것이라는 전단을 살포 한 뒤 3일 후 연천군 전곡에 소련군이 진주하였고, 38선 경계 구획협의 후 시인의 고향은 소련이 점령하여 일본군 무장을 해제하려는 것이 분단의 빌미가 되고 말았다. 24일 동두천-전곡 사이의 38선에서 경원선 철도의 열차운행 차단하고 28일 38선 연천등지에 경비부대 배치하고, 8월 30일 조선 미 극동사령부는 조선의 안정을 위해 군정을 선포하며, 9월 2일 9시 8분 요꼬하마 근해 40해리 지점 미주리호에서 다른 연합국가의 이익을 위해서 수락한다는 항복조인이 있었고, 7일 서울에 진입한다고 사실 통보하고, 3일 미 24군단 경성지구에 진주(進駐)을 결정하고, 8일 5시 30분에 24군단의 본대가 인천을 점령함. 9일 제4, 6, 7보병사단이 38선 이남에 진주, 9월 9일 4시 총독부 제1 회의실서 항복문서 조인, 일장기가 내려지고 성조기가 올라갔다. 9월 12일 조선 총독을 해임하고, 군정장관 아놀드 소장을 임명하고 소련 축과 북위 38선 경계에서 16일 미, 소군이 38선에서 첫 상봉을 하였다. 1946년 5월 23일 38선 이북을 오고가는 무허가 자에게 월경금지를 발표하여 농경(農耕)사회에 고향집에 오고 가는 길이 막히어 집안의 가세는 급속도로 기울어지기 시작하였다.

2. 유년기 시향의 숲길을 걸어 들어가며

광복 후 소년 박희진은 시를 습작하고자 하였으나 아직 우리말에 서툴러서 어쩔 수 없이 일본어로 쓴 다음 그것을 우리말로 번역해야만 하였다. 최초로 쓴 일본어 습작품 「환멸의 비애(幻滅の悲哀)」는 제목만 남아 있는데, 시는 유실되었지만 제목의 의미로 볼 때 허깨비에 홀려 상처 받고서 부르는 슬픈 노래였던 듯하다. 혼돈스럽고 불확실한 현실에서 잊어야 할 것은 기억 속에서 지워지지 않고 뿌리내려 자라고 있던 시기이기에. 그 후 그는 자신의 말마따나 '죽이 되든 밥이 되든' 우리말 습작을 시도하여 노트 한두 권쯤을 채웠으나, 뒤에

문학 소년기의 자아도취와 자기혐오의 심리적 악순환을 거듭하던 끝에 당분간 시와 결별하겠다고 노트를 불살라 버려 작품 대부분이 망실되었다.

최초로 발표된 그의 '처녀시' 「그의 시(詩)」. 만 15세이던 1947년 2월 26일, 정지용 시인이 문화부장(논설주간)으로 있던 경향신문 학생 난에 실렸다.

그의 시(詩)를 읽으면 무엇하리
그의 시(詩)를 읽어도 모르거니
그의 시(詩)도 한때에는 생명(生命)을 가졌으리
그의 시(詩)도 한때에는 좋아라 읽었으리
　그러나 세월(歲月)은 흘러
　바위엔 제멋대로 푸른 이끼가 끼고
　돋아나는 햇살은 여전히 빛나건만
그의 시(詩)는 못되게 썩었어라
그의 시(詩)는 못되게 굳었어라

아아 으슥한 달밤
　산새는 구슬피 울음 울건만
　푸른 달빛 아래 창백(蒼白)히 비취이는
　저 외로운 묘표(墓標)
보라 그의 시(詩)가
　후폐(朽廢)한 묘표(墓標)속에
　파아란 시구(詩句)의 나열(羅列)…
그의 시(詩)를 읽으면 무엇하리
그의 시(詩) 읽어도 모르거니.

— 「그의 시(詩)」 전문

　처녀 발표작 「그의 시」는 그 표현과 사유의 조숙함으로 당시 급우들 사이에선 꽤 유명해졌던 모양이며, 문단에서 큰 화제를 불러일으켰으며 조숙한 학생 시인으로 관심을 받았다. 후에 시인이며 비평가로서 보성전문학교에서 영문학 강의를 하던 김동석(金東錫; 1913~? 1949년 2월 중순 경 월북, 1988년 해금됨)이 위 시를 자의적으로 해석하여 쓴 평론 「시인의 위기」를 1949년에 출간된 자신의 평론집 『뿌르조아의 인간상』(탐구당)에 실음으로써 또 한 번 문단의 화제가 되었다. 김동석은 6·25전쟁이 발발하자 인민군 소좌의 신분으로 서울에 나타난 것으로 알려진 바 있다.

　　숲 사이 길이다
　　그러나 거기에도 흰 장미가 깔리지는 않았다

　　어디서 비롯되어
　　어디서 그 길이 다하게 될는지 알 수는 없다
　　언젠가 나는 다만 오래 헤맨 것 같다

　　이따금 거기엔
　　실바람이 향기를 날라와
　　나의 발길을 멈추게 하고
　　길가의 외로운 노오란 꽃잎에
　　벌이 윙윙거리기나 할까

　　나는 시방 무척 곤하다

그러나 홀로 쉬지 않고 그 길을 걷고 있다

울창한 수풀에 가리워서 아무도 나를 알 수는 없다

이따금 내가 가슴이 셀레어
휘파람을 불면 멀리 화답하는 꾀꼬리가 있지만
그저 대개는 벙어리같이
무뚝뚝한 얼굴을 하고 걸어갈 뿐이다

길 그윽한 숲 사이 길이다
그러나 그 길은 홀로 가는 길 아슬한 길이다
　　　　　　— 「길」 전문 (1947년 12월 25일 두 번째 시로,
　　　　　　　1959년 9월 '여원'에 발표됨)

　1945년 9월 12일 아베가 해임되고, 미 제35보병여단장 던킨 소좌가 38선 경계선 구획협의 후 16일 미군과 소련군이 분할점령 하에 한탄강을 건너기 전 연천군 청산면 초성리에서 첫 대면하고, 20일에 경비부대 배치하고, 8월 23일 전곡에 소련군 진주로 38이북 연천군은 공산치하가 되었다. 24일 동두천-전곡 사이의 38선 전 역에서 경원선 철도의 열차운행 차단되어 야밤을 틈타 고향을 오고 가던 길마저 막혀버렸다.
　1946년 1월 12일 조선 철도 보안대 조직 북조선 철도 경비대로 개편, 38선을 통과하는 경의, 경원, 강원선 검문강화, 2월 1일 경원선 하루에 1회 왕복 결정되고, 2월 16일 북한 전파관제 해제로 남북한 방송 청취가 가능해지나, 3월 7일 38선은 군사적 목적에 의한 것이라고 하지 군정청장이 발표하고, 13일 전 조선 문필가협회가 결성되고,

1946년 봄 38도선 철폐요구 운동과 서명이 벌어지고 북쪽에는 토지 개혁실시가 되니 본가의 토지와 할아버지 서가에 천장까지 쌓여있던 수많은 책과 모든 재산이 무상으로 몰수되었다. 4월 16일 경원선 1일 3회 왕복 증편되어 서울–동두천까지 운행이 부활되나, 5월 18일 서울역 12시 50분, 동두천 착 15시 27분 토요일 1회 왕복 2시간 23분 소요됨, 동두천 16시 30분 발, 청량리도착 17시 55분, 1시간 25분 소요되나 5월 23일 미군정처 의무처는 38도선 이북의 여행금지 외 군정장관 특별허가 없이 오고가는 무허가 월경금지 발표 1년 반이 지나 가세가 기울어진 38따라지의 시점이다.

시인의 초기 시 몇 편은 우리말의 깊이를 잘 몰라 일본어로 써 두었던 것을 후에 우리말로 옮긴 것인데, 다음 시는 시대 상황과 시인의 정서와 자기모순과 현실을 극복하려는 의지를 보여준다.

숲 사이 길이다
그러나 거기에도 흰 장미가 깔리지는 않았다
— 7연 중 1연

정겨운 길이지만 흰 넝쿨장미도 보이지 않는다. 자력이 부족해 외세로 인해 분단된 상황과 사상 대립의 가시가 주는 아픔이 묻어난다.

어디서 비롯되어
어디서 그 길이 다하게 될는지 알 수는 없다
언젠가 나는 다만 오래 헤맨 것 같다

— 7연 중 2연

혼돈으로 술렁이는 조국의 아픔을 함께할 수밖에 없는 만 16세 소년의 혼란스러운 심경이 잘 나타나 있다. 또, 실향민이 되어 자유로이 오갈 수 없는 길은 수복된 먼 훗날까지 낯설게 다가왔기 때문인지 다음과 같이 마무리한다.

길 그윽한 숲 사이 길이다
그러나 그 길은 홀로 가는 길 아슬한 길이다
— 7연 중 마지막 연

시인이 불안해하던 일들의 길이 보이지 않는 도시의 밀림에서 인생이란 구도와 변화에 홀로 지났지만 사상의 비수 같은 돌 뿌리가 버거워 귀로 길에도 귀향하지 않았는지 필자와 고향을 두루 돌아보다 임진강 흐름을 막아놓은 북녘의 임진강 땜을 한 참 바라보던 고독한 은자(隱者)의 뒷모습이 어른거린다.

1948년 4월 6일 우리민족의 최초인 문화의 별과 꽃이 되는 조선말 큰사전(국어대사전)이 발행되어 배표되었다.

1954년 11월 17일 휴전이 되었지만 고향에 돌아갈 수 있었는데, 수복지구임시 행정조치법에 의거해 행정권이 수복이 되었는데, 초성리 부터 몇 번씩의 군인검문을 받아야 갈 수가 있는 곳이었다.

산비둘기는 산이 좋아 산에서
물오리는 물이 좋아 물에서 사노라네
나는 인간이라 집에서 살지만

산도 물도 좋아 이 강산 못 떠나네

한 발짝 가면 산이 섰고
두 발짝 가면 물이 쏼쏼
이 나라 삼천리금수강산
지구상 어디 또 있으랴

금성인도 이곳에서 살고 싶어하고
토성인도 이곳에서 살고 싶어하네
동포여 이 땅에 태어난 기쁨
우리 햇살처럼 펴면서 살아보세
　　　　　　　— 「애향가」 전문

　시인에게서 전화가 왔다. "내 시비가 연천에 있다는데 그곳을 아는
지?" "선생님 시비가 세워진 지가 얼마나 오래 되었는데요." 연천군
청에서 시비를 세운다고 전화가 한 통 와서 그러라고 한 적이 있는데
제막식 한다는 소식도 없고 해서, 그렇다고 본인이 모른다고 할 수도
없고 해서, 시비를 한 번 보고 싶으니 그게 있는 곳으로 안내해 달라
는 것이었다. 동두천 한다원에서 약속하고 만나 시비 조성 작업을
한 지인과 함께 시인을 모시고 갈 차를 준비하고 분단의 38도선 기점
인 초성 3리로 갔다. 경원선 열차가 매시간 기적을 울리는 곳, 38선
돌파비가 있고 북녘에서 흘러온 한 많은 한탄강과 시인의 할아버지
고향인 영평 팔경을 돌아온 강물이 하나가 되어 철교 아래로 무심히
흐르는 곳이라, 그 의미로 보면 시비의 최적지인 셈이다. 시비를 둘러
보고 난 후 기념사진을 찍은 것이 엊그제 같은데 세월이 흘러 시인은
니르바나로 떠났고, 후학은 옛 추억을 더듬으며 시비에 음각된 시

「애향가」 1연을 낭송하고 있다.

　산비둘기는 산이 좋아 산에서
　물오리는 물이 좋아 물에서 사노라네
　나는 인간이라 집에서 살지만
　산도 물도 좋아 이 강산 못 떠나네

　박희진 시비에는 「애향가」 3연 중 1연이 음각되어 있다. 우주의 수많은 별들이 지구를 바라보며 그리워할 것만 같은 광경, 지상에서 삼라만상과 인연의 연속성으로 결합되는 신비에 묻혀 사는 인간, 그리고 하늘의 성스러운 질서 안에서 햇살과 더불어서 공존하는 순리의 기운을 담고 있는 이 시는 1981년 9월 23일 한국일보에 실렸다.
　자연의 아름다움과 인간의 질서와 정서를 함께 볼 수 있는 이곳, 인류문명의 발생지 아슐리안 유적을 바라보는 고향 길목에서 귀향을 기다렸지만 시인은 고향으로 돌아오지 않았다.

　3. 광복과 실향의 길목에서
　"해방 직후에도 일본어로 한 권의 노트에 시를 썼다가 나중에 우리말로 고쳤습니다. 우리말이 그만큼 서툴렀기 때문이지요. 17~19세 때 쓴 시가 그런 시입니다. 그때 시 몇 편이 남아서 나중에 「실내악」이라는 첫 시집에 넣었지요."

　시(詩)는 보이지 않는 영혼, 영성과 삼라만상이 느낌을 통해 육체와 교감하는 합일체로서, 절조 있는 언어로써 눈물, 한숨, 연모, 사상, 갈등, 사랑 등을 운율로 승화시켜 꽃피우는 언어 예술이다. 1945년

8월 15일 보성중학 2학년 때 해방이 되어 집에 돌아오니 어머니가 걱정스런 모습으로 "내일부터는 조선말을 사용하라."고 하셨지만, 마쓰무라 기요시란 창씨개명 된 이름에 익숙해 있던 소년 박희진은 우리말에 서툴고 우리 글로 쓴 것을 잘 이해하지 못했다고 한다. 우리말의 깊이와 섬세한 의미의 정서를 간파하고 나면 시를 지을 것을 다짐하며 먼 후일 원로 시인이 될 자신에게 띄웠던 시 「미래의 시인에게」(첫 시집 『실내악』에 수록)를 2001년 봄 '이담문학'에 원고로 주며 옛 일을 회상한 내용이다. 1974년 4월 문학사상에 발표한 「한국어를 기리는 노래」를 통해 한국 시인으로서 우리말에 대한 자부심을 강조하였던 시인은, 변해 가는 언어와 개정된 한글 맞춤법에도 옛글을 고수하는 것은 미래의 시인들도 꼭 집고 넘어가야 한다는 지론(持論)을 얘기하기도 하였다.

어디서인지 자라고 있을
너의 고운 수정의 눈동자를 난 믿는다
또 아직은 별빛조차 어리기를 꺼리는
청수한 이마의 맑은 슬기를

너를 실제로 본 일은 없지만
어쩌면 꿈속에서 보았을지도 몰라
얼음 밑을 흐르는 은은한 물처럼
꿈꾸는 혈액이 절로 돌아갈 때

오 피어다오 미래의 시인이여
이 눈먼 어둠을 뚫고 때가 이르거든
남몰래 길렀던 장미의 체온을

활활 타오르는 불길로 보여 다오
진정 새로운 빛과 소리와 향기를 지닌
영혼은 길이 꺼지지 않을 불길이 되리니
　　　　　　— 「미래의 시인에게」 1956년 5월 13일 전문

　미래를 생각하는 것은 또 다른 작은 상상의 감옥이라 하지만 사색
과 희망이 작은 창에 비치는 진리이다. 아름다운 우리말과 지역의
정감 넘치는 방언들은 땅 속에 있으면 영롱한 수정이며 지상에 있으
면 별빛조차 어울리기를 주저하는 맑고 맑은 정신에서 솟아나는 지
혜이다.
　보이지 않는 의미와 상상의 세계인 어름과 지하에 흐르는 수맥에
혈기의 운행으로 머물지 말고 시인의 가슴속에 따스한 여명에 꽃으
로 타오르는 열정과 영성의 불씨인 미래의 시인인 자신에게 나무라
며 타이르고 불씨를 피우는 문학은 모국어의 가치를 희귀를 하라는
고향의 교감으로 피어오르는 아지랑이다.

　그는 1960년에 첫 직장인 동성 고등학교에서 영어 교사로 근무하
며 첫 시집을 상재하였으며, 『60년대 사화집』을 창간하여 60여 편의
시를 발표하면서 문단의 비상한 주목을 받던 시절인 1965년 제2시집
『청동시대』를 펴냈다. 이 시집에도 책을 스승 김규영에게 바친다는
헌사가 붙어 있다. 이 둘째 시집에 고독한 성주가 배필을 그리는 마음
을 탐미해 들어간 재미있는 시가 들어 있어 한 번 보기로 한다.

　　새해엔 나도 장가를 들거나.

새 마음 새 몸으로 새롭게 살기 위해
지난해 그믐밤엔 목욕을 하였거니
새봄엔 나도 장가를 들거나.

거멓게 익은 머루의 눈동자와
눈처럼 흰 속살의 각시하고
꾸미는 신방은 나날이 감미로운 꿈으로 차리,
부푸는 연꽃 봉오리 속인 양.

너무도 오랫동안 혼자서 살아왔다.
삽살개 뒷다리의 궁상을 몰아내자,
비참을 불사르자, 시를 쓰더라도

이젠 정말 행복한 시만을 쓸 일이다
눈보다 희고 빛나는 시를. 읊는 이마다
피가 맑아지고 어금니에 향기가 일게 되는.
　　　　　　　　　　— 「새해의 십사행시」 전문

　올해는 꼭 결혼을 해야 한다고 결혼에 대해 여백과 여유, 허정(虛
靜)으로 반문하는 긴장감, 기다림이 더 길어지기 전에, 몽롱함이 일기
전에 시로서 남겼다. 이 시는 성북구 월곡동 집에서 부모님과 형님
내외와 어울려 살던 시기에 나온 작품인데, 30이 넘은 노총각의 시심
을 담고 있다. 물질의 공간은 채울 수 있지만 마음의 공간은 아무리
채워도 늘 허전하다는 것이 미소하는 침묵으로 드러난다고 할까. 깊
은 산속 깊이 숨은 새는 날개를 접고 시심에 음양오행의 이치를 접목
한다.

4. 작가들의 생계가 보장 될 수 있으려면

1965년 9월 10일 모음출판사에서 제 2시집 『청동시대』를 상재한 후 1년간 그는 14개의 신문, 문학지에 21편의 시를 발표하였다. 동아일보에서 발행하는 월간 「신동아」 10월호 327쪽에 중견 문학비평가 29인, 월간문예지 주간 3인, 시전문지 편집장 2명, 일간신문사 문화부장 9인이 현재 왕성히 창작 활동을 하고 있는 시인으로 한국 시단을 대표할 수 있는 11인을 추천했는데, 김수영, 김현승, 김춘수, 박남수, 박두진, 박목월, 박희진, 서정주, 유치환, 조지훈, 전봉건이었다. 그 중에서 박희진은 최연소 신예 시인으로 은사 조지훈과 함께 추천되는 영광을 안았다.

전후문학인협회 간사로 문학 활동을 할 즈음 한국문인협회 창립에 발기인으로 참여하기도 했는데, 1968년 6월 1일 「월간 문학」 창간호에 실린 신문학 60년을 정리하는 앙케이트에서 박희진은 우리 문학의 발전을 가로막는 장애의 하나로 원고료의 악사정(惡事情)을 꼽으며, 시 한 편에 2만 원 이상 하고, 산문은 원고지 한 장에 5천 원은 받아야 문인들의 생계가 보장될 수 있다고 했다. 1968년은 공무원 한 달 초봉이 1만 원 미만인 시절이었다. 훗날 시의 순례자로서 영성을 노래하며 세속적 문단 세계와 거리를 두게 되는 이 시인의 시와 글에 대한 자부심을 읽을 수 있는 대목이다.

유심히 나를
바라보던 네 눈에
우울한 시름이 고이었는데

이윽고 나에게 가까이 와서는

나직한 소리로 이르는 말이
내 눈에 오히려 말할 수 없는
깊은 수심이 어리었다고
　　　　　　— 「유심히 나를」 전문(1949년 12월 작)

　유심히 바라보는 자화상 거울과 가장 가깝고 물결에서 흔들리는
먼 눈빛들로 소통하는 효과음, 허무의 여백 관념으로 보는 눈과 눈을
감고 고요히 자아와 마주앉아 선문답 나누는 시인의 모습이 눈에 선
하게 스친다. 거울은 거짓이 없고 누구에게나 평등하다. 마주보는 일
인칭에 마음마저 훔쳐보는 심미안까지 있어 나직이 속은 거리는 마
음의 창과 귀와 목젖의 감각기관 있어, 사람은 태어나면 서울로, 말은
태어나면 제주로 보낸다고 하지만 말처럼 쉬운 것이 없다고 한다.
고향은 사람이 태어나고 묻히는 곳이지만 고향에 묻히지 못하고 거
리귀신으로 타향에 머물다 귀향 하지 못하고 길 잃은 시인,

　일주문 지나자 이내 원효대와 원효 폭포 만나다.
　자재암 앞엔 옥류(玉流) 폭포가 깊숙한 골짜기로
　그림처럼 떨어지고, 그 옆에 이어진
　집채만 한 기암(奇巖)아래 굴이 나한전(羅漢殿).

　밖으로 뽑아낸 굴 속 석간수, 원효 샘물 마시니
　심신이 삽시간에 쇄락해지다. 도시 이 나라
　명산고찰(名山古刹)에 원효의 흔적 없는 곳이 있던가.
　원효는 살아있다. 우리 안에 살아있다.

　녹음으로 물들은 대방(大房) 안에서의

상추쌈 점심공양을 마치고,
일행은 선녀탕을 찾기로 하다.

골짜기의 험준한 암벽을 타고 돌아
겨우 찾아낸 선녀탕은 과연 비경(秘景)임에 틀림없고,
소요산 전체가 그곳을 감싸고 있음을 알겠구나.
— 「소요산 자재암(逍遙山 自在庵)」 전문

　몇 번인가를 경원선을 타고 고향 논에서 자라는 벼를 보려가려다
세간에 부산함인지 소요산역에서 내려 산을 올라 고향의 파란 하늘
바라보다 하산하는 산신령 같은 은발의 시인, 삶에 이치를 뛰어 넘어
원효의 사상과 불교의 깊이를 간파하며 불교시를 쓰지만 오채투지를
하지 않는 시인, 원효가 관세음보살에게 마지막 시험에 든 선녀탕은
1956년 1월 추천완료작인 「觀世音像에게」와 얼 빚는 그림자 남녀가
구분 없는 불도의 경지에서 제갈 길 잃은 시방세계에서 성찰을 모색
하려는 시성, 지향성에 섬세한 지성의 깊이에서 정신적 지주의 수행
터, 소요하여도 나무라지 않고 목마르면 원효샘 흐르는 물이 탐, 진,
치 버리라는 폭포에 흘러들어 물보라로 무지개 만드는 나한도량 스
스로 자기를 살피고 돌아보는 암자를 품에 안은 넉넉한 소요산의 비
경들, 불편한 다리가 현실을 균열시켜도 건강이 허락하는 동안 더
많은 고향 주변을 살피려고 시 「동두천 왕방산의 거암과 묘송(妙
松)」, 「천보산 회암사지(天寶山 檜巖寺址)」, 군자산, 고대산, 마차산,
보개산, 감악산을 탐미하며 시심에 가슴에다 수놓는다.

　5. 영성의 숲길을 나오며
　집에는 가족이 있고 가족이 없는 곳은 집이 아니며 머무는 곳이라

했지만 시인은 시와 혼인하여 생기 넘치는 시심이 옹알거리는 호일당에서 무덤을 만들지 않는 새가 되어 서울하늘아래 표류자의 소명을 지었고 숨을 쉬는 사람은 욕망의 지옥에서 허둥대며 한(恨)을 한 아름씩 숨기고 살다 시 걸망 지고 할미꽃 손에. 쥐고서 시인은 중천(中天)에 나그네 되어 니르바나 바다의 선방으로 떠나셨다. 외로움과 고통이 없는 도량으로.

1994년 봄 '고향에서 찾아온 첫 손님'으로 뵌 이래, 가족이나 동료 문인들과 함께 명절에 찾아가거나 '이담문학'이 나와서 호일당으로 가져가면 시인은 근처 맛 집으로 우리를 데려가거나 집에서 음식을 배달시켜 반주와 함께 대접하곤 하였다. 어느 날에는 북한산 진달래숲 명상하는 바위에 앉아 엉금엉금 기어 다니는 가재를 보다가 해가 기울어 헤어질 때에 버스 타는 곳까지 배웅 나와 아이스크림을 사주며 헤어짐이 달짝지근해야 인연이 길어진다고 재치 있는 농담을 던지기도 하였다. 시인은 글을 읽고 마음에 새겨두고, 책을 보고 가슴에 담아두라 하였다.

수해를 당한 고향의 안부를 묻던 노시인은 역사의 소용돌이에서 삐꺽거리는 수레바퀴에 끼어 질곡의 뒤안길을 고스란히 걸어온 자신의 삶을 회고하기도 하였다. 「혼돈과 창조」란 장시에서 노래하였듯, 6·25전쟁이 터졌을 때 미처 피난가지 못해 서울에 남아 있던 중 노상에서 인민군 앞잡이들에게 잡혀 의용군으로 끌려갈 위기 처했다가 끌려가기 직전에 필사적으로 탈주하여 숨어 지내기도, 1·4후퇴 때 제2국민방위군이 되어 여러 차례 죽을 고비를 넘기기도 하였다. 17일간 남쪽으로 행군하여 도착하나 진주에서 해산되자, 학구열을 이기지 못한 그는 부산 영도에 있던 전시연합대학에서 수학하다 휴전이

되어 서울로 돌아왔다. 서울은 1954년 11월 수복지구임시행정조치법
에 의거해 행정권이 수복되었지만, 고향 마을은 치열한 전선이었기
에 아직도 잿더미로 전쟁의 잔재가 채 가시지 않아 고향에 가려면
45환에서 90환으로 인상되어 재개통된 경원선 열차로 동두천까지 와
서 몇 번 씩이나 군인의 검문을 받아야 하였다. 그는 어쩌면 초토화된
마을과 산을 보고서, 뽕나무 오디를 따 먹으며 뛰어놀던 고향에 대한
그리움 속에, 아픈 기억과 상처를 빈 가슴 구석방에 넣어두고 살았는
지 모른다.

　땅은 그 위에 머물다 가는 길손들을 배웅한다. 태어나서 성장하며
그 무엇인가를 남겨두고 떠나기에 향수의 주막이 되어 기다릴 것이
지만, 실존적인 의식과 무의식중에서 잊히어 지지 않는 남성 심리학
에 없는 것이 아동심리학에 준하기 때문인지, 나이가 들면 마음이
어린아이처럼 회기(回期)한다고 해서인지 남창골, 솟대봉 서쪽 아래
연못의 기억과 6,25전까지 살던 밀양 박씨 집성촌, 망곡산 뒤안길을
둘러보고 싶어 하셨는데 생전에 잡아놓으신 중천인 봉인사서 1,250
인 나한상과 부도탑 호위아래 시 천상천하를 영원의 의미를 되 세기
는 묘비명 이 몸은 생전에도 보이지 않게 / 살기를 원했고 그렇게
살았으니 / 나의 詩行과 詩行의사이 / 해와 달 별들이 보이며 그뿐
! 인 시심이 아로새긴 烏石에 음각을 바라보며　묵언으로 주유중이다.

　2007년 연천향토문학발굴위원회를 창립하고 수연 선생님을 명예
위원장으로 모시고 족적을 남긴 고향의 문인에 흩어져 있는 작품을
발굴해 모아서 2009년 경기문화재단 첫 지원 사업이며, 수연선생님
의 보성중학 선학인 월파 「김상용 시선집」에 축시를 주시며, "나도
이 다음에 책을 내 주나"고 물으시기에 약속을 하고, 통닭에 피자를
한 판 더 주는 배달을 시켜놓고 제자에게 선물 받은 더덕 술을 마시

며, 습작기 시절과 희미한 고향 이야기와 가족사를 필자와 나누다가 다음에 더 이야기 하고 술이나 마시자고 하며 헤어진 후, 1주일 뒤에 고향을 방문해서 월파 선생 시비 앞에서 사진 몇 컷을 남겼다. 시간 안에 존재하는 모든 것은 소명과 변하는 이치이며 거목은 쓰러져도 양분을 만들며 자기 몫을 다한다 했다.

「김오남 시조 선집」, 「홍효민 평론 선집」, 「곽하신 소설 선집」, 「윤모촌 시·수필 선집」에 이어 「박희진 시·수필 선집」이 발행함에 감회가 깊어 추억의 길을 뒤로 하고 수연 선생님의 시를 가슴에 세기며 걸어 나오며, 수연선생의 오랜 벗으로 육필과 추모시화, 사진을 보내주신 명주사 죽전 지혜스님께 두 손을 모은다.

　심심한 사람은
　심심하게 사세

　심심산천의 심심새처럼
　　　　　　　　— 「이런 시구(詩句)」 전문(1949년 12월 4일 작)

인간과 우주를 하나로 꿰뚫은 대자유인의 노래
- 박희진 시인의 문학 세계

조 환 수
(문학평론가)

0. 에피소드 두 개

2007년 박희진 시인의 독역 시집 『하늘의 그물Himmelsnetz』(최두환·레기네 최 공역)이 독일 에디치온 델타 출판사에서 나왔을 무렵, 독·프 접경 지역인 프랑스 알사스 지방에서는 여러 차례 이 시집을 소개하는 신문평과 방송 프로그램이 있었다. 현지의 한 저명 문예 비평가는 "한국 시인 박희진의 시는 현대 유럽 시인들한테선 기대하기 어려운 삶의 예지와 자연에 대한 심오한 통찰로 가득하다."라고 극찬했다. 다른 사람들의 평도 대개 비슷한 논조였다.(문예 비평가이자 불문학자인 곽광수 서울대 명예교수의 전언)

2008년 박희진 시인의 일역 시집 『한 방울의 만남『一滴の出會い』』과 『4행시집 칠월의 포플라四行詩集『七月のポプラ』』가 도쿄 문예관(東京文藝館)에서 출간되자 일본의 한 원로 시인이 "왜 전후 일본에는 박희진 선생과 같은 대시인이 나오지 않는가?"라며 탄식하는 내용의 서신을 번역자에게 보내 왔다.(번역자인 문예 비평가 고노 에이지『鴻農映二』씨의 전언).

1. 묘비명

불혹의 나이를 갓 넘길 무렵 박희진은 시인으로서 그동안 자신이 걸어왔고 또 앞으로 걷게 될 평생 여정의 성격을 규정하듯, 짧지만 의미심장한 묘비명 하나를 새겼다.

> 이 몸은 생전에도 보이지 않게
> 살기를 원했고 그렇게 살았으니
> 나의 시행과 시행의 사이
> 해와 달 별들이 보이면 그뿐!
> ― 「어느 시인의 묘비명」 전문

예전의 은일거사들처럼 세상에 자신을 드러내지 않되 자기 시에는 온 우주를 담아내겠다는 중년 시인의 야심만만한 배포와 자부심이 읽히는데, 이는 스물다섯 살로 문단에 나오면서 스스로 제시했던 시작 기준, 즉 '낭만의 바탕에다 주지적이란 뜻의 상징적 수법으로 신고전적 격조를 갖출 것'이라던 미학 선포와 맞물려 이 시인의 내면에 흐르는 문학 정신을 짐작케 한다. 한마디로 동서고금의 시문학 고전들을 골고루 흡수·소화하되 한 편 한 편 우주적 질량과 구조를 지닌 공전절후의 새로운 고전을 탄생시키겠다는 것이다. 그가 여든네 해 생애를 마치고 니르바나에 든 지금 그 평생포부가 얼마나 그리고 어떻게 실현되었는가 촘촘히 따져 본다면 세상 어느 예술가에게서나 그렇듯 아쉬운 면이 없을 리야 없겠지만, 그가 동서양을 통틀어 동시대 여느 시인들이 도달하지 못한 새로운 차원의 질량과 구조를 지닌 격조 높은 시편들을 두루 써 냈다는 것은 부인할 수 없는 사실이다.

그의 평생 화두는 '인간'과 '우주'였다. 젊은 시절 인간사에 집중되었던 그의 시선은 세월이 갈수록 전체 자연으로 확장되었다. 현상적 가치 이면의 인간 본질과 인간 정신의 상승 가능성에 투철해 있던 의식이 점차 자연, 그리고 인간과 자연의 경계가 허물어진 초차원의 경지로 나아가면서 그는 마침내 시로써 우주적 스케일의 자유영혼을 확보하기에 이르렀다. 그런 의미에서 먼 훗날 그를 위해 묘비를 하나 더 세운다면 이런 명문이 썩 잘 어울릴지도 모른다. — '젊은 박희진은 인간을 노래했다. 연륜 더해진 박희진은 천지자연을, 우주를 노래했다. 인간을 노래하던 그는 상승하는 영혼의 불꽃으로 치열했고, 우주를 노래하던 그는 무념무상했다. 그는 평생 치열한 영혼과 무념무상한 심경을 아우르는 거대한 모순적 진폭의 중심에서 인간과 우주 그리고 신이 하나임을 증언했다.'

2. 화두 하나 – 인간

한국전쟁은 인간 박희진이 시인으로 완성돼 가는 과정에 가장 중요한 전환점이 된다. 이 충격적인 동족상잔은 제2차 세계대전 이후 대립 이념의 각축장으로 전락해 버린 '세계의 하수구', 약소국 한국이 어쩔 수 없이 당해야 했던 역사의 필연 아닌 필연이었다. 초록빛 꿈으로 빛나야 할 스무 살 나이에 불안과 공포, 배고픔과 굴욕, 절망과 죽음의 한계상황에 맞닥뜨린 그는 역사와 세계, 인간의 실존과 본질을 깊이 성찰하면서 정신적으로 몇 단계 비약한다. 그의 첫 시집 『실내악』(1960)은 바로 그 정신적 성숙의 결과를 담고 있는데, 여기서는 전쟁이라는 한계상황을 특유의 비범한 의지로 초극하려 노력한 끝에 도달한 드높은 정신세계가 펼쳐진다. 젊은 시인은 무수히 만나는 삶과 죽음의 갈림길에서 표피적·현상적·순간적 가치에 매몰되길 강요당하는, 그리고 거의 모든 사람들이 그 강요에 굴복하고 마는 암흑시대를 헤쳐 가면서도 시대·현실에 단선적으로 즉각 반응하기보다는 인간과 세계의 본질에 좀 더 가까이 가고자 하는 굳건한 내면 지향성을 견지하였다. 본질보다 실존이 앞선다는 한계상황 속에서 고집스럽게 실존보다는 본질에 집착한 셈이다. (동시대를 살았던 동서양의 무수한 지성인들 가운데서 그와 같은 '철학적 반골'을 찾기란 그리 쉬운 일이 아니다.) 20대 시인 박희진은 세상 사람들이 대부분 들떠 있던 어지러운 시대의 심부에서 고독하게 삶의 고요한 중심과 '세계 내면공간Weltinnenraum'을 탐색하였다.

30대에 이르면 『실내악』에서 보이던 영혼의 철저한 본질 탐색 및 내면 지향 성향이 폭발적 자기확산 쪽으로 옮겨간다. 폭넓은 주제와 만만찮은 지적 파괴력으로 당대 한국 시단을 크게 흔들어 놓았던 둘째 시집 『청동시대』(1965)는 박탈당했던 청춘을 보상받기 위한 대리만족적 외침이랄까 억눌렸던 욕구의 분출이랄까, 사랑·예술·고전·대시인을 향한 찬미, 관념과 미학 세계에 대한 탐구, 시대·사회를 향한 비판, 새로운 역사에 대한 예언과 비전 제시 등등 갖가지 방식으로 삶의 다양한 실상들을 시형식의 틀 안에 담아내고 있다. 이제 청춘기의 정신적 순결주의·결벽주의에서 벗어나 어떠한 현상 세계도 배제하지 않는 대긍정(大肯定)의 인식 단계로 나아간 시인은 시를 통해 다채롭고 풍요로운 생명력을 있는 그대로 드러내고자 한다. 그리하여 육체와 영혼, 암흑과 광명, 선과 악의 양극을 아우르고 있는 것이 바로 인간 생명의 실상임을 증언한다.

30대 중반 고개를 넘어설 무렵, 그는 소란하고 공허한 시대, 물질주의와 동물성으로 가득 찬 정신 부재의 시대를 살아가는 현대인에게 가장 결핍되어 있는 것, 즉 가장 필요한 것은 영성(靈性)이라는 깨달음을 얻는다. 『청동시대』의 청춘 방일에서 다시 자신을 한곳으로 수

렴시킬 필요성을 새롭게 인식한 그는 이제 성자 이미지를 모색하는 데 시적 에너지를 집중한다. 영성 자각에 투철한 정신의 수호자들로 이해되는 성자들이야말로 그에게는 최고의 찬미 대상이 아닐 수 없었다. 그는 극소수에 불과하나 '미소하며 침묵하는' 그들이 있어 이 험악한 세상이 궤멸을 면한다고 믿으며, 가장 참되고 아름다운 인간 상인 동시에 공허한 시대의 아쉬움을 채워 주는 존재로서 고금의 성자·각자들을 탐구한다. 셋째 시집 『미소하는 침묵』(1970)은 그러한 영성 탐구의 결과물을 담고 있다. 이는 인간에 대한 시인의 지극하고도 정성스러운 관심의 표명이자 참인간을 향한 갈망의 표현이었다.

뒤에 내린 판단이긴 하지만, 박희진 시인은 첫 시집 『실내악』 시절에는 제2시집 『청동시대』의 정신세계를 예견케 했고, 『청동시대』 시절에는 제3시집 『미소하는 침묵』을 예견케 했다 할 수 있다. 세 시집이 수렴하는 정신과 확산하는 정신이 갈마드는 삶 본래의 리듬을 타고 있었기 때문이다. 그런데 이 질서가 『미소하는 침묵』과 제4시집 『빛과 어둠의 사이』(1976)의 관계에서 깨지게 된다. 『빛과 어둠의 사이』에서는 수렴과 확산의 차원을 넘어 인간 삶의 온갖 극단들이 커다란 시 정신의 용광로 안에서 하나로 녹아들기에 이른다. 『청동시대』에서 외부 세계를 향해 뻗어 나가던 시선이 『미소하는 침묵』을 지나 이 시기에 이르러서는 마침내 투철한 내면 응시로 귀결하면서, 생명의 찬미자요 미의 사제로서, 그리고 영성의 순례자로서 반평생을 살아 온 시인의 정신사가 정리된다. 특히 이 시집의 표제 시이기도 한 장시 「빛과 어둠의 사이」에서는 온갖 삶의 상극 요소들이 궁극에는 하나라는 '모순적·역설적 일체성'의 진리가 한 편의 드라마처럼 생동감 있게 제시된다. 그 깨달음의 정점에서 시인은 이렇게 읊는다.

눈물이여, 눈물이여, 은총의 이슬이여
법열의 구슬이여, 신비의 극치여

너야말로 육체와
영혼의 합일을 증명하는 명백한 존재

너는 지금 이 두 눈에 솟건만
넘쳐서 흐르건만

어떻게 너를 찬미하랴
너를 기릴 언어는 이미 없는 것을

너는 말하여질 수 있는 모든 언어가
말해진 다음에야 샘솟는 언어

그 언어에는 소리가 없음이여
어떠한 고요도 따르지 못할 만큼

투명한 양심의 불길이 있음이여
마음에서 마음으로 직통인 불길이

무쇠도 녹는 너의 부드러움엔
모든 게 하나로 용해될 따름

너로 해서 천국과 지옥도 결혼하고
삼세의 업장이 일시에 소멸한다

눈물이여, 눈물이여, 은총의 이슬이여
법열의 구슬이여, 신비의 극치여
　　　　　　－「빛과 어둠의 사이」 마지막 장

　마흔여섯에 『빛과 어둠의 사이』를 내기까지 박희진 시인은 어쩌면 인류 문화사를 통해 세기별로 한 문화권에서 가장 높이 평가될 만한 시인들이 평생에 걸쳐서야 성취할 수 있었던 것 대부분을 이미 이룩해 놓았는지도 모른다. 그 빛나는 성취의 흔적인 전반기 시집 4권을 통해 우리는, 인간을 바라보며 삶을 외경하며 '완성'을 향해 치열한 행보를 재촉해 온 시인의 남다른 영혼의 구조를 읽어 낼 수 있다. 그는 끊임없이 인간 존재와 삶의 본질을 통찰하면서 자신의 내부에서 영감과 의지로 뜨겁게 달군 영혼의 핵들을 빛나는 언어로 토해 냈던 것이다.

　인간을 향한 박희진 시인의 관심은 이후 그 특유의 상상하는 자유 정신과 결합하여 한 차원 더 큰 규모로 풍요롭게 확장되는 양상을 띤다. 『서울의 하늘 아래』(1979), 『가슴속의 시냇물』(1982), 『아이오와에서 꿈에』(1985), 『라일락 속의 연인들』(1985), 『시인아 너는 선지자 되라』(1985) 등 40대 말에서 50대 중반까지 그가 펴낸 시집들 대부분이 남녀 간의 사랑, 인정, 절망과 희망, 예술, 사회, 역사, 세계성 등등 인간 문제를 두루 다룬 시집들로 꼽힌다.

　사족 한마디.－ 박희진 시의 '인간'을 이야기할 때 흔히 놓치는 게 있다. 세상에 잘 알려지지 않았을 뿐이지, 광복 이후 군부 독재 시절이 끝나기까지 격동의 한국 현대사를 헤쳐 오는 동안 그는 늘 시대·현실과 '함께' 있었다. 자유당 독재 시절 이후, 좀 좁혀 잡으면 5·16군사반란 이후 '80년대 후반에 이르기까지 민주주의가 말살되는 어둠의 역사를 거치면서 정치적 저항성이 두드러진 시들이 크게 부각되던 이 땅의 문화 풍토에서 세상 사람들은 각자 자기 깜냥으로 이해한 부분을 그의 전체로 오해하여 뚜렷한 일관성으로 대사회적 메시지를 꾸준히 던져 온 그의 또 다른 면모를 놓치고 말았지만, '순수시인'쯤으로만 알려져 있던 시인 박희진의 본질 한구석에는 시대와 역사를 향한 증언자·비판자·예언자의 의지와 에너지가 자리 잡고 있었다. 다만 넓은 바다에서는 커다란 소용돌이도 두드러지지 않듯이 그가 구축한 예술 세계의 거대한 규모 때문에 그것이 겉으로 잘 드러나지 않았을 뿐이다.(물론, 남 앞에 나서서 목소리를 높이거나, 핏대를 세우고 누구와 다투거나, 여럿이 우르르 몰려다니거나 하는 것을 생리적으로 불편해 했던 그의 기질이 많은 것을 설명하고 있기는 하다. 또, 세상살이에 이것저것 살피며 조심하는 데 익숙한 일반인들의 방식과는 상당히 달랐던 그의 소통 방식을 거북스러워하며 애초부터 그에 대한 이해를 거부하려 드는 이들도 꽤 있었던 듯하다.) 제10시집 『시인아 너는 선지자 되라』를 보라. 그러면 그의 또 다른 일면을 알게 되리라.

한마디로 '자유 수호 의지'와 '인간 옹호 정신'과 '긍정적 미래에 대한 신념'이라는 일관성으로 꿰뚫리는 그의 시대관·역사관은 현실을 평가하고 사회의 올바른 방향성을 파악하는 일관된 판단 준거였다.— "시인아, 너는 선지자 되라!" 이것은 어느 이름난 '저항 시인'의 외침이 아니다. 그저 사람을 사랑했던 '시인'의 목소리다. 그는 언제나 '시인'으로서 '거기'에 있었다. 왕성한 생명력이 발동하는 대로 정직하고 치열하게 정신의 자유를 추구해 온 그는 사랑이 필요할 때엔 사랑을 읊고, 장미가 감각에 꽂히면 장미를 읊고, 형이상이 다가오면 형이상을, 형이하가 절박하면 형이하를 읊고, 시대·역사 문제가 영혼의 삼투막을 자극하면 그것을 시로 읊었다. 그는 언제나 자신의 자유의지와 시인적 기질에 따라 어떤 강요에도 흔들림 없이 '자기 노래'를 불렀다.

3. 화두 둘 – 우주

3년 전 창작자의 더 큰 자유를 찾아 직장을 그만두었던 박희진 시인은 1986년 열여섯 해의 안암동 시대를 마감하고 백운대, 만경대, 인수봉이 마주 보이는 풍광 수려한 우이동(행정구역상으로는 쌍문동) 언덕으로 거처를 옮기면서 시작 생애의 후기를 시작한다. 안암동 시대까지의 주요 화두가 '인간의 삶'이었다면 우이동 시대에는 그것이 '자연'으로 그리고 인간과 자연의 조화를 의미하는 '풍류도'로 확장된다. 물론 '자연'과 '풍류도'가 어느 날 갑자기 등장한 사상은 아니고 이미 오래전부터 틀이 형성돼 오고 있던 것이기는 하나 그는 이 무렵에 이르러 그 세계에 각별히 정신을 집중하기 시작하여 시의 외연을 증폭시키고 내포를 다층화한다.

『북한산 진달래』(1990)와 『몰운대의 소나무』(1995), 그리고 이어 나온 『백사백경』(1999), 『화랑영가』(1999), 『동강 십이경』(1999), 『하늘·땅·사람』(2000)은 모두 '자연·풍류도' 사상을 배경으로 하는 시집들로서 한마디로 우이동 시대 전기(20세기에 해당함)의 '자연·풍류도 6부작'이라 할 만하다. 이후 21세기에 나온 시집들도 크게 다르지 않아, 말년에 나온 『산·폭포·정자·소나무』(2010), 『까치와 시인』(2011), 『4행시와 17자시』(2012), 『영통의 기쁨』(2014)과 유고 시집 『니르바나의 바다』(2015)에 이르기까지 동일한 사상을 더욱 심화시켜 구현하고 있으며, 일행시집·사행시집·세계기행시집들 중의 많은 작품들이 같은 사상의 동심원 상에 있다.

우이동 시대에 쏟아진 박희진 시인의 작품들은 인간과 자연의 일치 의식(儀式) 속에서 인간·자연 그리고 시공을 초월한 세계를 향해 무한히 확장되는 의식(意識)이 자연스럽게 도달한 영적 산물이다. 이는 박희진이라는 현대 시인의 20세기·21세기 노래임에 틀림없으나 그 안에서는 태곳적 신화와 전설이 꿈틀댄다.

오늘은 아주 길하디길한 날,
구름 한 점 없는 날,
청정한 날이로세.
동쪽의 해와 서쪽의 달이
마주 바라보며 웃는 날이로세.
파란 하늘 아래
산은 홍록의 자태를 드러내고,
계곡 물엔 티 하나 근접을 못하는 날.
사람들이 저마다
거울 속처럼 환히 드러나는
영혼을 서로 비춰보는 날이로세.
아아, 더없이 아름다운 날이로세.
찬미할진저, 찬미할진저.
천지만물이 시간 속에 있으면서
그냥 그대로,
영원의 모습으로 빛나고 있음이여!
해도 오너라, 달도 오너라.
사슴도 거북도 학도 오너라.
대나무도 소나무도 바위도 오너라.
우리 모두 손잡고 춤추며 노래하세.

이 좋은 날,
더없이 아름답고 더없이 화락한,
빛 뿜는 날을.

　　　　　　　　　　　　— 「추일영가(秋日靈歌)」 전문

　하늘이 몹시 맑은 어느 가을날, 곧 길하디길한 어느 날 시인은 자연의 신령한 기운을 온몸으로 빨아들이며 생명의 충족감을 이렇게 노래하였다. 박희진 시인의 시 세계에서 어느 하루가 '길하디길한 날'이 되는 조건은 지극히 단순하고 소박하다. 구름 한 점 없이 하늘이 청정하기만 하면 된다. 그런 날이라면 해와 달이 마주 보며 웃게 되고, 사람들은 저마다 거울 속처럼 환히 드러나는 영혼을 서로 비춰볼 수 있게 된다. 자신의 영혼을 성찰하는 눈에는 일말의 분심잡념도 없고, 자신의 영혼을 남에게 드러내는 마음에는 추호의 협잡도 없다. 오직 맑고 시원한 자연의 에너지가 흘러가는 대로, 즉 '풍류(風流)'하는 대로 자신을 내맡기면 그만이다. 그러면 '나'와 '너'와 '그'와 '천지'의 경계가 허물어지고 모두가 하나 되는 새로운 경지가 열린다. 거기서는 천지 만유가 시간 속에 있으면서 그냥 그대로 영원의 모습으로 빛난다. 삼라만상이 불멸의 존재성을 획득하게 되는 것이니, 제행무상(諸行無常)이라는 존재의 제약성이 간단히 극복된다. 이제 자연은 길고 인생은 짧달 것도, 인생과 세상사가 덧없달 것도 없이 '나'와 '너'와 '그'와 '자연'이 완전한 자기충족 속에서 한데 어우러져 찬란한 빛을 뿜게 된다.
　문명 발달과 함께 자연의 신비 또는 영혼과 교감하는 인간의 영성 능력은 적잖이 퇴화한 듯하다. 인간의 형이상학이 이성·감성의 영역 안에서만 맴돎으로써 그 영역 밖의 광대무변한 세계가 품고 있을 초

이성적·초감성적 진실에 무지하고 둔감한 상태에 빠져 버린 게 우리의 현주소다. 무지나 둔감 정도를 넘어 고도의 지적 근거를 들이대며 영성·신성의 세계를 전적으로 부정하는 논리도 만만치 않다. 하지만 시인 박희진은 영성 부정의 논리를 거부한다. 그는 이 시대에 나타나는 인간 영성의 퇴화 현상을 아쉬워하면서도 이를 영속적인 것으로는 보지 않는다. 그는 오히려 인간 영성의 진화를 믿는 편이다. 우리가 끊임없이 천지자연과 교감하는 능력을 키워 갈 때 높은 차원의 영성적 자각이 가능해지리라는 생각이다. 그의 의식 체계 안에서는 인간과 자연, 현실과 초현실, 생명과 무생명, 물성과 신성, 존재와 무, 순간과 영원이 하나로 녹아들어 춤춘다.

> 지상의 소나무는 하늘로 뻗어 가고
> 하늘의 소나무는 지상으로 뻗어 와서
> 서로 얼싸안고 하나를 이루는 곳
> 그윽한 향기 인다 신묘한 소리 난다
>
> 지상의 물은 하늘로 흘러가고
> 하늘의 물은 지상으로 흘러와서
> 서로 얼싸안고 하나를 이루는 곳
> 무지개 선다 영생의 무지개가
>
> 지상의 바람은 하늘로 불어 가고
> 하늘의 바람은 지상으로 불어 와서
> 서로 얼싸안고 하나를 이루는 곳
> 해가 씻기운다 이글이글 타오른다
> ― 「지상의 소나무는」 전문

영성을 상실한 사람들은 하늘의 것은 하늘의 것, 땅의 것은 땅의 것, 사람의 것은 사람의 것으로만 받아들인다. 때로는, 땅에 붙어서 사는 게 인간의 물리적 한계인 까닭에 하늘로 상징되는 피안의 세계와 땅으로 상징되는 현실 세계를 나누어 피안의 세계를 인간과 땅으로 이루어진 지상의 세계와 대립하는 곳으로 여기기도 한다. 박희진 시인은 이러한 생각에 정면으로 맞서며 지상(인간, 그리고 인간 삶의 터전인 땅)과 천상(지상 밖의 우주 전체)이 하나를 이루는 경지를 모색하고 찬양한다. 이 경지는 그의 이념이 만들어 낸 허구가 아니라 분별심을 여읜 사람이면 누구나 만날 수 있는 우주의 축제요, 실제 상황인 것이다.

> 청명한 날의 소나무는 하늘의 악기
> 하늘의 기운, 바람이 타는 악기
> 그것도 가장 좋은 하늘의 기운
> 은하수에서 불어오는 바람이
> 즐겨 타는 악기.
> ─ 「몰운대의 소나무」 중에서

우주에는 큰 소리가 있다. 그것은 일월성신을 운행케 하는 거대한 에너지이자 거대한 파동이다. 인간의 귀에는 들리지 않는 정적일 뿐이나 모든 소리의 원형, 곧 우주율(宇宙律), 곧 시원의 소리다. 솔잎·댓잎에 스치는 바람 소리, 폭포수 소리, 파도 소리, 시냇물 소리, 가랑잎 소리, 새소리, 풀벌레 소리, 기러기 날아가는 소리, 된장찌개 끓는 소리, 아기가 엄마 젖을 빠는 소리, 거문고 소리, 피아노 소리, 병아리

삐악삐악 소리… 심지어는 공장에서 기계 돌아가는 소리까지 우리가 듣는 온갖 소리들이 이 우주율의 변주다. 이 무수한 소리들은 모두 고요로 통하고 우주의 근원으로 통한다, 시원의 소리를 가늠케 한다. 하지만 똑같은 소리가 듣는 귀에 따라 우주의 율동이 되기도 하고, 생명의 소리가 되기도 하고, 무의미한 음향이 되기도 하고, 소음이 되기도 한다. 박희진 시인은 도처에서 남이 듣지 못하는 우주율, 시원의 소리를 짚어 낸다.

현상 세계를 살면서 육신의 귀에 들리지 않는 소리, 시원의 소리를 들을 줄 아는 이의 영혼은 아름다우리라. 그런 의미에서 소나무를 보며 '은하수에서 불어오는 바람이 즐겨 타는 악기'의 멜로디를 듣는 시인은 아름다운 영혼의 소유자일 가능성이 높다. 이쯤에서 우리는 박희진 시인이 시를 통해 그려 낸 인간의 이상형, 곧 천지인일기(天地人一氣)의 묘리를 체득한 인간의 모습이 바로 그의 자화상은 아닐까 짐작하게 된다.

4. 마지막

동서고금의 위대한 예술가들이 흔히 그러했듯이, 박희진이란 한국 현대문학사의 거목은 사회적 고독을 꽤나 '치열하게 누리며' 살아왔다. 그의 진면목을 통찰한 혜안의 소유자도 상당수 있기는 하지만, 한국 문단은 대체로 이 예술가를 제대로 보지 못하였다. 세상의 수많은 시를 순수시와 참여시로 나누는 저차원의 이분 논리에 따라 그를 '순수시인'쯤의 단순 개념으로 환원시켜 이해하려는 분위기가 있었는가 하면, 그의 시가 보여 온 거대한 사상적 진폭의 본질을 가늠하지 못한 채 시 정신의 일관성 내지 정체성을 의심하는 분위기도 만만치 않았다.

하지만 그의 시 세계를 사심 없는 눈으로 찬찬히 들여다보면, 그가 삼라만상의 다양한 실상들을 마음껏 노래하되 일체의 현상과 작용을 대긍정의 눈으로 바라보면서 그 안을 관통하여 흐르는 '다즉일(多卽一) 일즉다(一卽多)', '원융무애(圓融無碍)'의 묘체를 추구하는 데 평생 일관하여 왔음을 알 수 있다. 또 한편으로는 천지자연과 초차원의 신명 세계를 향해 마음을 열고 인간의 영성 진화 가능성을 찾아 수도자처럼 정진해 온 향기로운 사람을 만날 수 있다. 어떠한 사상과 이념의 구속도 거부하고 파격적 자유의 진폭을 거리낌 없이 허락해 온 한 언어 예술가의 진정한 정체성·일관성·한결같음이란 모름지기 그런 게 아닐까.

분별심을 까마득히 여의고 있는 이 시인의 자유영혼은 감동의 소지가 있는 것이면 무엇이든 소재로 삼아 황홀한 신화적 메타포로 살려 낸다. 제2의 창조주가 되고 싶었던 걸까, 이 세상 만유에 시적 상상력이라는 새로운 기운을 불어넣어 생명의 우주적 변주곡을 연주하는 것이다. 하여 그의 작품을 읽을 때에는 시인의 자유로운 음성을 '있는 그대로' 받아들이고 그 울림에 '그냥 그대로' 반응하려는 순수한 마음가짐이 필요하다. 시어 하나하나에서 사소한 비유나 상징을 찾으려 골몰하기보다는 시 한 편 한 편 또는 시집 한 권 한 권을 하나의 거대한 비유 또는 상징으로 받아들일 때 그 안에서 살아 숨 쉬는 신화를 놓치지 않게 되고 영육의 경계, 시간과 공간의 경계, 현상과 본질의 경계에서 파동 쳐 오는 신비로운 곡조를 듣게 된다.

박희진 시인의 자유영혼 안에서는 인간과 우주의 온갖 현상들을 '한 방울의 만남'으로 잇는 인드라의 구슬이 빛난다. 이러한 영혼의 기반 위에서 그는 무한히 상상의 나래를 펼치며 형식의 자유, 소재의 자유, 표현의 자유, 이념의 자유를 한껏 향유하였다. 이는 세상 어느

시인도 부려 보지 못한 상상력이요, 어느 예술가도 누려 보지 못한
자유다. — 치열한 영혼과 무념무상한 심경을 아우르는 거대한 모순
적 진폭의 중심에서 상상의 극한을 달려온 대자유인! 그의 시를 읽을
때 우리는 광막한 우주로 통하는 새로운 생명의 에너지로 충전된다.

* 이것은 박희진 선생의 작품을 논한 조환수의 비평 「현대의 고전을 빚어내는 영혼의 울
  림」(2008), 「시대와 함께한 대자유인의 거대한 진폭」(2005), 「우이동 시대의 두 화두, '자
  연' 그리고 '풍류도'」(2005), 「천·지·인 삼재가 어우러진 생명의 우주적 변주」(2000) 및
  같은 필자가 쓴 기타 몇몇 박희진론들을 묶어 간략히 재정리한 글로서, 추모문집 『영원한
  지금에』(황금마루, 2016)에 수록돼 있음.

◇ 작가 연보 ◇

1931년 12월 4일 (음력 10월 25일)	경기도 연천에서 박염하(朴濂夏)와 이군자(李君子)의 7남매 중 여섯째(셋째아들)로 태어나다. 〔유아기 이후 생존 자녀 기준. 모친 이군자가 실제로 낳은 자녀는 11남매였다.〕 초등학교 1학년 때 서울로 전학하다.
1947년	정지용이 논설주간으로 있던 경향신문 2월 26일자 투고 작품란에 실린 만 15세 박희진 소년의 「그의 시」가 그 표현과 사유의 조숙함으로 문단에 큰 화제를 불러일으키다. 나중에 비평가 김동석이 이 작품을 자의적으로 해석하여 쓴 비평서를 냄으로써 또 한 번 문단의 화제가 되기도 했다.
1955년 3월	보성 중학교(6년제)를 거쳐 고려대학교 영문학과를 졸업하다. 보성 중학교 고학년 때부터 시인 성찬경, 소설가 서기원과 친교를 맺다. 이 해에 이한직·조지훈의 추천으로 '문학예술'지를 통해 문단에 나오다.
1959년	라빈드라나드 타고르의 시집 『기탄잘리』를 번역하여 양문문고에서 출간하다. (이후 20여 년 동안 절판 상태에 있던 이 시집은 1982년 홍성사에서 수정판을 내 22쇄까지 찍었으며, 2002년부터는 현암사에서 내다가, 2015년 1월 서정시학에서 최종 수정판을 내었다.)
1960년 11월	첫 시집 『실내악』을 사상계사에서 5백 부 한정판

으로 간행하다. 같은 해 4월 동성 중고등학교 영어 교사로 취임하여 이후 1983년 12월까지 23년간 근속하다.

1961년 9월　　시 동인지 『육십년대사화집』을 출범시켜 1967년 종간호(제12집)가 나올 때까지 주도적으로 이끌다. 『육십년대사화집』은 당대 한국 문학계에 새로운 지성적 바람을 불러 일으켰으며, 이후 여러 문학 동인지가 나오게 하는 기폭제가 되었다. 한동안 한국 문학사상 최장수 동인지로 기록되기도 했다.

1965년 9월　　제2시집 『청동시대』를 모음출판사에서 간행하다. 그 기념으로 신문회관 강당에서 '박희진 자작시 낭독의 밤'을 열다.

1968년 5월　　신문회관 화랑에서 '박희진 시미전(詩美展)'을 열다.

1970년 4월　　매주 화요일 저녁 4회에 걸쳐 명동의 까페 떼아뜨르에서 '박희진 성찬경 2인 시낭독회'를 열다. 연출가 김정옥(훗날 대한민국예술원 회장)이 연출을 맡다. 11월 제3시집 『미소하는 침묵』을 현대문학사에서 간행하다. 같은 해 부모님, 형님 가족들과 대가족으로 살던 서울시 성북구 하월곡동 88-173 단독주택에서 서울시 성북구 안암동 4가 23-3 안암 맨션아파트 309호로 이사해 독립생활을 시작하다.

1975년	미국 아이오와 대학교 '국제 창작계획' 4개월 과정을 마친 다음 프랑스, 영국, 이탈리아, 일본을 순방하고 이듬해에 귀국하다.
1976년 9월	제4시집 『빛과 어둠의 사이』를 조광출판사에서 간행하다. 이 시집으로 제11회 월탄 문학상을 받다.
1979년 4월	구상·성찬경과 함께 '공간시낭독회'를 창립하여 2015년 3월 별세할 때까지 상임 시인으로 참여해오다. 12월 제5시집인 민요시집 『서울의 하늘 아래』를 문학예술사에서 간행하다.
1982년 5월	제6시집 『사행시 백삼십사편』을 삼일당에서 간행하다. 10월 제7시집 『가슴속의 시냇물』을 홍성사에서 간행하다. 12월 오랫동안 절판되었던 타고르 시집 『기탄잘리』를 개역하여 홍성사에서 간행하다.
1983년 12월	23년간 근속해 온 동성 중고등학교를 사임하고 이후 집필 생활에만 전념하다.
1984년	약 1개월간 인도를 여행하고 스리랑카와 태국을 둘러본 후 귀국하다. 또 프랑스, 이탈리아, 요르단, 인도를 여행하다.
1985년 8월	제8시집 『아이오와에서 꿈에』를 오상사에서 간행하다. 11월 제9시집 『라일락 속의 연인들』을 정음사에서 간행하다. 12월 제10시집 『시인아 너는 선

지자 되라』를 민족문화사에서 간행하다.

1986년 5월	16년 동안 살던 서울시 성북구 안암동 4가 23-3 안암 맨션아파트 309호에서 서울시 도봉구 쌍문1동 524-87 우이빌라 3동 303호로 이사하다. 12월 첫 시 선집 『꿈꾸는 빛바다』를 고려원에서 간행하다.
1987년 9월	둘째 시 선집 『바다 만세 바다』를 문학사상사에서 간행하다. 같은 달 창무회創舞會 특별 기획 '시와 무용의 만남'의 하나로 시 「메아리 애가」에 임현선이 안무하여 '창무춤터'에서 3일간 공연하다.
1988년	시 「지리산시초(智異山詩抄)」로 제8회 현대시학 작품상을 받다. 1월 아시아 시인 회의 대중(臺中) 대회 참석차 대만을 다녀오다. 5월 제11시집 『산화가(散花歌)』를 불일출판사에서 간행하다. 11월 창무회 특별 기획 '춤과 미술과 시의 만남'의 하나로 장시 「빛과 어둠의 사이」에 이애현이 안무하여 '창무춤터'에서 3일간 공연하다.
1989년 3월	호암 아트홀에서 열린 재미 무용가 아이리스 박의 공연에 초청돼 아이리스 박이 춤추고 있는 무대를 종횡으로 누비면서 자신이 번역한 타고르의 『기탄잘리』에 나오는 시 10여 편을 낭독하다.
1990년 6월	첫 수필집 『투명한 기쁨』을 도서출판 산방에서 간행하다. 12월 제12시집 『북한산 진달래』를 같은 출판사에서 간행하다.

1991년	제12시집 『북한산 진달래』로 제23회 한국시인 협회상을 받다. 7월 상해(上海), 장춘(長春), 연길(延吉), 용정(龍井), 북경(北京), 서안(西安), 계림(桂林), 광주(廣州), 항주(杭州), 소주(蘇州) 등 중국 10여 개 도시를 여행하다. 이때 처음으로 백두산에 오르다. 11월 제13시집 『사행시 삼백수』를 도서출판 토방에서 간행하고, 연거푸 화가 이호중의 협력으로 시화집 『소나무에 관하여』를 도서출판 다스림에서, 첫 시집 『실내악』의 재판을 도서출판 하락도서에서, 시 선집 『한 방울의 만남』을 미래사에서, 둘째 수필집 『서울의 로빈슨 크루소』를 도서출판 책세상에서 간행하다.
1992년 7월	모스크바에서 열린 민족문학 발전을 위한 국제 학술회의에 참석하여 동포 문인들과 교류하고, 특별 시낭독회에 초청되어 많은 해외 동포 앞에서 시를 낭독하다. 이어 러시아, 카자흐스탄, 헝가리, 체코슬로바키아, 독일을 여행하다.
1993년	'우이동 시낭송회'에 상임 시인으로 참여하기 시작하다. 10월 제14시집 『연꽃 속의 부처님』을 도서출판 만다라에서 간행하다. 11월 미국 서부를 여행하다.
1994년	우리나라 명산고찰을 탐방하기 시작하다. 이후 3년 동안 전국의 220여 사찰을 방문하여 250여 편의 사찰시(寺刹詩)를 쓰다.

1995년	12월 제15시집 『몰운대의 소나무』를 시와 시학에서 간행하다.

1997년 4월 하순부터 1개월간 제주도 성읍에 있는 사진가 강태길의 자택에 혼자 머물며 제주도의 풍광 속을 누비다. 이때 사진가 김영갑이 교통편 제공 등 각종 수발을 들어 주다. 9월 제16시집 『1행시 7백수』를 예문관에서 간행하다. 10월 제17시집 『문화재, 아아 우리 문화재!』를 효형출판에서 간행하다. 이 해 후반부터 시인 이생진과 동행하여 섬을 찾기 시작하다. 사진가 김영갑과 함께 시화집 『삽시간에 붙잡힌 한라산의 황홀』을 도서출판 하날오름에서 간행하다.

1999년 5월 제18시집 『백사백경(百寺百景)』을 불광출판부에서 간행하다. 10월 문화의 날에 대한민국 정부로부터 보관 문화훈장을 받다. 12월 제19시집 『화랑영가(花郎靈歌)』와 제20시집 『동강 12경』을 수문출판사에서 간행하다.

2000년 3월 카트만두에 거주하는 시인 김홍성의 초대로 최동락, 문병옥과 동행하여 1개월간 네팔을 여행하다. 5월 제15회 상화(尙火) 시인상을 받다. 6월 두 번째로 중국에 가 상해, 계림 등지를 둘러보다. 12월 제21시집 『하늘·땅·사람』을 수문출판사에서 간행하다. 12월부터 이생진과 둘이서 인사동 '아트사이드'에서 월례 '인사동 아트사이드 시낭송회'를 시작하다.

| 2001년 12월 | 제22시집 『박희진 세계기행시집』을 도서출판 시와 진실에서 간행하다. |

2002년 1월   타고르 시집 『기탄잘리』의 두 번째 개정판을 현암사에서 간행하다. 5월 절판 되었던 제14시집 『연꽃 속의 부처님』을 도서출판 시와 진실에서 재출간하다. 6월 29일 성균관대학교 퇴계인문관에서 열린 한국철학연구소 제4회 학술 문화 강좌에서 '풍류도에 대한 시적 이해'를 주제로 학술강연을 하다. 8월 중국 산동성 제남(齊南), 곡부(曲阜) 등지를 둘러보다. 11월 제23시집 『사행시 사백 수』를 도서출판 시와 진실에서 간행하다. 연말에서 이듬해 연초에 걸쳐 이집트, 그리스를 여행하다.

2003년 1월   '인사동 아트사이드 시낭송회' 장소를 '시인학교'로 옮기고 명칭을 '인사동 시낭송회'로 바꾸다. 6월 25일 '문학의 집. 서울'에서 열린 제32회 수요 문학 강좌에서 '혼돈과 창조 – 내 문학의 뿌리'를 발표하다. 7월 제24시집 『1행시 960수와 17자시 730수· 기타』를 도서출판 시와 진실에서 간행하다. 8월 일본의 아름다운 숲 탐방차 아카사와 자연휴양림과 교토 기타야마의 삼나무 숲을 둘러보다. 이때 고찰 광륭사(廣隆寺)와 법륭사(法隆寺)도 방문하다.

2004년 3월   절판되었던 시화집 『소나무에 관하여』에 논설 '소나무를 한국의 나라나무로'를 추가하여 『내 사랑 소나무』란 이름으로 도서출판 솔숲에서 재출간하다. 8월 중국 상해를 거쳐 무이산(武夷山)을 찾아 주자(朱子) 묘소를 방문하다. 이어서 같은 달에 중국 청도(靑島) 대학에서 개최한 한중 현대시 세미나 및 시낭송회에 참가하다. 9월 박희진 시 전집 1권인 『초기시집』을 도서출판 시와 진실에서 간행하다. 10월 『초기시집』 출판기념회를 종로구 수송동의 '쟈콥'에서 열다. 제25시집 『꿈꾸는 탐라섬』을 도서출판 시와 진실에서 간행하다.

2005년 3월 3일　프레스센터 기자회견실에서 열린 '죽어 가는 소나무를 살리기 위한 긴급동의'('솔바람 모임' 주최)에 발기자 및 동의 제출자로 참여하다. 5월 금강산을 관광하다. 7월 박희진 시 전집 2권인 『중기시집』을 도서출판 시와 진실에서 간행하다. 8월 포르투갈, 모로코, 스페인을 여행하다. 9월 제26시집 『소나무 만다라』를 도서출판 시와 진실에서 간행하다. 같은 달 30일 국회 의원회관 소회의실에서 열린 '나라나무 소나무 지정을 위한 정책 토론회'에 주제 발표자의 한 사람으로 참가하다. 10월 박희진 시 전집 3권인 『후기시집 I』과 4권인 『후기시집 II』를 도서출판 시와 진실에서 간행하다. 영역 시집 『동해의 일출Sunrise over the East Sea』을 고창수 번역으로 미국 뉴저지의 호마 앤드 세키 북스 Homa & Sekey Books 출판사에서 간행하다.

2006년 4월	중국 항주를 거쳐 안휘성(安徽省) 황산(黃山)을 탐방하다. 6월 중국 장춘, 연길, 심양(瀋陽) 등지를 경유하여 백두산에 오르다. 11월 제27시집『섬들은 외롭지 않다』와 제28시집『이승에서 영원을 사는 섬들』을 도서출판 시와 진실에서 간행하다.
2007년 7월	대한민국예술원 회원으로 선출되다. 독역 시집『하늘의 그물Himmelsnetz』을 최두환·레기네 최 공역으로 슈투트가르트의 에디치온 델타Edition Delta 출판사에서 간행하다. 이후 한동안 독일과 프랑스의 접경 지역인 프랑스 알사스 지방(독일어권)에서 신문에 여러 차례 현지 비평가들의 호평 (주로 '박희진의 시는 현대 유럽 시인들한테선 기대하기 어려운 삶의 예지와 자연에 대한 심오한 통찰로 가득하다'는 내용들)이 실리고, 여러 방송을 통해 박희진의 작품을 조명하는 프로그램이 전파를 타다. 12월 제2회 도봉 문학상을 받다. 같은 달 제29시집『이집트 그리스 시편』, 제30시집 포르투갈 모로코 스페인 시편』, 제31시집『중국 터키 시편』을 도서출판 시와 진실에서 간행하다.
2008년 12월	시 선집『미래의 시인에게』를 도서출판 우리글에서 간행하다. 일역 시집『한 방울의 만남一滴の出會い』과『사행시집 7월의 포플라四行詩集 七月のポプラ』를 고노 에이지(鴻農映二) 번역으로 도쿄 문예관(東京文藝館)에서 간행하여 일본 문예계에 충격을 주다.

2009년 3월	도봉구 쌍문동 우이빌라에서 강북구 우이동 56-34 초원아트빌 401호로 이사하다. 10월 제16회 자랑스러운 보성인상을 받다.
2010년 12월	제32시집 『산·폭포·정자·소나무』를 도서출판 뿌리깊은나무에서 간행하다.
2011년 7월	『라일락 속의 연인들』 증보판을 도서출판 시와 진실에서 간행하다. 9월 제33시집 『까치와 시인』을 도서출판 뿌리깊은나무에서 간행하다. 12월 제27회 펜 문학상을 받다.
2012년 5월	대한민국예술원 제47회 회원 세미나에서 '고운 최치원과 범부 김정설 – 풍류도와 관련하여'를 가지고 주제발표를 하다. 10월 제1회 녹색 문학상을 받다. 12월 제34시집 『4행시와 17자시』를 서정시학에서 간행하다. 같은 달 셋째 수필집인 『소나무 수필집』을 도서출판 황금마루에서 간행하다.
2013년 7월	시 선집 『항아리』를 시인생각에서 간행하다. 12월 시론집 『상처와 영광』을 도서출판 뿌리깊은나무에서 간행하다.
2014년 4월	제25시집 『꿈꾸는 탐라섬』 개정판을 동서교류에서 간행하다. 5월 제35시집 『영통靈通의 기쁨』을 서정시학에서 간행하다. 10월 18일 제주도 김영갑 갤러리 두모악에서 생애 마지막 개인 시낭독회를

열다.

타고르 시집 『기탄잘리』의 최종 수정판을 서정
시학에서 간행하다.
2015년 3월 31일 오후 7시 몇 분 전 서울에서 니르
바나에 들다.

2015년 2월

◇ 작품 연보 ◇

◇ 시집

제 01시집	『실내악』, 사상계사 (1991년 하락도서에서 재간행)	1960년
제 02시집	『청동시대』, 모음출판사	1965년
제 03시집	『미소하는 침묵』, 현대문학사	1970년
제 04시집	『빛과 어둠의 사이』, 조광출판사	1976년
제 05시집	『서울의 하늘 아래』, 문학예술사	1979년
제 06집	『사행시 백삼십사편』, 삼일당	1982년
제 07시집	『가슴속의 시냇물』, 홍성사	1982년
제 08시집	『아이오와에서 꿈에』, 오상사	1985년
제 09시집	『라일락 속의 연인들』, 정음사 (2011년 시와 진실에서 증보판 간행)	1985년
제 10시집	『시인아 너는 선지자 되라』, 민족문화사	1985년
제 11시집	『산화가(散花歌)』, 불일출판사	1988년
제 12시집	『북한산 진달래』, 산방	1990년
제 13시집	『사행시 삼백수』, 토방	1991년
제 14시집	『연꽃 속의 부처님』, 만다라	1993년
제 15시집	『몰운대의 소나무』, 시와 시학	1995년
제 16시집	『1행시 7백수』, 예문관	1997년

제 36시집 　『니르바나의 바다』, 서정시학　　　　　2015년

◇ 시 선집

『꿈꾸는 빛바다』, 고려원　　　　　　　　　　　1986년

『바다 만세 바다』, 문학사상사　　　　　　　　　1987년

『한 방울의 만남』, 미래사　　　　　　　　　　　1991년

『미래의 시인에게』, 우리글　　　　　　　　　　2008년

『항아리』, 시인생각　　　　　　　　　　　　　2013년

◇ 수필집

『투명한 기쁨』, 산방　　　　　　　　　　　　　1990년

『서울의 로빈슨 크루소』, 책세상　　　　　　　　1991년

『소나무 수필집』, 황금마루　　　　　　　　　　2012년

◇ 시론집

『상처와 영광』, 뿌리깊은나무　　　　　　　　　2013년

◇ 시화집

『소나무에 관하여』 [시·박희진/그림·이호중], 다스림　　　1991년
(2004년 도서출판 솔숲에서 『내 사랑 소나무』로 재간행)

『삽시간에 붙잡힌 한라산의 황홀』[시·박희진/사진·김영갑], 하날오름   1997년

◇ 시 전집

『초기시집』, 시와 진실   2004년

『중기시집』, 시와 진실   2005년

『후기시집Ⅰ』, 시와 진실   2005년

『후기시집Ⅱ』, 시와 진실   2005년

◇ 번역 시집

타고르 시집 『기탄잘리』, 양문문고
(2015년 서정시학에서 3차 수정판 간행·시판중)   1959년

◇ 외국어로 번역·출간된 시집

『Sunrise over the East Sea』(고창수 번역),
Homa Sekey Books, 미국 뉴저지   2005년

『Himmelsnetz』(최두환·레기네 최 공역),
Edition Delta, 독일 슈투트가르트   2007년

『一滴の出會い』(고노 에이지鴻農映二 번역), 東京文藝館,   2008년

일본 도쿄

『四行詩集 七月のポプラ』(고노 에이지鴻農映二 번역),   2008년
東京文藝館, 일본 도쿄

수상

1976년 월탄 문학상
1988년 현대시학 작품상
1991년 한국시협상
1999년 보관 문화훈장
2000년 상화 시인상
2007년 도봉 문학상
2009년 제16회 자랑스러운 보성인상
2011년 펜 문학상
2012년 제1회 녹색 문학상

박희진 시·수필선집

失鄕—통일의 길목인데

2018년 7월 15일 초판 인쇄
2018년 7월 30일 초판 발행

엮은이: 편집위원
펴낸이 : 연규석
펴낸데 : 연천향토문학발굴위원회
경기도 연천군 연천읍 연신로 530
전화 : (031) 834-2368

되박은데 : 도서출판 고글
등록 : 1990년 11월 7일(제302-000049호)
전화 : (02)794-4490

값 15,000원

※ 경기문화재단 문예지원금을 일부 받았음.